蜩《ひぐらし》

慶次郎縁側日記

北原亞以子

朝日文庫

本書は二〇〇四年十月、新潮文庫より刊行されたものです。

蜩《ひぐらし》　慶次郎縁側日記

●目次

蜩《ひぐらし》　慶次郎縁側日記

綴《と》じ蓋《ぶた》

やんでいた雨が降りだした。その雨の音にうながされたように、お登世《とせ》が酌をした。冷や酒で満たされた猪口《ちょこ》を口許《くちもと》へはこびながら、森口慶次郎《もりぐちけいじろう》は苦笑いをした。

五月は雨のつづく時、とくに今年は初旬に出水騒ぎもあって、しばらく寮にとじこもっていたのだが、退屈の虫は蠢《うごめ》くし、八千代《やちよ》の顔も見たくなる。辛抱できなくなって、尻端折《しりはしょ》りに足駄《あしだ》といういでたちで出てきたのだった。が、蜘蛛《くも》の糸のように細く、粘り気を感じさせる五月雨《さみだれ》は、予想以上に着物や軀《からだ》にしみこんできた。しかも、さほど風はないのに傘のうちへ降り込んでくる。梅雨寒《つゆざむ》という言葉通り、濡《ぬ》れた着物にくるまれている肩も、足駄をはいている素足も、下谷《したや》へくる頃には冷えきっていた。

そうなると、花ごろもの座敷が目の前にちらついてくる。仁王門前町へ入ったところでは、ほんのちょっとの雨宿りだと、お登世の顔を見れば長居をしてしまいそうな自分に言い聞かせ、花ごろもの前では、一人で煎餅《せんべい》を齧《かじ》っているにちがいない佐七に申訳ないと胸のうちで詫《わ》びて、半刻《はんとき》ほど前に裏口へ顔を出したのだった。

まだ暖簾《のれん》を出していなかった花ごろもは、急にあわただしくなった。女中達は掃除をいそぎ、仕込の最中だった板前は、慶次郎の口にあう酒を選び、その酒にあう料理をつくりはじめたのだ。お茶を一杯だけ飲ませてもらえればいいと言っても、お登世より板前が承知しなかった。花ごろもへきて、渋茶だけで帰したとあっては、庖丁《ほうちょう》が泣くというのである。

皮肉なことに、帳場のうしろにある庭に面した奥座敷へ案内され、お登世が「とりあえず」と冷や酒をはこんできたとたん、雨がやんだ。「どうなさいます?」と、わざと意地のわるい目つきをしてみせたお登世に、「孫の顔を見に行く」と答えられるわけがない。

軒にあたる雨が、かすかな音をたてはじめた。慶次郎が寮を出た時よりも、強い降りになったらしい。お登世が笑みを含んだ目を向けたが、慶次郎は、気づかぬふりをした。

その雨の音に、別の雨の音が混じった。

慶次郎は、庭へ目をやった。笠《かさ》を目深《まぶか》にかぶった男がちりとりを持ち、隣家との境に植えられている楓《かえで》の木へ小走りに近づいて行くところだった。軒と笠を打つ雨の音に、楓の枝から笠へしたたり落ちる雫《しずく》の、不規則な音も加わった。

慶次郎の視線に気づいたのだろう、男が深々と頭を下げた。

「お見苦しいところをお目にかけまして」

楓の下へ、病葉《わくらば》や、どこからともなく飛んでくる小さな紙屑《かみくず》などが掃き寄せられていたのだった。

男は、手早くちりとりへ落葉を掻《か》き入れたが、それさえ待っていられないらしい板前の、男を呼ぶ声が聞えてくる。男は、もう一度慶次郎へ頭を下げ、裏口へ消えて行った。

「矢作《やさく》というんです。よく働いてくれるんですよ」

と、お登世が言った。

「武州の蕨《わらび》というところで、わずかながらも田畑を持っているお百姓さんだったそうですけど。ここ四、五年、何だかお天気がおかしいでしょう？　潰《つぶ》れ百姓っていうのかしら、年貢《ねんぐ》が払えなくなっちまって、名主さんに一切合財を売り渡して、一家がばらばらになっちまったんですって」

「ふうん」

慶次郎は、猪口を置いた。背筋をつめたいものが這《は》って行く。田畑を耕すことができなくなった男から見れば、ずぶ濡れになったことを理由に料理屋へ上がり、憎からず思っている女の酌で酒を飲んでいるもと定町廻《じょうまちまわ》り同心《どうしん》は、嗤《わら》いたくなるほど気楽な存在であるにちがいない。

農業をやめて江戸へ出てくる者、村で商売をはじめて野良《のら》仕事に身を入れなくなる者がふえているのは、近頃のことではない。農業人口の減少は、米の減収につながる。すでに金を中心に世の中がまわっているのに、それを認めようとせず、いまだ米中心の幕府が、以前から頭を悩ませていた問題であった。

慶次郎の父が定町廻り同心であった寛政の頃には、江戸へ出てきたが故郷へ帰りたいという者には、路銀や鋤《すき》、鍬《くわ》など、農業に必要なものを下げ渡すという触れを出したという。が、あまり効果はなかったようだ。晃之助《こうのすけ》の話では、去年あたりからまた、野良仕事の合間に商売をいとなむ者の数を調べはじめたそうだが、ふたたび帰農令を出す前触れかもしれなかった。

「一家がばらばらになったと言ったが、江戸へ出てきたのは、あの男一人なのかえ」

「いえ、一昨年《おととし》、おっ母《か》さんを連れて出てきたそうですけど」

江戸へ出てきた人の大半がそうであるように、矢作も荷揚げや、もとでいらずではじめられる塩売りなどで生計をたてていた。が、母親は、先月、矢作の妹のいる八王子へ行った。

「二番めの妹さんで、機織《はたお》りを覚えたいからと、つてからつてを頼って八王子へ行きなすったんですって」

「ふうん」

「すぐ下の妹さん夫婦は蕨に残って、名主さんのうちで働いていなさるとか、弟さんは板橋宿《いたばしじゆく》で駕籠《かご》舁《かき》になりなすったとか、みんな大変らしいんですけど」

機屋で働いている二番めの妹は、多少、手間賃を稼げるようになったのだろう。母親のもとへきた手紙には、「荷揚げをしている兄さんより、不自由はさせない」と書いてあったそうだ。

「矢作だってあの通りの働き者ですもの、塩売りをはじめてからは、矢作の塩でなければ買わないという人も出てきて、何とかやってゆけそうだったんですけど」

と、お登世が言う。

「でも、機を織る人にはかなわないようですねえ」

「上州では、米をつくって年貢をとられるより、女房に機屋で働いてもらった方が暮らしよいというところもあるそうだ。で、矢作も、塩売りより実入りのよさそうな料理屋で働く気になったのかえ」

「ちがいますよ。ほら、今月はじめ、江戸でも出水騒ぎがあったじゃありませんか。矢作が八王子までの路銀を差配さんに借りて、おっ母さんを送って行ったあとだったものだから——。懐《ふところ》には一文のお金もない、商売には出られないといった具合で、見ていられなくなっちまったんですよ」

花ごろもも、矢作の得意先であったのだろう。お登世は、雇ってよかった、ほんとうによく働いてくれるのだと、先刻と同じ言葉を繰返した。

「正直者だし、気はやさしいし。ただ、もう二十七なんです」

お登世は、冷や酒の入っている銚子《ちょうし》を持って慶次郎を見た。

「いい女房になれそうな娘さんの、お心当りはありませんかえ」

「急に言われてもなあ。それより、ここには、おすみってえ年頃の娘がいるじゃねえか。年増《としま》でよけりゃ、おあきもおちよもいる」

「それがねえ」

お登世は、慶次郎ににじり寄って声をひそめた。

「近頃の江戸には、矢作のような人がふえて、男ばかり多くなっちまったじゃありませんか」

お登世の言う通りだった。出稼ぎも含め、江戸へ出てくる者は、女より男の方がはるかに多い。周囲にいる男達が無事に所帯を持っているのが不思議なほど、今の江戸は男がふえているのだった。

「なかにゃ役者のようないい男もいるでしょうし、お菓子づくりを覚えて、お故郷《くに》でお店を開くって人もいなさるそうだし」

「ただの正直者じゃだめなのかえ」

「今のご時世じゃねえ。正直者がばかをみることもないわけじゃありませんでしょう？　それに、おすみにはいい人がいるようだし、おあきは男よりお金だし。おちよは、矢作のような男では食い足りないんですって」

あの――。

唐紙の向うで遠慮がちな声がした。矢作の声らしかった。

お登世が客用の煙草《たばこ》を買ってきてくれと頼んでいたようで、手があいたからと知らせにきたのだった。

長屋の木戸も、暮六つには戸を入れることになっているのだが、車坂町《くるまざかちょう》の鼠長屋《ねずみながや》は、いつも開け放しだった。というより、戸がないのだった。左官だと言っているが鏝《こて》一つ持っていない男と、四畳半一間のその家に同居している弟が、戸を薪《まき》にしてしまったにちがいなかった。

おつゆは、用心深く木戸のうちへ足を入れた。

五月雨の夜――と言ってももう明け方に近いのだが、闇《やみ》はまだ、漆で塗り込められているように濃い。しかも、長屋のどぶは、降りやまぬ雨にあふれている。どうかすると木戸のあたりで渦を巻いていて、足をとられることがあるのだった。

「年齢《とし》をとった女が転ぶと、すぐに骨を折っちまうからね」

住人は、木戸の戸を薪にしてしまうどころか、金目のものがあれば黙って持って行って質屋に入れてしまうし、軒のかしいでいる家は陽当りがわるく、雨漏りがする。それでも住みつづけているのは、ただただ店賃《たなちん》が安いこと、時によれば踏み倒すこともできるからだが、はじめてこの長屋にきた十年前は、明日こそ引っ越そう、明後日《あさって》には引っ越そうと思っていたものだった。十年前はまだ亭主が寝込まずにいて、米搗《こめつ》きやら荷揚げ人足やら、手当り次第に働いていてくれたのである。

それでも、手にしてくるのはわずかな銭だった。おつゆは、決して軀が丈夫ではない亭主を助けるためにも、この長屋から出て行くためにも働こうと思った。が、縄暖簾での仕事を見つけて戻ってくると、なけなしの金で買いととのえた鍋《なべ》や釜《かま》は無論のこと、損料物《そんりょうもの》の夜具、ごみためから拾ってきた縁のかけた茶碗《ちゃわん》にいたるまで、きれいに消えていた。

長屋の者のしわざとはすぐにわかったし、差配という役目をひきうけているらしい男も、「ご近所に用心しな」と教えてくれたのだが、自身番屋へ駆け込んでも相手にしてもらえなかった。何の証拠もないと言われれば、それまでだった。以来、おつゆは、左官と称している兄弟、鶴吉と亀吉に毎月いくらかの銭を渡している。

「目をつけられたかして、泥棒に入られちまったんですよ。たいしたものはありゃしないけど、それでも盗まれりゃ癪《しゃく》にさわる。まことに申訳ないけれど、うちが留守の間、見張っていてもらえません？」

それからまもなく亭主が寝つき、家にいるようになったので、一年ほど、もったいない金を遣ったことになる。が、お蔭《かげ》で、夜具や鍋、釜は消えなくなった。

提燈《ちょうちん》の火を消さぬよう、傘を傾けて水びたしの路地を歩き、ようやく家にたどりつく。中に入ったおつゆは、提燈の火を行燈《あんどん》にうつした。

雨漏りのするところへ置いていった手桶《ておけ》は、二つともいっぱいになっている。しかも、もう一箇所、畳に大きなしみができていた。

手桶の水を路地へぶちまけて、盥《たらい》を中へ入れる。今日は手桶二つと盥を打つ雨の音で、さぞにぎやかなことだろう。

足を拭《ふ》き、一年中敷き放しの寝床まで這って行く。着物も脱がずに軀を投げ出すと、湿気をおびている夜具がつめたかった。疲れたと思った。年齢《とし》のせいではなく、あの若い客のせいだった。

亭主が死んだのは、もう九年前になる。少しばかり持っていた田畑を売り払い、逃げるように出てきた故郷へは今更帰れもせず、暗い顔をするようになって、縄暖簾の主人にやめてくれと言われ、地獄となってからでも、七年がたつ。どんな客がきても適当にあしらうことを覚えて、二、三人の客がきても疲れはしないこつも身につけてはいるのだが、あの男の相手をしたあとだけは疲れるのである。

矢作という男だった。地獄宿に顔を出すようになったのは一年半ほど前で、おつゆのような商売の女がいるところへ足を踏み入れたのははじめてだったのだろう。問われもせぬのに、自分は蕨の潰れ百姓で、今は荷揚げ人足をしているのだと言った。

「ばか」

と、その時も、おつゆは胸のうちで嗤《わら》ったものだ。

地獄とは、ひそかに春を売る女のことで、自分の家に客を呼び入れる者もいれば、客と中宿《なかやど》へ出かけて行く者もいる。なかには二、三人の女が通って行く地獄宿と呼ばれる家もあって、おつゆが客をとっているのはそんな家だった。

無論、地獄はご禁制の女である。江戸市中にいてはならないことになっている。が、深川の岡場所が、表向きはご禁制でありながらしばしば草双紙に取り上げられるほどの繁昌《はんじょう》をつづけ、柳原《やなぎわら》の土手へ行けば、夜鷹《よたか》と呼ばれる女達が毎夜、茣蓙《ござ》をかかえて男達を待っていた。おそらくは地獄も、男の多い江戸の町から消えたことなどなかったのではないか。自分が商売をしているから言うわけではないが、女に騒がれるとは思えない矢作が、一夜の相手を求めようとすれば、夜鷹か地獄を選ぶほかはない。公《おおやけ》に認められている吉原《よしわら》で遊ぶのは、金がかかるのである。安いところもあると聞いたことがあるが、大門をくぐるだけでも勇気がいるだろう。矢作のような男にとって、地獄宿は極楽かもしれないのである。

それでも、「ばかだよ」とおつゆは思う。

地獄宿へ上がるには金がかかる。高いところで一分《いちぶ》、安いところで二朱《にしゅ》という相場を仲間の女から聞いて、おつゆ自身が驚いたことさえある。

おつゆが通っている地獄宿は、間違いなく江戸市中での最低だと思うが、それでも二、三百文はかかるのだ。荷揚げ人足をして母親を養っていたという矢作が、どれほど苦労をして金をためたかと思うと、亭主が同じ仕事をしていただけに、哀れになってしまうのである。

「でもよ」

と、矢作は言っていたものだ。

「お前《めえ》と出会えたお蔭で、俺あ、すれちがう娘の軀《からだ》からいい匂《にお》いがしてきても、ぐっと我慢することができる。女に乱暴をする、とんでもない男にならずにすんだんだよ。俺にとっちゃあ、お前《めえ》は観音様か弁天様だ」

ばぁか。──

と、その時も、おつゆは思った。思ったが無論、言葉にはせず、乱れた矢作の髪をやさしく掻《か》き上げてやった。

やがて矢作は塩売りとなり、売り上げが多かった日の銭を懸命にためて、おつゆのもとへくるようになった。「ためた銭でよ、おふくろに腐った袷《あわせ》の一枚でも買ってやれば大喜びするのにと思うと、うしろめたい気もするのだが」と言いながら。今は、仁王門前町の花ごろもという料理屋で働いているそうだ。

花ごろもならば、おつゆも知っている。不忍池《しのばずのいけ》のほとりにあるしゃれた店で、仲間のおもんの客だった男が、棟梁《とうりよう》のおごりで行ったことがあると自慢していたらしい。

その男は棟梁の娘を女房にしたらしく、おもんのもとへはこなくなったそうだ。今頃は、一度でいいからあんな店に上がってみたいというおもんの願いをよそに、仲間や客を招いてあの店へ上がるようになっているかもしれない。おもんのことは、若い頃はよく遊んだという自慢話の中に出てくるくらいのものだろう。

「くそ」

雨漏りの音が大きくなった。雨が強くなったのかもしれなかった。

おつゆは、天井のしみを眺めながら爪《つめ》を噛《か》んだ。

痩《や》せた土地を、それもわずかばかり持っている百姓の娘に生れ、同じような土地を同じようにわずかばかり持っていた男に、十六の若さで嫁いでしまったのが我が身の不運かもしれなかった。稲を植えるのも刈るのも、新しい土地を開くのもどちらかといえば好きだが、手放さねばならなくなったのでは、どうしようもない。ただ、いっそもう少し早く潰《つぶ》れてしまえば、若いうちに江戸へ出てこられたのである。亭主だって、もう少しましな仕事を見つけられたかもしれないし、江戸には掃いて捨てるほどいる男が、おつゆに言い寄ってきたかもしれなかった。

「この年齢《とし》ではね」

好きだと言ってくれるのは、あの矢作くらいのものだろう。それも、行燈の燈芯《とうしん》を細く切って、闇に目が慣れなければ動けないほど暗くしている地獄宿の中だけのことだ。昼の光の中で見るおつゆの顔は、野良《のら》仕事で日焼けしている上に、安ものの白粉《おしろい》で荒れはてて、見られたものではなかった。

「それにしてもばかだよ、あの男は」

花ごろもという一流の料理屋に雇ってもらい、雑用をひきうけている男ながら客にも可愛《かわい》がられて、庭を掃いていれば「ご苦労」と祝儀《しゅうぎ》、煙草を買いに行けば駄賃と、ためておけばよい金を、おつゆのような女と会うために遣いはたしている。

「時々おつゆさんに会わないと、気が変になりそうなんだよ」

と言うが、今日の話では、花ごろもの女将《おかみ》が、矢作の女房にふさわしい娘を探しているようだった。矢作が客に好かれていることは誰よりも女将が知っている筈《はず》で、客の好意である祝儀や駄賃を、一文残らず地獄宿で遣いはたしていると知ったなら、女将や、矢作に嫁ぐことがきまった娘はどんな顔をするだろう。呆《あき》れはてて、きまった話もこわれてしまうのではあるまいか。

「知ったこっちゃねえや」

おつゆは、寝転んだままで帯をといた。といた帯を放り投げ、寝転んだまま着物も脱ぐ。

つめたい寝床にもぐり込んだが、ふっと矢作の感触が甦《よみがえ》った。兄妹《きょうだい》そろって軀だけは丈夫だと言っていたが、確かに若く、衰えることを知らないような軀だった。

「でも、――知ったこっちゃねえ。あかの他人だ」

おつゆは、頭から布団《ふとん》をかぶった。桶や盥を打つ雨の雫《しずく》の音が、案の定、うるさかった。

「いい加減におしよ」

と、思わずおつゆは言った。三日前にきた矢作が、また地獄宿に上がったのだった。

うしろに立っていた宿の主人、頬に傷のあるこわい男が、膝《ひざ》でおつゆの背を小突いたので口を閉じたが、出入口から押し出してやりたいくらいだった。

二間しかない部屋の一つを屛風《びょうぶ》で仕切り、三人の女が使っているのだが、幸い、今夜はおもんにももう一人の女にも客がなかった。おつゆは、一番奥の寝床へ矢作を引きずり込み、頭から布団をかけた。

「少しはお考えよ。女将さんが、女房にする人を探していなさるんだろうが」

うん――と、矢作は、おつゆの腕の中でうなずいた。

「だからさ、そのことで話があって」

「おや、お別れを言いにきたのかえ」

矢作は客、一人の男として見ている気持は少しもない筈だったが、胸の奥の、そのもう一つ奥の方がうずいた。

「いや、そうじゃないんだ」

「だったら何だってんだよ」

「その、何だ」

「じれったいね、まったく」

「だからさ」

まさか、そんな筈はない。おつゆだって、今の今まで矢作は客、多い時には一晩に三人もくる客の一人と思っていたのだ。矢作が、おつゆを一人の女と見ているわけがない。第一、おつゆは、婆《ばば》あと呼ばれても仕方のない年齢ではないか。

「だからさ。女将さんに、好きな女がいると言ったんだよ」

「へええ。お前さんにも、そんな人がいたんだ」

のぼせるな、おつゆ。まさか、まさかまさか、そんなことのあるわけがないじゃないか。

「そうしたら、女将さんが、わたしも会ってみたいって」

「ふうん」

まさかまさか、まさかまさか、そんなわけが……。

「そんなこと、わたしにわざわざ知らせにこなくたっていいじゃないか」

「だって、その女ってのは……」

まさかまさか。でも、神様仏様——。

「おつゆさんなんだもの」

「ばかなことを言うんじゃないよ」

ようやく口から出た言葉だが、声がかすれている。

「わたしゃ、年上だよ」

「知ってるよ、そんなこたあ。俺のおふくろだって、親父《おやじ》より年上だった。それでも、親父より長生きしてる」

「長生きなんざ、したかないけどさ。おふくろさんは、幾つ年上だったのかえ」

「三つ」

おつゆは口を閉じた。この地獄宿では、顔が見えぬのを幸いに、二十三だと言っている。むりがあるのは承知の上で、多少、気を許した相手には、実は三十五だと打明けているのだが。

「俺だってもう、二十七だ。若くはねえ」

「わたしゃ、あの……」

「去年、三十五だって聞いたよ。だから、今年は三十六だ」

まあ、そういう計算になるけれど。

「九つも年上だが、うんと離れている気がするのは今だけだよ。二十年たってみねえな、俺だって四十七の爺《じじ》いだ。五十六の婆あと連れ立って歩いていたって、誰も振り返りゃしねえよ」

なあ、いいだろう？　と言って、矢作はおつゆの帯に手をかけた。所帯をもってくれるかと尋ねたのか、いつものように抱いてもよいかと尋ねたのか、おつゆにはわからなかった。

「俺あ、江戸へ出てきて、大勢の人から親切にしてもらった」

だが、おつゆさんは特別だ。俺が荷揚げをしていると言っても、稼ぎの少ない男にゃこんなところでいいなんてえ、いい加減な扱いはしなかった。田畑を売り払って江戸へ出てきたという俺の話も、親身になって聞いてくれた。花ごろもの女将さんも、いろいろと心配をしてくれるが、田畑は売っちまった方がいっそ気楽だと言った俺に、そうだよ、そう考えた方がいいよと答えなすった。売っちまった方がいいと自分に言い聞かせなくてはならないせつなさは、根っこのところでわかっちゃもらえねえんだ。だから、俺あ、女将さんのことは、有難いとしか思えねえ。女将さんが見つけてくれるのは、きっと気立てのいい娘だろうが多分、俺との間には、薄紙一枚くらいの隙《すき》間《ま》があると思うんだ。

だけどよ、おつゆさん。お前《めえ》は俺の話を聞いて、百姓が田畑を売っていいわけがないのにねえと、溜息《ためいき》をついた。お前《めえ》は、潰れ百姓の悲しさを知っている。俺あ、所帯をもつならおつゆさんだと思ったんだ。

「そう――」

それ以外の言葉は口から出てこなかった。

まったく、何だって神様や仏様にすがりついてしまったのだろう。この年齢《とし》で、矢作の女房になどなれるわけがないではないか。おつゆは今年、四十七になったのだ。矢作とは、二十歳もちがうのである。

ばぁか――と、おつゆは、自分に向って呟《つぶや》いた。

だいたい、真っ昼間におつゆと会って、腰を抜かさぬのは鼠長屋《ねずみながや》の連中だけなのだ。昼間のおつゆは、自分で言うのも情けないが人三化七《にんさんばけしち》、人間三分に化物七分、枯木のような肌に白粉がまだらにくっついていて、額にも目許《めもと》にも口許にも、溝のような皺《しわ》がきざまれているのである。矢作と一緒に鼠長屋を訪れた花ごろもの女将は悲鳴をあげ、矢作は女将の手をひいて逃げ出すだろう。

が、矢作は、おつゆの着物を押しはだけ、たるんでいる筈の胸をいとおしそうに撫《な》でながら、「お前《めえ》の住まいは？」と尋ねている。

「この近くだけど」

と、おつゆは、かすれた声で言った。

「あの、少し考えさせておくれよ」

「そうだな」

矢作は素直だった。

「俺一人が、お前《めえ》を女房にしようと、ずっと考えていたのだものな」

雨が降りつづいているせいだろうか。まだ客は誰もこない。

矢作が満足して帰ったあと、おつゆは、帳場と呼んでいる部屋へ入って行った。金の勘定をするために、帳場には大きな行燈《あんどん》が置かれている。おつゆを見たおもんは、「顔色がわるいよ」と心配そうな顔をして近寄ってきた。

「それが、とんだお笑い草」

と、一部始終を話してしまう気になったのは、どうせ矢作の女房にはなれぬと思っていたからだろうか。

「二十七の若僧が、わたしを女房にしたいんだってさ」

おつゆは、隣りの家まで聞えそうな大声で笑った。「へええ」と感心したように言ったおもんの目が、一瞬、鋭く光ったことにはまるで気がつかなかった。おもんは、おつゆより二つ年下で、地獄宿の主人から、おつゆよりは縹緻《きりよう》がよいと言われている女だった。


翌日、おつゆは、「そんな女はいねえよ」という鶴吉の声で目を覚ました。

地獄宿のすぐ近くにある長屋へ戻ってきたのは明六つ近く、女房になってくれと言われた興奮と、それを喋《しやべ》ってしまった後悔とで、寝返りばかりうっていたのだが、いつのまにか眠っていたようだった。

手桶《ておけ》と盥《たらい》を打つ音がなくなっているところをみると、雨はやんでいるらしい。が、出入口の土間は日暮れのように薄暗く、今日も晴れてはいないようだった。

「おつゆなんてえ女は、いねえと言ってるんだよ」

おつゆは、夜具をはねのけて起き上がった。

江戸に知り合いはいない。それに、故郷に残してきた兄弟が、おつゆを探しにくるわけもなかった。それに、鶴吉が「おつゆなんてえ女はいねえ」と言っているのは嘘《うそ》ではなく、『つゆ』は地獄宿でのいわば源氏名で、親からもらった名前は『つな』なのである。なるべく家にひきこもってはいるが、米屋や湯屋へは行かねばならず、青物売りや油売りがくれば、ざるや油差を持って木戸の外へ出る。白粉を落とした顔を知っている長屋の人達の前で、『つゆ』などという可愛らしい名前をなのることなどできはしなかった。

「でも、たった今、おつゆさんは鼠長屋にいる、たずねてみろと教えにきてくれた人がいるんですよ」

その声を聞いて、おつゆは寝床の外へ転げ出た。矢作の声だった。

「おつゆさんの友達で、おもんさんという人が教えてくれたんだから、間違いないと思いますが。年齢《とし》は、三十なかばの筈です。おもんさんは、もうじき五十になる女だと言ったけど」

くそ。

すさまじい顔になっていたにちがいない。気がつくと、おつゆは、身にまとおうとしていた着物を引きちぎろうとしていた。つい先日、古着屋で買ったばかりの着物だった。

落着けと、おつゆは自分を叱《しか》りつけた。四十七のおつゆが、二十七の若僧の女房になどなれるわけがない。いずれ、こういうことになる。おもんは嘘を教えに行ったのではない、事実を教えに行ったのである。お節介が過ぎるとは思うが、つい顔の皺や、胸と腹と腿《もも》と――いや軀中《からだじゅう》のたるみを忘れてしまうおつゆに、目を覚ませと言ってくれたのだ。そう思えば、腹を立てる方が間違っている。ことによると、おつゆにすがりつかれた神様と仏様が、呆れておもんに花ごろもへ行けとお命じなされたのかもしれなかった。

おつゆは、ゆっくりと着物を着た。顔も洗わずに寝床へもぐり込んだので、顔の白粉はなかば剝《は》げ落ち、白髪まじりの髪は乱れに乱れているにちがいなかった。泣きたくなったが、土間へ降りて戸を開けた。

「まだ眠ってるってのに、おつゆ、おつゆとうるさいねえ。わたしに何の用なんだよ」

おつゆも、昼間の矢作をはじめて見た。美男ではなかったが、いかにも人のよさそうな、背の高い男だった。

わたしにゃもったいない。

もったいないその男は、まばたきもせずにおつゆを見つめている。驚きに声も出ないようだった。

「お前かえ、わたしをたずねてきたのは。何の用があるってんだよ」

矢作がかすれた声で答えた。

「いえ、人違いかもしれない」

「そうだろうね」

乱暴に戸を閉めるつもりだったが、たてつけがわるい上に長雨で湿っていて、半分しか閉まってくれないのが情けなかった。

鶴吉の大笑いが聞えてきた。


悪日というのは、こんなものなのかもしれなかった。

最初の客が、ぼんやりしているおつゆに腹を立て、金を返せと言って帰ってしまったのである。何のかのと言訳をして、金を返さなかった地獄宿の主人は、言訳の倍以上の時間をかけて、おつゆに叱言《こごと》を言った。

その主人が、帳場の唐紙を開けて「夜鷹蕎麦《よたかそば》がきた」と叫んだのは、二人めの客が着物を脱ぎかけた時だった。ご禁制の商売を取締まるため、町方の同心や岡っ引が踏み込んできたと知らせる言葉だった。

『岡場所はこれがいやだとうろたへる』という川柳があることでもわかるように、手入れは時々行われる。が、岡場所の方でも用心をして岡っ引に附届《つけとどけ》を怠らず、手入れのある日をさりげなく知らせてもらうことが多かった。地獄宿の主人も、この界隈《かいわい》を縄張りにしている岡っ引の家へ始終挨拶《あいさつ》に出かけていた筈《はず》なのだが、今夜の岡っ引は、たまには役目に忠実になろうと考えたのかもしれなかった。

無論、地獄宿の方も、岡っ引の心変わりを計算に入れていた。「夜鷹蕎麦がきた」という言葉を聞いたなら、客を押しのけて戸棚へ逃げ込むことになっていたのである。戸棚の床板の下に穴が掘られていて、泥まみれにはなるが、隣家の戸棚へ出ることができる。隣家は鼠長屋の差配の家で、差配の家の裏口は、木戸の内側にあった。おつゆは自分の家へ逃げ込めるし、おもんともう一人の女も、ごみための横を通って、自分達が住んでいる長屋へ逃げられるのだった。

客の悲鳴が聞えた。おもんが客を蹴飛《けと》ばして、戸棚へ飛び込んだようだった。「何をするんだよ」とわめいているのは、もう一人の女だった。客にしがみつかれているらしい。

おつゆの客は、帯を拾って帳場へ逃げて行った。裏口の戸が押し倒されたらしい音が聞える。悲鳴は、帳場へ逃げた客のものだろう。が、かまってはいられない。おつゆも戸棚へ飛び込んだ。

狭い穴だとわかっていたが、これほどとは思わなかった。這《は》って行くほかはなく、太っているおもんは、それでも軀が通らなくなったのか、「もうだめ」と泣声をあげた。

「何を言ってるんだよ」

おもんが止まってしまっては、おつゆも、もう一人の女もすすめない。床板は閉めたようだが、こんなところで寝そべっていては、たちまち岡っ引に見つかってしまうだろう。

「息を吸って、思いっきり軀を小さくして」

「だって、肩がすれて痛いんだよ」

「肩のすれたのなんざ、薬を塗りゃ癒《なお》る。岡っ引にとっつかまるよりいいだろう」

「ごめんよ、おつゆさん。わたしゃ、お前のことを矢作さんに言いつけに行った罰《ばち》が当ったんだ」

「そんなことを言っている時かよ」

おつゆは、おもんの足を押した。動かなかった。が、おもんも必死で軀を小さくしたようだった。二度めには肩が脱《ぬ》け出たようで、おもんは少しずつすすみ出した。

鼠長屋の差配は、戸棚の床を開けて待っていた。ほっとしたのか、ふたたび泣き出したおもんの声がすぐにとぎれたのは、差配がおもんの口許を手でおおったからだった。

「静かに。俺のうちの前も、岡っ引がうろうろしているんだ」

おもんが部屋へ上がった。部屋の隅へそっと這って行き、泣声をあげそうな口の中へ、手拭《てぬぐ》いを押し込んでいるらしい。

おつゆが部屋へ上がり、もう一人がそれにつづくと、差配は表の気配に注意しながら、そばにあった大きな布袋の口をといた。土が入っているようだった。穴を埋めてしまうつもりのようだった。

明りは枕屛風《まくらびょうぶ》でかこってあったのだが、それでも表に洩《も》れてしまったのかもしれない。戸を叩《たた》く音がした。差配が舌打ちをして、女達は台所へ逃げた。

わざとぐずぐずしている差配に腹を立てたのか、表口の岡っ引が、「戸を開けろ」とわめきだした。

おつゆは、裏口の戸をそっと開けた。木戸の戸を鶴吉兄弟が薪《まき》にしてしまったため、路地は裏通りから丸見えだが、岡っ引と同心の姿はない。

数人の岡っ引が同心についてきている筈だが、ほとんどが地獄宿にいて、捕えた客の名前と住まいを聞いているのだろう。客は「内密に」と願うにちがいなく、同心が苦笑いをしてうなずけば、岡っ引にも金が届けられるのである。

心張棒をはずす音が聞えた。

「行こうか」

と、おもんがおつゆに囁《ささや》いた。今のうちに自分のうちへ逃げ込もうというのだった。おつゆは、軒下の闇《やみ》の中へ出た。あとの二人も軒下へ出て、裏口の戸はおもんが閉めた。「何やら物音がしましたので目を覚まし、明りをつけました」という差配の大声で、その音は消されたにちがいなかった。

「行くよ」

おつゆは路地を走って、自分の家へ飛び込んだ。おもん達は軒下を駆けて、ごみための向うへ消えたようだった。それで万事うまくゆく筈だった。

が、おつゆは、家へ飛び込んだとたん、「いやがった」と言う岡っ引の声を聞いた。しかも、敷き放しの寝床の上で闇が動いた。しのび込んでいた者がいるのだった。

「女がいた。こっちだ」

岡っ引が叫んでいる。

「何をしているんだ、早くこっちへこい」

と、寝床の上の闇が言った。しのび込んでいた男、矢作の声だった。

「こいよ、早く」

闇の方が近づいてきた。乱暴にひきずりあげられて、着物を脱がされる、矢作のにおいがしたと思った時に、出入口の戸が開いた。

「女、出てこい」

岡っ引の声だった。

「何のご用ですかえ」

おつゆは声も出ない。答えたのは矢作で、おつゆは、裸のまま矢作の腕の中で震えていた。

「手前《てめえ》、男か」

「へえ」

「地獄宿に陰間《かげま》がいたのか」

「冗談じゃねえ。料理屋でちゃんと働いてます」

岡っ引が持っている明りが、二人を照らした。矢作も裸身であった。明りはすぐ、路地へ向けられた。

「手前《てめえ》ら、ふざけやがって」

「夫婦《めおと》ですよ、こっちは。何をお間違えになったのかしりませんが、いい迷惑だ」

笑い声が聞えた。鶴吉兄弟だった。騒ぎを聞きつけて、起き出してきたらしい。騙《だま》されるなと言うのではないかと思い、おつゆは胃の腑《ふ》のあたりが痛くなったが、鶴吉は、「そいつら、所帯をもったばっかりなんでさ」と言った。

「お蔭《かげ》でこっちも眠れねえ」

「わるかったな」

岡っ引は戸を閉めようとしたようだが、戸はまったく動かなかった。岡っ引は舌打ちをして、どぶ板の上を歩いて行った。

その足音が消えてから、おつゆは土間へ降りた。路地へ顔を出して見たが、鶴吉兄弟の家は、もう戸が閉まっている。岡っ引に嘘をついてくれたあとは、すぐに寝床へ戻ったようだった。

おつゆは、たてつけのわるい戸を持ち上げて、少しずつ閉めた。しばらくぶりに心張棒をおろしてふりかえると、寝床の上にあった闇が消えている。

おつゆは、脱ぎ捨てた着物に足をとられながら駆け戻った。緊張から解き放たれたせいか、矢作は畳に俯伏《うつぶ》せて、声も出ないほど震えていた。

「そんなわけで、矢作はおつゆさんと一緒になるんですって」

と、お登世が言った。

花ごろもの奥座敷で、庭の向うの不忍池が、ひさびさに晴れた空を映している。

「おつゆさんがあんまり年寄りだったので、一度はびっくりして戻ってきたのだけれど、考えてみれば俺も割れ鍋《なべ》だからって。そんなことはないと言ったのですけれどねえ」

お登世は残念そうだった。

慶次郎は、饅頭《まんじゆう》へ手をのばした。今日はこれから八丁堀の屋敷へ行くつもりなので、酒を飲んではいられなかった。

花ごろもへ寄ったのは、矢作にちょうどよい相手が見つかったからだった。根岸の寮が隣りどうしの美濃屋《みのや》で働いている二十二歳で、父親と母親をあいついで亡《な》くしたために嫁《ゆ》き遅れたが、縹緻《きりよう》も気立てもいいという女なのである。四十七で地獄宿へ出ていた女よりも矢作に似合うとは思うが、当の矢作が、おつゆ以外の女に目が行かないのでは仕方がなかった。

「おまけに、しばらくの間、鼠長屋《ねずみながや》で暮らすんですって。いくら気のいい人達が住んでいるからって、もう少しきれいなところがあるだろうと思うんですけどねえ」

「いいじゃねえか。放っておきねえな」

「そりゃ黙ってますけど」

いい女房を見つけてやろう、こざっぱりした仕舞屋《しもたや》に住まわせてやろうと考えていたのに、すべて断られたのがお登世は不満なのだろう。

「もう一月《ひとつき》もたちゃ蓮見《はすみ》だな。花ごろももいそがしくなるぜ」

「ええ。今から座敷を頼むというお客様がおいでなんですもの」

「矢作のような働き者がいてくれりゃ、大助かりじゃねえか。恋女房と一緒になりゃ、もっと働くかもしれねえ」

「一所懸命働いて、お金をためて、田圃《たんぼ》を買い戻すんですって。いつまでも、うちにいちゃくれないんですよ」

「おつゆさんも、これまでの商売をつづけるってんじゃねえだろうな」

「まさか」

お登世は、口許《くちもと》に手を当てて笑った。

魚が跳ねたのか、不忍池で小さな水飛沫《みずしぶき》が光っている。

権三《ごんざ》回想記

助けてくれ、殺される。

それがその男、権三《ごんざ》が元鳥越町《もととりごえちょう》の番屋へ飛び込んできた時の言葉だった。たまたま居合わせた森口晃之助は、数日前からつづけられている盗人《ぬすっと》探索の報告にきていた辰吉《たつきち》と、権三を追ってくるにちがいない〝殺人鬼〟を捕えるべく番屋から飛び出そうとした。が、権三は、なぜか晃之助にしがみつき、自分を大番屋へ連れて行ってくれとわめいた。

大番屋に到着すると、権三はみずからその中へ飛び込んで、晃之助が何も尋ねぬうちに喋《しゃべ》り出したという。早口で、話の前後は滅茶苦茶《めちゃくちゃ》で、一息つけと言ってもとまらない。番人の差し出した茶をすするかすすらぬうちに、また喋り出したそうだ。

面白かったが、まとまりのない話をじっと聞いているのはつらかったと、晃之助は苦笑いをした。

すみません、親分さん、ちょいと外を見ておくんなさい。

誰も追っちゃこねえ？　ほんとに？　用水桶《おけ》の陰なんぞに誰も隠れちゃいませんかえ。お前の目より確かだって、そう言われちゃあ返す言葉もありやせんが。

へえ、俺も、ずいぶんとわるいことをしてきやした。いえ、人は殺しちゃいやせんよ。

親の敵《かたき》と狙《ねら》われていたんだろうって？　とんでもねえ。女はずいぶん殺したが、意味がちがうんで。俺を恨んでいる亭主もいねえと思いやすよ。だって、女房に極楽の気分を味わわせてやったあげく、半年もすりゃ、これからは亭主を大事にしなって、やさしく送り返してやるんだから。そうですよ、それで恨むのは、逆恨みってもんだ。

俺の生れですかえ。江戸でござんす。神田といっても、ちょいとはじっこの柳原岩《やなぎわらいわ》井町《いちょう》、柳原の土手下でさ。

ご存じの通り、土手下の柳原通りってえものは、昼のうちこそ古着屋などの床店が出ていて人通りもあるが、日暮れになると、この床店がばたばたっと片付けられちまう。あとに残るのは、迂闊《うかつ》に手をつけると祟《たた》りがあるってえ清水山《しみずやま》、ぼうぼうと生い茂って死骸《しげえ》の一つや二つは飲み込んでいそうな草叢《くさむら》と、それを照らすお月様だけって寸法でね。柳原名物の夜鷹《よたか》は、餓鬼の頃から見ておりやした。別に、それでこうなったとは申しやせんが。

親父《おやじ》は足袋職人で、ええ、腕のいい職人でござんした。親父の縫った足袋じゃねえと親指と人差指の間が痛くなるとか、こはぜが気になるとか言う客が多うござんしてね、民《たみ》さん——民三《たみぞう》ってのが、親父の名前なんでさ。俺も、生れた時は留三《とめぞう》って名前でした。なんでも五人めの子供で、これから先も子供が生れつづけたら俺の稼ぎじゃとても食えねえ、留にしろってんで親父がつけたとか……そんな話はどうでもいい？

そりゃそうですね。

ええっと、どこまで喋りましたっけ。親父の縫った足袋じゃねえと指の股《また》が痛くなる、こはぜが気になると言う客が多かったってえとこまでですかえ。

そうなんでさ。民さんの縫った足袋でなけりゃいや、わたしゃはかない——なんてね、そんなことを言う客が多かったもので、親父への注文はふえる一方だったそうで。で、朝から晩まで親父は足袋を縫っていた。顔を洗って朝めしを食って仕事をして、昼めしを食って、また仕事をして湯屋へ行って晩めしを食って、夜業《よなべ》仕事をして寝ちまうってえ暮らしをしてた。早い話が、めしを炊《た》いてくれたり湯屋へ行く時に手拭《てぬぐ》いを渡してくれたりする女がいて、その女がかまってもらいたがってることを、すっかり忘れちまってたんでさ。

となりゃ、おふくろだって面白かありやせんやね。尾頭《おかしら》つきを奮発しようが昨日の晩の残りものを出そうが、うまいでもなけりゃ、まずいでもねえ。めしを噛《か》み噛み仕事場にしていた三畳の部屋へ行って、日が暮れて縫目がよく見えなくなると、「湯銭をくれ」と言う。お前のお父《とつ》つぁんがわたしに言ったのはそれだけだったと、おふくろはよく愚痴をこぼしていやしたよ。手前《てめえ》や子供達のために稼いでいてくれるんだとわかっていても、十七で所帯をもったおふくろは、当時三十四だった。半年だの、一年だのと放っとかれた割によく子供が生れたものだが、何たって俺は留三でしょう？

おふくろは、たまらなかったと思いやすよ。

おまけに、おふくろは抜けるように色が白くってね、ちょいとふめるご面相《めんそう》だった。俺は、おふくろに似ていると言われたものですが……その通り、おふくろは、男をつくって家を飛び出して行きやしたよ。

旦那《だんな》の前だが、そうなると男は意気地がねえね。おふくろがいなくなったのは俺が六つの時でしたが、親父は、仕事が手につかなくなっちまったんですよ。

一番上の兄貴はもう十五になっていて、これは親父が仕事を頼まれていた足袋問屋、小網町の尾張屋《おわりや》に奉公していやした。二番めと三番めの兄貴は十三と十一、尾張屋さんの世話で、下駄《げた》屋と傘屋で働いていていて、うちに残っていたのは、九つになる姉と俺だけだったんですがね。

　めしや掃除は、九つの姉が、おふくろ通りとはゆかねえまでも、うまくやってくれやした。が、それじゃ満足できなかったんだね、親父は。まるでかまってやらねえ女房なんざ、いてもいなくっても同じようなもの、小せえ娘が一所懸命めしを炊き、味噌汁《みそしる》をつくる姿を見たら、苦労させてすまねえと、涙ながらに言っていっそう仕事に精を出しそうなものだと大概《てえげえ》の人は言いなさるのだが、ちがうんだねえ。

　男の意地か、男の淋《さび》しさか知らねえが、親父はおふくろを探しはじめたんでさ。見つけたら、ただじゃおかねえと言っていやしたよ。そんな時の親父は目が据わっちまってね、おっかなかった。

　それでも、しばらくの間は、仕事の合間におふくろを探していたらしい。曲がりにも、足袋を縫っていたんでさ。だから、姉ちゃんが毎日買いに行く米の代金に困ることはなかった。

　ところが、やっぱり前のようには仕事をこなせなかったんだね。民さんの縫った足袋でなくっちゃいやってえ客に、尾張屋の番頭が、「すみません、明後日《あさって》には品物が届きますから」と頭を下げ、お帰り願うようになったんだそうで。

　尾張屋には、一番上の兄貴が奉公してる。おそらく見ていられなくなったんでしょう、「いい加減にしろ、親父」と言いにきた。

親父の怒ったのなんの。筋の通ったことを言っているのは兄貴の方ですからね、幼心にも情けねえ親父だと思い、殴られそうになった兄貴をかばったりしたけれど、今思うと、親父は倅《せがれ》に筋の通ったことを言われ、言い返せねえものだから腹が立ったんだね。

いいえ、立ち直りゃしませんでした、うちの親父は。根がまじめなだけに、倅に意見《いけん》された手前《てめえ》が情けなくって酒を飲み、次には酒びたりの手前《てめえ》に愛想がつきてきて、自棄《やけ》になっちまったんでしょう。親父が立ち直っていりゃ、俺もこんな目に遭やしませんん。

親も倅も情けねえって？　まったくもってその通りで。

しかも、わるいことに、おふくろの居所がわかっちまった。どうも隣りの女房がおふくろを見かけたようで、「民さんのおかみさん、元気そうだったよ」とか何とか、よけいなことを言ったんでしょう。血相を変えて飛び出して行く親父を姉が追いかけて、俺は、一番上の兄貴が奉公している店へ素っ飛んで行きやしたよ。

が、俺達が駆けつけた時には、ほぼ勝負はついていた。言うまでもなく、おふくろの勝ち。女は強いね、旦那。

姉の話だと、親父はおふくろの家に駆け込むやいなや、おふくろの腕を摑《つか》んで、「見つけたぞ」と叫んだらしい。帰ってこいと腕を引っ張りゃ、おふくろは恐れ入ってついてくるとでも思ったんでしょうね。密通は死罪、内緒ですまそうとしても七両二分だぞと、脅せるような親父でもなけりゃ、そんな科白《せりふ》を考えつくような親父でもなかった。

その上、親父はおふくろをみくびっていた。親父だけではなく、俺も兄貴も姉も、あんなおふくろを見るのははじめてだったが、おふくろは親父の手を振り払って、早口でまくしたてたんでさ。

何が帰ってこいだよ。帰ってこいと頼むなら、わたしが帰りたくなるようにしてから迎えにおいで。放っとくだけ放っといて、帰ってこいとは笑っちまうよ。今の亭主は、お前さんよりちっと稼ぎはわるいけれど、わたしを毎晩極楽へ送ってくれる。わたしゃ一文なしになっても、今の亭主と一緒にいるよ。ああ、密通だと訴えたかったら訴えて出な。わたしゃ、喜んであの人と死罪になる。

俺が何をしたってんだって、親父は言いやしたよ。

俺が何をしたってんだ。少しでも履き心地のよいものをと、一所懸命に足袋をつくっていただけじゃねえか。少しでもお前達《めえ》に楽をさせてやろうと、夜も寝ずに足袋を縫っていただけじゃねえか。それのどこに不足があるんだ。

が、その声に勢いがなかったことといったら……。

兄貴達や姉はどう思ったか知りやせんが、俺は、手習いに行くよりいろんなことを教えてもらったと思いやしたね。女は、極楽へ行かせてくれる男のためなら、死罪になってもいいと考える。兄貴達のように、『乍恐申入候《おそれながらもうしいれそうろう》』だの、『恐々謹言』だのと習っている暇はねえ。読み書きの指南所へ十年も通ったって、こういうことは教えてくれねえ。知らずに育っちまう奴《やつ》らのためにも、俺は早く世の中へ出た方がいい。ね、そうでしょう?

親父も、女を極楽へ送ってやることが、こんなに大事だったとは知らなかったんでしょうね。十か十一の頃に弟子入りして、そのまま足袋を縫いつづけていたんだから。何のための腕前だったのかと、やりきれなくなったのかもしれやせん。前にもまして、酒びたりになった。

暮らしの方は滅茶苦茶でさ。親父が仕事をしねえんだもの。

尾張屋は、「民さんの縫った足袋」と言う客に、明後日に届くとか三日後に入るとか言訳をしていたそうですが、明後日どころか五日後、十日後になっても品物は届かねえ。たまに届いたと思えば、肝心な指の股の縫いが甘くなっている。これじゃ、尾張屋でなくっても仕事を断りまさあね。

が、仕事をもらえなくなったこっちは、たまったものじゃねえ。親父はどこからか借金をして酒をかっくらっているが、子供の方は空きっ腹をかかえて、ぴいぴい泣いているよりほかはねえんですから。一番上の兄貴が大福を買ってきてくれた時なんざ、子供二人が、川流れの褌《ふんどし》でさ。

そりゃ何のことだって？　大川の百本杭《ひゃっぽんぐい》を思い出しておくんなさい。川流れの褌は杭にひっかかったら離れねえ、姉ちゃんと俺と、食いにかかって、雷が鳴っても大福から離れるものじゃなかったんで。

それからまもなく、親父は死にやした。酒毒にやられたんだろうと医者は言ったそうですが、大変なのは、それからだった。借金はあるわ、姉と俺の行きどころはなくなるわでね、親戚《しんせき》一同、俺達二人の押しつけっこで大騒ぎでしたっけ。

借金は、兄貴三人が主人から給金の前借りをしてきれいにし、九つの姉は子守に出て、六つの俺は父方の叔父の家にひきとられやした。

と言えば、おわかりでございやしょう。へえ、私めは、見事に道をはずしやした。九つで叔父の家を飛び出して、お定まりのかっぱらいにはじまって、空巣なんてえ商売もやっておりやした。やってはおりやしたが、苦労の割に実入りが少ねえ。

で、ふっと気がついたんでさ。死罪になってもいいと言う女なら、極楽へ行かせてやれば、一分や二分の金くらい、簡単にくれるんじゃねえかってね。

幸い、おふくろゆずりの面《つら》に見とれて、近づいてくる女も大勢いた。そりゃ、今は殺されかかってたので、げっそりやつれていやすがね。あの頃は、手前《てめえ》で言うのも何だが役者のようないい男で、おまけに、寝床の中で俺にしがみついた女達を、片端から極楽へ行った気分にさせてやっていたんでさ。

気がついてみりゃ、こちらの旦那も、すこぶるつきのいい男じゃござんせんか。黙って突っ立ってたって言い寄ってくる女がいるだろうに、もってえねえ話だね。何を好きこのんで町方の同心なんぞをやってなさる……ご勘弁。旦那ならいい稼ぎになると思っただけで、悪気はないんでさ。勘弁してやっておくんなさい。

でも、よく考えると、せっかくの男っ振りをむだにしている旦那の方が賢いのかもしれねえな。

女はこわい。腕力は男の方が強えかもしれねえが、お終《しめ》えに勝つのは女だね。あとで姉から聞いたことだが、おふくろにゃほかにも一人、男がいたそうで。うちを飛び出す前のことだが、その頃は親父や世間の目をこわがって、男が横丁の角に立っていてさえ、人に気づかれたらどうするのって、おびえていたという。それが、「喜んで死罪になる」になっちまうんだものなあ。

親分、もう一度、外を見ておくんなさいよ。ほんとに誰もいねえかえ。

男じゃねえ、女でさ、女。縹緻《きりよう》がよくって垢抜《あかぬ》けていて、それでいておとなしそうで、一見、簡単に騙《だま》せそうだと思える女なんですよ、一人は。

え？　女は一人じゃねえのかって？　二人なんですよ、それが。一人はまあ、十人並とも言えねえんですが。

そんな女はいねえ、歩いているのは婆《ばあ》さんだけだって？

すみませんが、しばらく見張りをしていてもらえやせんか。俺あ、この女達につかまったら、ほんとに殺されちまう。親分がもし見落としなすって、俺が女達に引き戻されるようなことがあったら、親分は人殺しですからね。お願えしやす、この通り。

お此《この》に出会ったのは、五年前の夏でした。場所は亀戸《かめいど》天神の藤棚《ふじだな》のある池のほとり、俺はちょうど二十で、お此は十九と言っていやしたがほんとは二十三。俺は、二十四、五になっているだろうと見当をつけていたので、ほんとの年齢《とし》を聞かされても驚きやせんでしたけれどね。

亀戸天神へ何をしに行ったのかって、藤を見に行ったんですよ。いえ、別に一句ひねろうとか、そんな風流な気持は微塵《みじん》もありやせん。商売に出かけたんでさ。へえ、その頃はもう、女を極楽に行かせてやったあとで、お前《めえ》となら所帯を持ちてえと言って、その、何と言いやすかねえ、女に夢を見ているような気分にさせてやって、その代金をいただくという商売をはじめておりやした。四年めになっておりやしたかねえ。そりゃね、女だって夢見心地の代金をすぐにくれやしません。だから、この夢見心地をつづかせるためには、借金をきれいにしなけりゃならねえの何のと言うんでさ。

好きではじめたことだが、商売となりゃ楽じゃねえ。叔父貴んとこの厄介者だった頃、近所に住んでいたご浪人さんがよく、三十にして立つと言っていなすったが、俺も三十までにはこの商売をやめ、とびっきり堅《かて》え商売をはじめようと思っておりやしたよ。金物屋とか石屋とか——って、これは冗談ですけどね、まともな商売をする気だったてのは、ほんとでさ。

が、女を相手のこの商売が、もとでは軀《からだ》だけと考えていたのが甘かった。旦那《だんな》だってさ、八丁堀風の身なりをしていなさるから、町方の旦那だ、悪党をとっつかまえておくんなさるお方だとわかるんでね、俺と同じような恰好《かっこう》をしていなすったら、多分、大店《おおだな》のどら息子に見られちまう。そんなわけで、俺がすりきれた古着なんぞを着ていようものなら、結城紬《ゆうきつむぎ》を着ている今と同じ面をしていても、もの欲しそうな顔をして近づいてきたと、女が身構えちまうんで。

貧乏人が結城紬を着たって板につくわけがねえって？　あるんだよ、番人の爺《とつ》つぁん。大ありのこんこんちき、お前《めえ》さんは着たことがねえから、そんなことを言うんだよ。

おっそろしく高《たけ》え着物を着りゃ、ひとりでにおっとり構えるようになる。おっとり構えりゃ、その気になっちまうものなのさ。お此に出会うまでの俺は、手前《てめえ》は勘当されかかっている放蕩《ほうとう》息子だと思い込んでいたんだ。人は、手前《てめえ》をくるんでいるもので、その気になりゃ何にでも化けられるんだよ。

ただ、俺あ、小綺麗《こぎれい》な身なりの女にゃ声をかけなかった。

いいえ、豪勢な身なりならいいんですよ。が、小綺麗な身なりの女ってのは、お針が達者でこまめに着物を縫い直しているとか、古着屋で垢抜けた柄を見つけるのが得手だとか、着こなしがうまいとか、いろんな手を使って精いっぱい綺麗にしているのが多くって、金がありあまってるってのは少ねえんでさ。

声もかけずによくわかったじゃねえかと言いなさるんですかえ。

そりゃ、わかりまさあね。身綺麗にするのに気をとられ過ぎて、おっとり構えていねえんで。可愛《かわい》いなあと思う娘はこの中に多かったんですが、商売のため、心を鬼にして声をかけやせんでした。今、考えると、惜しいね。ぽっちゃりしてて、可愛い声で笑ってた娘なんぞは。

で、俺は、商売になりそうな豪勢な身なりの女とか、身なりも縹緻もわるいが呉服屋の手代が頻繁に出入りしている女とかに目をつけて稼いでおりやした。ええ、金はあるのに遣い道がわからねえんだね、着もしねえくせにおっそろしく高え着物を買い込む女がいるんでさ。うちん中で羽織ってみて、あそこへ着て行こうと思うんだが、終《しま》いには、いつもの黒っぽい着物を身につけてしまうんだと言ってやしたが。女の気持はわからねえね、旦那。

ま、そんなことはどうでもいいんですが、俺あ、一まわりも年上の後家とか、金はあるが遣い道を知らねえ女とか、そういう女をずいぶんと極楽の気分にさせてやりやしたよ。そのあげくが、お此とおてるですからね。

ええ、おてるってえ女も、俺が逃げ出したとわかれば追ってくる筈《はず》で。さんざん極楽の気分にさせてやったのに、わるいことはできねえ……いや、まったくどういう巡り合わせなんですかねえ。

愚痴はいい？　どうもすみません。

お此は、色気のあるいい女ですよ。衿首《えりくび》から、ふうっといい匂《にお》いがしてきそうな、ね。水もしたたるいい男と言うが、男だけじゃねえね。いい女も、肩や胸を指で押すと、じんわりと綺麗な水がにじんでくるような気がする。

しかも、身につけているのが紫の極通《ごくとお》し、鼠色《ねずみいろ》の厚板の帯ときた。一度や二度は洗い張りの水をくぐっているとか、一刻《いっとき》あまりも古着屋でねばって値切ったとか、そんなものとはわけがちがう。

藤に合わせた着物のいい女が白い手で顔をおおって、池のほとりに蹲《うずくま》ってみなせえ、旦那だって、親分を突き飛ばして駆け寄ると思うね。

ええ、俺は真っ先に駆けつけやしたよ。商売っ気抜きと言いたいが、大店の隠居にかこわれている女じゃねえかと見当をつけていやしたんでね、お此がたちくらみを起こさなくっても、声をかけるつもりではいたんでさ。

「すみません、ご迷惑をおかけします」

と、お此はかぼそい声で言いやしたよ。

「供の女中にはぐれてしまって。近くにおりませんでしょうか、わたしのお下がりの伊予染《いよぞめ》に木綿の半幅帯を締めている、若い娘なのですが」

お天気はよし、藤は真っ盛り、江戸中の人が見物に集まったのじゃねえかと思うほどの人出で、女中にはぐれるのもむりはなかったが、あたりを見廻しても、伊予染に半幅帯なんてえへんてこな恰好をした娘なんざいやしません。しょうがねえから、抱きかかえるようにして茶店まで連れて行きやしたよ。

葭簀《よしず》の陰へ入らせてやると、しきりに自分の懐《ふところ》を探っている。苦しいのかと思い、あわてて医者を呼びに行こうとしたら、これまたかぼそい声で、用心のために薬を持ってきたのだが、それが取れないのだと言う。

そうですよ、取ってくれと頼むんでさ、俺に。よくたわみそうな軀の、着物を着ているとはいえ、懐に手を入れてくれってんですよ。

さすがに胸の動悸《どうき》が激しくなって、ためらいやしたね。が、女は、床几《しょうぎ》にぐったり倒れちまった。目をつむって手を入れやしたよ。この時だけは、商売を忘れやした。

とにもかくにも薬を取ってやり、飲ませてやると、気を失いかけているように見えたのが、しゃっきりとしてきやしてね。俺に抱きかかえられているとわかると、恥ずかしそうにあとじさって横を向きゃがった。この時でさ、衿首からいい匂いがしたような気がしたのは。

うちへ帰ると言い出したが、女中は見つからねえ。しょうがねえから、辻駕籠《つじかご》が立っているところまで連れて行ってやりやしたよ。

なぜ送って行かなかったのかって、はじめっからそんなことをしたら、こっちの魂胆を悟られちまうじゃありやせんか。だから言ったでしょう、この商売ももとでがいるんですよ、もとでが。

いやですね、旦那。駕籠のあとを尾《つ》けたりはいたしやせん。こういう時、女はみんな、お前様のお住まいは——と、恥ずかしそうに尋ねるんでさ。

お此もそうでした。俺も、それまでの女達にしたのと同じように、笑って答えやしたよ。お恥ずかしいが、只今《ただいま》は裏店住まいです、遊びが過ぎて勘当されかかったのを、祖母と番頭に助けられ、店の界隈《かいわい》十丁くらいの追放となっておりますってね。

お此は、口許《くちもと》を袂《たもと》でおおって笑いやした。そのしぐさの可愛いことといったら、——俺あ、当分の間、この女で稼ごうと思いやしたね。

たいていの女は翌日礼を言いにきて、座敷へ上がりもせずに帰って行く。が、「待っていたのに」と一言、うらめしそうに言ってやると、幾日かあとに必ず一人でたずねてくる。そこで極楽の気分を教えてやって、相手が夢見心地でいるうちに、借金を返して店へ戻りたいとか、一旗上げて親父《おやじ》を見返したいとか、愚痴を聞かせちまうんでさ。

十人が十人、「権三さんのためなら」と言ってくれやしたね。それに、もっとたくさんのお金をあげたいのに、わたしにはこれだけしかないと言って泣いた女はいるけれど、手ぶらでたずねてきた女は一人もいなかった。

あとは、三十六計逃げるにしかず。引越ですよ。女が持ってきてくれた金で、短い時は半年、長い時は一年くらい食いつないで、一文なしとなる前に、これと思った女に声をかける。が、江戸は広いようで狭いね、旦那。一度、七両の金をまきあげた女とばったり出会っちまった。

俺も頬っぺたがひきつったが、真っ青になって立ちすくんだのは、相手の方だった。女にゃ、亭主らしい連れがいたんでさ。

おあいにく。そこで昔馴染《なじ》みをお忘れかなんてえ、あくどい強請《ゆす》りはいたしやせん、えへへ。

話をもとへ戻すと、お此も、へんてこな恰好をした若い娘を供に連れて、礼を言いにきやしたよ。

「十六で嫁にゆき、十九で亭主に先立たれて実家へ戻された」なんて言っていやしたが、その日のうちに、供の女中へ「お前は先にお帰り」と言うことになっちまったんで。だから、出戻りとはいえ、話がとんとんすすみ過ぎるとは思ったんでさ。が、それこそ乗りかかった舟だ。お互い愚痴をこぼしの、相手の涙を拭《ふ》いてやりのという具合になって、お此が「権三さんのためなら」と言い出した。

「いくらお入り用？」

いらないと、一度は断りやしたよ。会ったばかりのお人に迷惑はかけられないってね。でも、お此は、襦袢《じゆばん》の衿をかきあわせて言ったんで。

「それじゃ、わたしは権三さんのお役に立てないの？」

もう一ぺん、俺が極楽へ行きたくなりやしたよ。

「お願い、わたしにそのお金を出させて。お目にかかったばかりで、あの、こんなことになったのも、前世からのご縁があったからじゃありませんかえ」

ちがうなんて言えやすかえ。

「お金は、わたしに出させて。そのあとで所帯をもって、わたしを幸せにしておくんなさいな」

って、くそ、俺あ、その金を受け取っちまったんですよ。ええ、親父を見返すために、小さくてもいいから店を持ちたい、それには二十両の金がいると愚痴をこぼしていたんでさ、お此に。

くそ。何だって俺あ、女の目利《めき》きだけは確かだったんだろう。この女は金を持っている、そう睨《にら》んだ目に狂いはなかった。叩《たた》けばいくらでも埃《ほこり》が出るだろうと見たのも、正しかった。

が、お此と勝負できると思ったのが、間違いだった。女はこわいってことを忘れていたんでさ、くそ。


お此が金を持ってきたのは、その翌日のことでした。ええ、二十両、すべて小判で、紫の服紗《ふくさ》にくるんできやしたよ。

あまりに見事な金の出しっぷりに、ちょいと心配にはなったが、なあに、この女が帰ったあと、すぐに引越しちまえばいいんだと思いなおして、ほつれ毛を掻《か》き上げていたお此をそっと抱き寄せたんで。

ま、そういうことになれば、帯は俺が解いてやりまさあね。ついでに着物も脱がせてやって、襦袢の衿に手をかける。当《あた》り前《めえ》でしょう？　が、そこでお此は笑ったんでさ。

俺あ、ぞくぞくっとした。いえ、お此の色気に震えたんじゃねえ、背筋に悪寒《おかん》が走ったんで。

「ちょいと、お前さん」

と、お此は笑いながら言いやした。

「ここでわたしが助けてと大声を上げたら、どうなると思う？」

俺あ、思わずお此を突き飛ばしやしたよ。

女の悲鳴が聞えりゃ、隣り近所の人達が高箒《たかぼうき》やすりこぎを持ってうちへ飛び込んでくる。中には番屋へ走る者もいるだろう。部屋ん中では、着物を脱がされた女が、助けてとわめいている。どう見たって、俺が手籠《てご》めにしようとしたとしか思えねえじゃありやせんか。

おまけに、大店のどら息子という触れ込みだが、俺を可愛がっているという祖母《ばあ》さんや番頭の姿を見た者は一人もいねえ。手代が金を届けにくるようすもねえし、いったい何をして食っているんだろうと、噂《うわさ》になりかけていた頃だった。やっぱり悪党だったのかと妙なところで納得されて、手籠めじゃねえという俺の言訳なんざ、誰も聞いちゃくれねえにきまってるんだ。

震えている俺を見て、お此は、面白いものでも見ているように笑いやしたよ。声をたてずにね。面白そうに笑いながら、二十両の借用証文を書けと言いやがったんでさ。

利息は三両に一分《いちぶ》の割合で三月縛《みつきしば》り、三月《みつき》の間に返せってことでさあね。が、三月《みつき》といっても、六月の二十五日がその期限だという。おまけに忘れもしねえ、その日は四月の十七日だったが、翌十八日から晦日《みそか》までで一月分《ひとつきぶん》になるってんだ。六月二十五日が返済期限ってのは、おどりをとる気だったんだね。

ご存じでしょうが、おどりってのは、二十五日に借金を返せなかった時、二十六日から晦日までを一月分にかぞえ、また利息をとるという、とんでもねえとりきめさ。まったく、高利貸どころの騒ぎじゃありやせんや。

三月縛りの借金を、一年がかりで返すことにしてみなせえ、証文の書き換えが三度もある。書き換えが三度あるってことは、四両くらいの書換料を三度取られるってことだ。それだけで十二両、三両に一分の利息が、おどりをとられていくらになるか、俺あ、頭が痛くなって勘定をやめちまったが、利息分を天引すると言われたら、こっちが払うことになっていたでしょう。

そりゃ、ご定法《じょうほう》通りの利息じゃねえから、訴えようと思えば訴えられまさ。が、俺がお此を訴えて出て、お此が恐れ入るとお思いなさいやすかえ。とんでもねえと、お此は言うにきまってる。

この男はわたしを手籠めにした上に、それを世間に知られたくなかったら二十両寄越せと脅しました。我が身の恥をさらしたくなくて黙っていましたが、この男が嘘《うそ》を訴えて出たのなら、わたしも黙っちゃいません、男が二十両脅し取った証拠に、借用証文を書かせておきました。

お此がそう言ったなら、吟味方の旦那《だんな》は、どっちの言葉をお取り上げになりますかえ。手籠めと強請りで、へたをすりゃ死罪になるのは俺の方、間尺《ましやく》に合わねえとは、このことでさ。

そうですよ、俺あ、証文を書いちまったんですよ。ばかなことをしたものだって、それは、旦那が俺のような目に遭いなすったことがないから言えることでさあね。

お此は、借用証文を書かなければ、手籠めにされたと泣きわめいてやると、裏口へ駆け出して行きゃあがった。それを押えつけるだけで、どれほど苦労をしたことか。だって、俺にゃ一人も味方がいねえんですよ。旦那にゃ、親分や奥方ってえお味方がいなさる。奉行所ってえ後楯《うしろだて》もありなさる。俺の頼りは俺の舌先だけ、兄とも姉とも縁を切って暮らしてきたんだ。お此が手籠めにされたとわめけば、お此を知らねえ人間は素直に俺を疑うだろうし、お此を胡散臭《うさんくせ》えと思っていた人間は、どっちでもいいやと思うにちげえねえ。

だから、俺あ、手前《てめえ》で手前《てめえ》を守るよりほかはなかった。お此を手籠めにした男にされねえためには、証文を書くよりほかはなかったんでさ。

ところが、これがお此の罠《わな》だった。

お此は、俺の書いた証文をひらひらさせて、嬉《うれ》しそうに笑いやしたよ。この証文がわたしの手のうちにある間は楽ができる、そう言ってね。お察しの通り、この証文は俺が二十両強請ったという証拠になる、そう言って脅しゃがったんで。

ばかですよ、俺は。天下一の大ばか者ですよ。お此にその証文を見せられては、手籠めと強請りで訴えられたくなかったら、金のありそうな女を探して稼いでおいでと、むりやり働かされているんですから。

逃げ出そうったって、逃げられやしませんでしたよ。おとみという、伊予染に木綿の半幅帯を締めている女中が俺のうちに住み込んで、二言めには逃げたら手籠めと強請りで訴えると言うし、どう見当をつけるのか、女を連れ込んだ中宿《なかやど》や出合茶屋の裏口から出て行こうとすると、そこに立っていやあがる。薄っ気味わるいったらありゃしなかった。こらえかねて、出合茶屋へ連れ込んだ女に助けてくれと言ったら、今度はそいつに、薄気味わるそうな顔をされてね。二度と会ってくれなくなった。

旦那のところなんざお美しい奥様が、かゆいところに手が届くように仕えておくんなさるんでしょうけれども、下々の者は男の数が多いせいか、どうもだめだねえ。

空巣を働いている頃に住んでいた裏長屋の向いに住んでいた男なんざ、「知らぬは亭主ばかりなり」だったもの。江戸は男の人数が多い、だから女に恵まれぬ男達に功徳《くどく》をほどこしてるんだって、女房は、けろりと言ったてたてんだから。で、この女房が口八丁手八丁かというと、そうではない。動くのは口だけで、食うのは二人前、お喋《しゃべ》りは四人前ってえ女でねえ。

でも、俺にくらべりゃあの男も極楽だったな。お此は、太るのがいやだってんで食うのは人より少なかったが、男をこき使うのは五人前だった。なにせ、俺の前にお此がくわえ込んだ男は、働き過ぎであの世へ行っちまったてんだから。何の商売をしてたのかって、爺《とっ》つぁん、そんなことは聞かなくたってわかろうがな。

ええ、この五年間は地獄でした。終《しま》いにゃ、女が鉄の棒を持った鬼に見えましたよ。それでも、俺は働かなくっちゃいけねえ。が、金を持っていそうな女に声をかけ、いくらかせしめると、おとみがお此のところへ持って行っちまう。そのかわり引越先は用意されていて、めしの支度や掃除はおとみがやってくれるんだが、なに、それは、俺が女からもらう小遣いまで、残らず取り上げようってえ仕組みだったんで。

あんまりひどいと言やあ、手籠めと強請りで死罪になるよりいいだろうと吐《ぬ》かしゃあがる。腹が立って商売を休もうものなら、お此に外へ連れ出される。お此が目をつけていた女を、むりやり口説かせられるんですよ。

また、このお此が、金を持っているかどうかを見分けるのがうまくってね。あの女なら十両は稼げる、この女からは七、八両ずつ二度稼いだ方がいいってな指図をするんですが、これがぴたりと当る。が、五、六両しか稼げねえと思うと、一人に声をかけたあと、もう一人、口説けと言われた。しくじったら、「手籠めと強請り」ってえ札《ふだ》をちらつかされる。鵜飼《うかい》いの鵜だって休ませてもらえるのにと思いやしたよ。

ところが、このお此が目利きちがいをしたんで。

ええ、確かに金はため込んでいやがったんです。金はため込んで持っていたが、それを遣うことを知らねえ女だったんで。出すのは舌を出すのもいや――ってえ女だった。

それが、おてるでさ。

去年の師走《しわす》、いつ雪にかわるか知れねえってえ、つめてえ雨の降る日でしたよ。年が明ければ二十になると、嫁入りを焦《あせ》っていた娘から十二両ふんだくったのが前々日のこと、引越をしたのが前日で、いくらお此でもきはすめえと思っていたら、きやがった。きやがって、いい鴨《かも》が見つかったと言やあがった。

仕方がねえ。くたびれて、濡雑巾《ぬれぞうきん》のように重たくなっている軀《からだ》に結城紬《ゆうきつむぎ》を着せて出かけやしたよ。で、おてるの住まいを見て、びっくりした。住んでいる人達の心がけがいいんでしょう、雨に打たれりゃなおさら薄汚くなる塵《ちり》、落葉なんてえものはどこの家の前にもねえ、まことにこざっぱりとしたところだったが、木戸に産婆《さんば》や易者の貼紙《はりがみ》がある裏長屋だったんでさ。

そこでお此は近くにある蕎麦屋《そばや》を指さして、おてるはあそこで昼めしを食っている筈《はず》だと言うんです。蕎麦屋夫婦にゃいたずら盛りの男の子が四人もいて、着物のほころび鉤裂《かぎざ》きはいつものことだが、女房が繕い物をするのは店をしまった夜になる。翌朝が早いのに大変だってんで、おてるが繕い物を引き受けるようになった。そのかわり、三度のめしを蕎麦屋で食べさせてもらってるってんで。

おてるの素性ですかえ。そんなもの、知りやせんよ、素性を知ったからって稼ぎがふえるわけじゃなし。男と女の間にあるのは金。とまあ、ついこの間まで思っていたんですけどねえ。

ええと、とにかくおてるは、二十六の年増《としま》でした。お針が達者で内職には困らず、その気になれば、四畳半に台所、二階に六畳と三畳くらいの部屋がある裏店《うらだな》で暮らせるくらいのものは稼いでいたようで。

が、九尺二間の裏長屋から出ようとしなかった。そのへんで、おてるの吝嗇《りんしょく》ぶりに気がつけばよかったんですが、気がつかなかったってのは、俺もおてるの金に目がくらんでいたんでしょうね。

お此にせかされるまま蕎麦屋へ入って、いい加減布地が薄くなった綿入れを着ている女を探して、その女が帰ろうとした時に、蕎麦屋の女房を呼ぶふりをして立ち上がってぶつかりやした。ええ、それがおてるで。おてるは尻餅《しりもち》をついた。雨の日だったから店の土間も汚れていて、触れれば切れる正宗《まさむね》の名刀のような着物は、汚れた上に裂けちまった。

ていねいに詫《わ》びて、居所を聞いて、翌日、お此がよけいな出銭《でぜに》だとぶつぶつ言いながら買ってくれた古着を持ってたずねて行きやした。

古着を見たおてるは、一目でそれほど安いものじゃないとわかったんでしょう、かえって迷惑をかけたから、上がってお茶でも飲んで行けと言った。そうならなければこっちも困るから、遠慮なく上がらせてもらったんですけどね、旦那、おてるが何をしたとお思いなさいやすかえ。

茶筒を開けて見せたんでさ。

茶をいれるんだから、茶筒を開けるのは当り前だろうって？　そりゃ当り前ですともさ。当り前ですが、その茶筒の中には、小粒やら二朱銀やらが入っていたんですぜ。「あら間違えた」とか何とか言って、おてるはあわてて茶筒に蓋《ふた》をしやした。今になって思えば、間違えたんじゃなくって、わざと俺に見せたんでしょう。おてるのもくろみ通り、俺は、この女なら金の引き出し甲斐《がい》があると思っちまった。

遣い過ぎるとお此は言いやしたが、もとでを遣いやしたよ、おてるには。めしも食わせてやったし、半襟も買ってやった。急ぎの仕事で手が放せない時には、おてるが欲しいと言った糸や針も買って行ってやった。おてるは手を合わせて礼を言い、針仕事の合間に、うっとりと俺を見つめておりやしたよ。

頃はよしと、俺は、しょんぼりした風をよそおって長屋へ行った。店へ戻れることになったが、実は二十両の借金がある、それをきれいにしなければ戻れないんだってね。

何とかしてあげたいと言って、おてるは泣きやした。うまくいったと、旦那だってお思いなさるでしょう?

が、おてるは茶筒を取り出さず、内職を出してくれる呉服屋からその金を借りてくると言う。わたしも多少のお金は持っているが、二十両には足りないし、一人暮らしゆえ一文なしになってしまうのも心細い。幸い呉服屋には信用があり、所帯をもつ人のため、借りたお金はわたしが少しずつ利息をつけて払うと言えば、首を横には振るまい、そう言うんです。

もっともなことだと思いやした。おてるが、手土産を持って行かなければと言うので、その代金も出しやした。まさかその金をおてるが懐《ふところ》へ入れてしまうとは、思いもしやせんでしたよ。

ええ、おてるは、一文の銭も持ってきやせんでした。当り前でさあね、今も言ったように手土産代は手前《てめえ》の懐へ入れて、そのへんをぶらぶらしていただけなんですから。それどころか、二十両を借りるにしては手土産が少なかったようだなんぞと言って、翌日も俺からいくらか巻き上げやがった。

さすがにおかしいと思いやしたよ。で、お此に、あれはとんでもない女だったと言ったのですが、お此は、手前《てめえ》がおてるに目をつけたことを棚に上げ、俺の手練手管《てれんてくだ》がいい加減になってきたからだと怒りゃがった。大金を持っているとわかっている女から、それを吐き出させることができねえなら、これからは一日に幾人もの女の相手をして、一両ずつでもいい、こまかく稼げってんでさ。俺まで殺す気かってんだ。

殺されちゃたまらねえから、俺あ、おてるのうちへ行きやしたよ。

一日中、おてるの相手をしていれば、おてるが席を立つこともある。金のありかはわかっているんだ、その隙《すき》に――と考えたって、旦那、仕方がないでしょう？　俺あ、まだ二十五だ。十七、八の頃は、二十を過ぎたら死んでもいいと思っていたが、今になると死にたかあねえ。ことに、お此にこき使われたまま、死にたかあねえんです。

で、茶筒を盗んで逃げようとしたんでさ。ところが、茶簞笥《ちゃだんす》の戸棚に入っていた筈のそれがねえ。行李《こうり》にでも入れ替えたかと、蓋を開けたところで、おてるの笑い声がした。席を立つふりをして、一部始終を見ていたんでさ。

「お前さん、盗人《ぬすっと》だったのかえ」

そう言われて首を振りやしたが、行李の蓋を開けたところを見られちまってるんですから、何にもなりゃしません。震えていると、おてるが笑いころげながら言いやしたよ。

「いいよ、黙っててやるよ。そのかわり、わたしにしたような手を使って、わたしのために稼いでおくれ」って。

夢中でうなずいて逃げてきやしたが、お願いだ、旦那、助けておくんなさい。俺あ、ほんとに殺される。

「自業自得《じごうじとく》ですが」

と、晃之助は笑った。

入牢証文《じゅろうしょうもん》をとり、小伝馬町《こでんまちょう》へ送ったが、どれくらいの罪になるかはわからぬと言う。騙《だま》された女達が、そんなことはなかったと言い張るにちがいないからだ。

「それにしても、女はこわい」

「いいのかえ、そんなことを言っても」

慶次郎の膝《ひざ》の上にいる八千代《やちよ》は女の子、熱い茶をいれてきてくれた皐月《さつき》も女だった。

慶次郎は、二つめの菓子に手をのばした。膝の上では、ずっしりと重くなってきた八千代が、上機嫌で手をふりまわしている。

おこまの道楽

おこま。どこにいるんだよ、おこま。

源兵衛《げんべえ》の声が、神田鎌倉町《かまくらちょう》の裏通り、ねこや新道《じんみち》に響きわたった。

ねこは根木《ねこ》、材木を扱う店の多いことから名づけられたらしいが、三河町《みかわちょう》寄りのはずれに大きな稲荷《いなり》社がある。その鳥居の陰に蹲《うずくま》っていたおこまは、首をすくめて舌を出した。

どこへ行ったと源兵衛が叫ぶのは、日に一度や二度はある。大声で呼ばれることには慣れっこになっていたが、この三月からねこや新道の材木屋で働いているお増《ます》は、まだ源兵衛の大声に慣れないようだった。もう帰ろうようと、いっこうに立ち上がろうとしないおこまを房州訛《なま》りの抜けない言葉で促した。

「もう少しくらい平気だよ。番頭さんは河岸横丁《かしよこちょう》を探して戻ってくるから、その時に出て行きゃあいい」

と、おこまは笑った。稲荷社に近づいてきた源兵衛の声は、また遠くなっていった。河岸横丁へ入って行ったのだろう。

おこまが働いているのは材木屋ではなく、米屋だった。無論、問屋ではない。鎌倉町は米屋も多いところで、これは河岸横丁と呼ばれる一劃《いっかく》にかたまっているのだが、おこまの働いている店だけが、横丁からはみだしたようにねこや新道にあった。

かつては材木屋だったのだろう。斧屋《おのや》という屋号があるのだが、皆、新道《じんみち》の米屋と言う。新道の米屋さんと呼ばれれば、主人も番頭も、にこやかにふりかえるのである。

その主人、惣右衛門《そうえもん》は四十三歳のやもめ、伜《せがれ》の惣太郎は十九の独り者、源兵衛は通いの番頭で、あとは、ちょろ吉とおこまが渾名《あだな》をつけた小僧が一人、斧屋は男ばかりの所帯だった。

口やかましい内儀《ないぎ》も、小意地のわるい先輩の女中もいず、働きやすいにちがいないと、近所の材木屋に奉公している女中達は羨《うらや》ましがる。その通りなのだが、何もかもよいというわけではなかった。女どうしだからこそわかる楽しみやせつなさについての、話相手がいないのである。

おこまは、お喋《しゃべ》りが好きだった。着飾ることも食べることも好きだが、買物につきあった時に「お前も何かお買い」と小遣いを渡してくれたり、古着をくれたりする内儀はいないし、自分で買えるほどの給金も小遣いももらっていない。買い食いという夜中の楽しみに夢中になると、年三分《さんぶ》の給金を、いつか所帯をもつ日のために蓄えておくことができなくなる。それで選んだ道楽が、お喋りなのである。

お喋りはいい。何といっても、代金がいらない。井戸端でよし、庭の垣根越しでよし、お稲荷さんの鳥居の中でよし、場所も選ばない。買い物は、半襟を買いに行ったのについよけいなものを買ってしまい、あとで後悔することがあるが、お喋りは、小半刻《こはんとき》もすれば源兵衛が呼びにくるので、よけいなことまで喋る心配はない――だろうと思う。

しかも、お喋りの種はつきない。隣りの材木屋の伜は表通りにある明樽《あきだる》問屋の娘とただならぬ仲になっているし、瀬戸物問屋の嫁は舅《しゅうと》夫婦より猫を大事にして、夫婦仲までわるくなっているというし、竜閑橋際《りゅうかんばしぎわ》の鮨屋《すしや》は、たいしてうまくないのに値段ばかり高いらしい。毎朝目が覚めると、話すことは山のようにたまっているのである。

が、男達は、あまりおこまの話相手になるのを好まない。伜の惣太郎や小僧のちょろ吉――安吉が、「嘘《うそ》だろう」とか「それからどうした」などと合いの手を入れながら聞いてくれることも、たまにはあるのだが、彼等にしても、表通りの畳表問屋の娘が二軒先の材木屋の伜の子をみごもったらしいとは、話してくれないのだ。近頃は、人の噂話《うわさばなし》なんざしちゃあいけないって手習いのお師匠《つしょ》さんが言ってたなどと、ちょろ吉が生意気なことを言うようにもなった。

それにもう一つ、つい話に夢中になり、おこまの想像によるおまけがついて、その話が界隈《かいわい》を駆けめぐって冷汗をかくという失敗もついてまわる。が、それでも金がかかる男の道楽よりよいではないか。

惣右衛門は、若い頃、女道楽が過ぎて勘当されそうになったと自慢げに話しているし、惣太郎も、近所の伜達と吉原《よしわら》へ繰り出しているようだった。番頭は、店から帰る途中、碁会所《ごかいしょ》に寄ることもあるそうだし、ちょろ吉でさえ、夜中に大福を食うという道楽をしているのである。

「でもさ、わたし達、もう四半刻はここにいるよ」

と、お増が言った。

「帰ろうよ。帰らないと、わたしがおかみさんに怒られる」

お増は、ようやく腰を上げたおこまを鳥居の中に残して駆けて行った。

今日もよく晴れていた。

夏も盛りの六月なかば、五つを過ぎたばかりだというのに、眩《まぶ》し過ぎるほどの陽射《ひざ》しが照りつけている。洗濯物は昼前にかわいてしまうだろうが、ねこや新道もかわききっていて、風が吹くたびに白い砂埃《すなぼこり》が舞い上がっていた。

おこまは、雑巾《ぞうきん》がけをすませた手桶《ておけ》を持って、裏口から外へ出た。台所の板の間も廊下も砂だらけで、何度も手桶の水をかえねばならず、そのたびに猫の額ほどの裏庭へ、汚れた水を勢いよくまいていた。これ以上まくと、口やかましい源兵衛が、庭を水びたしにする気かと怒るにちがいなかった。

店の前の道には、ちょろ吉のまいた水の跡が残っていた。朝飯前に水甕《みずがめ》の水を汲《く》みにきて、水をまくのはもう二度めだと、降りそそぐ陽射しをうらめしそうに眺めていたが、今日は、店の前と水甕、水甕と井戸の間を往復することになるだろう。

隣りの材木屋も、水をまいていた。小僧ではなく、お増だった。やはり、雑巾がけを終えた水をまいているらしい。

おこまは、お増に近づいて肩を叩《たた》いた。昨日、お増は内儀の供をして呉服屋に出かけていたので、話さなければならないことは幾つもあった。それも、瀬戸物問屋の三毛が戸棚の布団《ふとん》の上で四匹も子供を生んだことや、そのために姑《しゅうとめ》と嫁の間柄はますます険悪になってしまったが、瀬戸物問屋は嫁の実家に借金があり、どれほど嫁が憎らしくても追い出せないらしいことなど、瓦版屋《かわらばんや》さえ知らぬだろう最新の消息ばかりだった。

案の定、おこまの話を聞いたお増は、目を丸くして「ほんとうなの?」と言った。

「みんな、ほんとうだよ」

「おこまちゃんは、何でもよく知っているんだねえ」

「いろんな人とつきあっているからさ。いろんな人が、いろんなことを教えてくれるんだよ」

「面白いだろうねえ」

お増は、溜息《ためいき》をついた。房州の女は頬が赤いとからかわれてから、房州訛りが抜けぬことを気にして、近頃のお増は、おこま以外とはあまり喋らない。近所の女中達も、お増はおとなしそうだが、つきあいにくいと言って、強いてお喋りの輪の中へ入れようとしないようだった。

「気さくなおこまちゃんが羨ましい」

至福の一瞬であった。頬がしもやけのように赤くなっていようと、房州訛りがあろうと、おこまにとって、お増はかけがえのない友達であった。

お増の言葉にはげまされ、おこまの舌の回転は、ますます滑らかになった。

が、舌ばかり回転させているようでは、十二の時から十年間も他人の家のめしを食べているおこまの名がすたるというものだ。おこまは、手桶の中の柄杓《ひしゃく》を持った。

「で、昨日のお出かけはどうだった？」

何が？　と、お増は、間の抜けた返事をする。おこまは、水をまきながらお増に近づいて声をひそめた。お増の働いている材木問屋、若狭屋《わかさや》の内儀は吝嗇《けち》だという噂があり、おこまとしてはどうしても確かめたいことがあった。

「呉服屋へ行ったんだろう？　何か買ってもらえたかい？」

おっと、あぶねえ。

男の声が聞えた。お増の顔が青くなったが、水をまいたのはおこまだった。

「申訳ありません」

あやまってから、おこまはふりかえった。四十がらみと見える長身の武家が、懐《ふところ》から手拭《てぬぐ》いを出すところだった。うしろ向きのまま、おこまが水をまくとは思わなかったのだろう、飛びしさったものの、汚れた水の何滴かは裾《すそ》にかかってしまったらしい。

そうだった。お喋りは、これもこわかった。夢中になると、思わぬ失敗をすることがあるのだ。思い出せば、ちょろ吉を相手に喋っていて大皿を割ってしまったこともあるし、はたきで障子を破いてしまったこともある。

が、水撒《みずま》きだけは用心していた。表通りの葉茶屋の女中が、明樽問屋の女中と喋りながら水をまいていて、こわい男の裾を汚し、二分もの金を脅し取られたという話を聞いていたからだ。

「すみません。勘弁しておくんなさいまし」

おこまは、おそるおそる武家に近づいて、深々と頭を下げた。気をつけろと叱《しか》られるのは、覚悟していた。土下座してあやまれと言うなら、半日でも土下座しつづけるつもりだった。ただ、主人を呼べと言われ、飛び出してきた惣右衛門と源兵衛に、買ったばかりの越後縮《えちごちぢみ》だ、一両出せと言われるのだけは勘弁してもらいたかった。源兵衛は、そらみたことかと叱言《こごと》を言いはじめ、おこまからお喋りの楽しみを取り上げるにちがいなかった。おこまは、これ以上曲がらないほど深く頭を下げたが、聞えてきたのは、のんびりとした声だった。

「たいしたこたあねえよ、気にするな」

おこまは、顔を上げて武家を見た。髪には多少白髪が混じっているが、皺《しわ》もしみもない若々しい顔が笑っていた。

武家は、笑い顔のまま立ち去ろうとしたが、一部始終を店の中で見ていたらしい源兵衛が飛び出してきた。水をかけられたのが、葉茶屋に因縁《いんねん》をつけたような男なら店の奥へ逃げる、気のよさそうな男なら飛び出して行っておこまを叱ると、きめていたにちがいなかった。

「申訳ございません。粗相をしてからでは間に合わない、水をまく時は水をまくことにだけ気持を向けるようにせよと、始終申しているのでございますが」

「ま、その通りだが。この通り、どこも汚れちゃいねえし、俺への気遣いは無用だよ」

「いえ、お詫《わ》び申し上げているだけでございます。うちの女中が……」

このお喋り——と、おこまは思った。源兵衛がくどくどと詫びを言っている間に、武家の顔からは笑みが消えている。これこそ、困ったお喋りではないか。

が、武家はおこまを見て、「番頭さんが心配しているよ。大きなしくじりをしねえうちに、少し気をつけな」と言った。おこまに叱言を言ったのだった。

おこまは、返事をするのも忘れて武家を見つめた。

叱言を言われたのが不満だったのではない。叱言とは、こんなにやさしく、親切なものだったのかと、驚いたのだった。

お詫びしなさいという番頭の声が遠くに聞えた。おこまは、驚きやら不思議な嬉《うれ》しさやらで、かすんできたような頭をこぶしで叩き、黙って頭を下げた。「もう、いいよ」と、武家は苦笑いをして歩き出した。雛祭《ひなまつり》の白酒で有名な、豊島屋《としまや》へ行くつもりだったのかもしれない。武家は、河岸横丁を鎌倉河岸の方へ曲がって行こうとした。

その前へ、上前《うわまえ》の裾を左手で軽く端折《はしょ》った男が飛び出してきた。堅気の商売をしている男とは見えなかったが、武家は、親しげに声をかけて足をとめた。男は横丁をふりかえって、誰かを呼んだようだった。

横丁から、羽織に着流しの一目で町方同心とわかる若い男があらわれた。

すごい――と、お増が呟《つぶや》いた。確かに同心は、「物凄《ものすご》い」と言いたくなるような美男だった。

「おや、森口の旦那《だんな》じゃございませんか」

店から出てきた若狭屋の主人が、同心に声をかけた。辰吉《たつきち》親分もご一緒でと、着物の裾を端折っている男に挨拶《あいさつ》をした若狭屋は、おこまが水をかけてしまった武家を見て、「これはこれは、仏の旦那じゃございませんか」と驚いたように言った。

「いつぞやはお世話になりました。根岸へ移られたとは聞いておりましたが、お元気なごようすで何よりでございます」

若狭屋は、小僧に女房を呼べと言った。知らぬ顔でお通りとは、お恨み申しますよなどと、若狭屋は、おこまが水をかけてしまった武家の手をとらんばかりのようすだった。小僧の知らせをうけた内儀も、転がるように外へ飛び出してきた。それも、吝嗇と噂の内儀が、甘いものがあるからぜひ食べて行ってくれと言うのである。

大はしゃぎとも見える若狭屋夫婦の話を聞いていると、どうやら、おこまが水をかけてしまった武家は、もと定町廻《じょうまちまわ》り同心の森口慶次郎で、その頃に、若狭屋を面倒な揉《も》め事《ごと》から救い出してくれたことがあったらしい。「物凄い」美男の同心は、彼の息子に当るようだった。

「すごい――」

と、お増はまだ呟いている。「物凄い」美男と知り合いだった主人夫婦を、すごいと言っているのかもしれなかった。

が、源兵衛は、若狭屋より先にもと定町廻り同心へ声をかけたというのに、寄っていってくれと繰返している若狭屋夫婦と同心父子《おやこ》を、口許《くちもと》にだらしのない笑みを浮かべて眺めている。美男の同心と岡っ引はふたたび市中見廻りに戻るだろうが、このままでは、もと定町廻りの旦那が若狭屋へ上がってしまうではないか。

役に立たない番頭なんだから、もう。

そう思ったとたんに、言葉が口の外へ飛び出した。もと定町廻りの旦那に叱られて、お喋《しゃべ》りを慎む気になっていたのだが、意に反して唇の動きはとまらなくなった。

「申訳ございません、旦那。そこに、しみをつけてしまったようでございます。恐れ入りますが、若狭屋さんではなく、私どもへお立ち寄りいただけませんでしょうか。私どもの主人の浴衣《ゆかた》でもお召しいただいて、少しお待ちいただいている間に落とさせていただきます。はい、しみ抜きは私の取柄でございまして、田舎と申しましても雑《ぞう》司《し》ケ谷《や》の生れなのでございますが、そこにいる頃から……」

おこま。

源兵衛に袖《そで》を引かれて、おこまは我に返った。気がつくと、同心父子も岡っ引も、若狭屋夫婦もお増も、呆然《ぼうぜん》としておこまを眺めていた。

笑い声がよく晴れた空に響いた。もと定町廻りの森口慶次郎が笑ったのだった。

「面白い女中さんだね。でも、俺あ、ちょいと用事があるんだ。着物の汚れは、あとに残るようだったら落としてもらうよ」

慶次郎が横丁を曲がると、美男の同心も岡っ引も、ほっとしたような表情を浮かべてそのあとについて行った。

「お喋りもいい加減にしないか」

源兵衛がわめいた。

「穏やかなお人柄のお方だったからよいようなものの、まったくお前には呆《あき》れるよ」

源兵衛は、舌打ちをして店の中へ入って行った。同感だと言わぬばかりの顔で、若狭屋夫婦も店へ入って行く。お増も、唇を尖《とが》らせておこまを見た。「物凄い」美男の同心が、もと定町廻りの父親と一緒に、さっさと表通りへ出て行ってしまったのが恨めしかったのかもしれなかった。


その夜、おこまは眠れなかった。

源兵衛の話を聞いた惣右衛門は、「それはほら、仏の慶次郎と呼ばれていたお方だよ」と言っていた。おこまは知らなかったが、仏の慶次郎と言えば、「ああ、あの旦那か」と、誰でもがうなずくような同心であったらしい。その森口慶次郎が若狭屋へも上がらずに帰ってしまったのは、考えれば考えるほど、自分のお喋りが原因であったように思えてくるのである。

やさしい叱言を言ってくれた旦那を若狭屋にとられたくない一心のお喋りだったが、そこまでは、いくら仏の旦那でも察してくれてはいないだろう。江戸市中には、おかしな女もいるものだと笑いたいのをこらえて、横丁を曲がって行ったにちがいない。

「ちがうんですよ、旦那」

おこまは、寝床の中で声に出して言った。

「わたしは、おかしな女じゃないんです。つい、よけいなことまで喋っちまったけれど、どこにでもいるごく当り前の女なんですよ。そら、洗濯も晩のおかずをつくるのも下手じゃないけれど、時々洗濯物を夕立で濡《ぬ》らしちまったり、お芋の煮っころがしを焦《こ》がしちまったりする女だっているじゃありませんか。わたしはおかしな女じゃないけれど、つい、妙なことを口走っただけなんですよ」

聞く者のいないお喋りは、壁や天井に跳ね返されて、ひどく大きな声に聞えた。おこまは、枕《まくら》を頭からはずして俯《うつぶ》せになった。

「旦那――。斧屋の女中は、変な女だなんて思いなすってはいやだよ。頼むから、ちょいとお喋りだけど、可愛《かわ》いげのある女だと思っておくんなさいまし」

泣きたくなってきた頭に、稲妻が光った。

旦那にとって、ねこや新道での出来事など、記憶に残るほどのことではなかったのではないか。翌朝になれば、お喋りのおかしな女のことなど、きれいに忘れてしまうにちがいない。

だが、おかしな女のことは忘れてもらいたいが、ねこや新道の米屋に少しお喋りな女中がいたことは、覚えておいてもらいたい。そして、時々、あの女中のお喋りはおさまっただろうかなどと思い出してもらいたい。

「でも、お願い。おかしな女とだけは思わないでおくんなさいまし」

五つの時に死んだ父親が生きていれば、旦那と同じ年頃であるにちがいない。でも、父親と同じ年齢くらいの男の懐に、顔を埋ずめるのもわるくない。

我に返って、おこまは苦笑した。死んだ父親が生きていればと思うのは、おこまの癖であった。男性に好意を抱いた時に、必ずそう思ってしまうのである。

父親の市五郎は、二十八歳で他界した。おこまの記憶に残っているのは、当然二十七、八歳の頃の市五郎なのだが、好意を抱いた男性には、その面影が重なってしまう。十八で出会い、二十で別れた男は一つ年下だったが、それでも若い頃の市五郎によく似ているような気がしたものだ。

おこまは、十二歳の時に江戸へ出てきた。奉公先は傘問屋で、近くの大名屋敷の角に辻番屋《つじばんや》があった。そこに、おこまを孫のように可愛がってくれた辻番の老人がいた。主人に叱られたおこまが泣きながら辻番の戸を叩《たた》くと、少々しけった煎餅《せんべい》を袋ごと出してくれて、ぬるくて薄い茶を飲ませてくれた。棺桶《かんおけ》に半分足を突っ込んでいるというのが彼の口癖だったが、おこまは、「お父《とっ》つぁんが生きていれば、きっとこういう人になっている」と思い込んでいた。

考えてみれば、さほど口数の多くなかったおこまが、よく喋るようになったのは、辻番へ遊びに行くようになってからではないか。

辻番の老人には、娘が一人いた。煙管《きせる》だったか煙草《たばこ》入れだったか忘れたが、煙草の道具をつくっている男の女房になっていて、舅《しゅうと》夫婦のほかに亭主の妹と弟がいるため、めったに外出もできないのだと言っていた。

が、それでも、孫を連れて遊びにくることがある。口のきき方を知らないと、内儀《ないぎ》からきつく叱られたおこまが、泣きながら辻番屋の戸を開けた時がそうだった。老人は、孫を膝《ひざ》の上に乗せて目を細めていた。

娘は姑《しゅうとめ》の用事で外出し、内緒で辻番屋へ寄ったようだった。長居のできるわけがない。できるわけはないのだが、当時のおこまに事情を察してやれる余裕はなかった。おこまが泣いているにもかかわらず、膝の上の孫を揺すりつづけている老人を見て、おこまは主人夫婦や番頭、手代の悪口を、思いつくままに喋りつづけた。老人と娘と孫の間へ、強引に割り込んだのである。

その後、おこまは、斧屋《おのや》を含めて奉公先を三度変えた。はじめに奉公した傘問屋では、「そうだ、おこまもいたんだっけ」と言われることが多かったが、二度の奉公先では、おこまがどこにいるか、一丁離れていてもわかると言われた。

その店の内儀はしばしばおこまを呼び、肩を揉《も》ませた。手と一緒に口も動く、おこまの話を聞いていたのである。揉み終われば、「そんなこと、あちこちで喋るんじゃないよ」と必ずたしなめる。が、たしなめはするものの、翌日はまたおこまを呼んで肩を揉ませ、話のつづきを聞いていたし、内儀自身も、親しい人には「内緒ですよ」と言いながら、おこまが話した噂《うわさ》をひろめていたようだった。

近所の女中達も、おこまとはよく立話をした。酒屋のむく犬が富籤《とみくじ》の札をくわえてきた話など、誰もが知っていた筈《はず》なのに、おこまが「酒屋のむくがね」と話し出すまでは、話の種になっていないのである。

おこまは喋りつづけた。出替わりで斧屋へ移ってからも、近所の出来事には気をつけていて、うかうかと毎日を過ごしているお増やその他の女中に教えてやった。お蔭《かげ》で、江戸へ出てきた頃は、陰気な子だと嫌われていたのが、「何か面白いことある?」と向うから話しかけてもらえるようになったのである。

が、森口慶次郎は、「少し気をつけな」と言った。その言葉を思い出すと、つめたい風が背筋を撫《な》でてゆく。

辻番の老人は、例の一件以来、おこまの話を親身になって聞いてくれなくなったし、年下の男は、おこまが喋りはじめると顔をしかめ、ほかの女と所帯を持った。去年、誰にも内緒で深い仲になった男は、市五郎が他界した時と同じ二十八で、小遣いを幾度も渡してやったのに、「お前《めえ》のお喋りで頭痛がするようになった」と言って、この界隈《かいわい》にあらわれなくなった。

「でも、旦那は大丈夫ですよね？　旦那とご縁があって、わたしが旦那のお世話をするようになっても、お前のようにおかしな女は見たことがねえなんて仰言《おつしや》いませんよね？　そりゃ、旦那の前でのお喋りは慎みますけど」

喋らずにいられるかどうか、あまり自信はないけれど。


廊下ですれちがった惣太郎が台所へ引き返してきて、「顔色がわるいよ」と言った。先刻、同じ言葉をちょろ吉から言われたばかりだった。

本気なのか冗談なのか、惣太郎は、「まさか」と言って、おこまの腹のあたりを見る。ちょろ吉は、「いつかの男の人とは別れたんだから、赤ん坊のできるわけはありませんよね」と、はっきり言った。

「ただの腹痛《はらいた》です」と答えて、おこまは溜息《ためいき》をついた。

ここ数日、お増ともろくに喋っていない。話の種がないのではない。種は、おこまの腹の中に、たまり過ぎるほどたまっている。確かに昨日から腹が痛むが、めざしに沢庵《たくあん》で食当りをするわけもなし、原因は、話の種がたまり過ぎていることだろう。

しかも、手があいたら肩を揉んでくれと源兵衛が言っている。腹痛で喋れないとは好都合だというのである。腹痛で富山の薬売りの姿が浮かび、薬売りに片思いをしたという女中の話を思い出して、頭の中にも話の種がたまってきて頭痛がはじまりそうだというのに、憎らしいことを言う男であった。

おこまは、薬を買いに行ってくると惣太郎に断って店を出た。お稲荷《いなり》さんに祈るふりをして、瀬戸物問屋の嫁姑の争いや、材木屋の伜《せがれ》と明樽《あきだる》問屋の娘との恋の行方を呟いてこなければ、腹痛と頭痛で狂ってしまいそうだった。

界隈に稲荷社は幾つもある。おこまは、竜閑橋近くの稲荷社へ行くことにした。鎌倉町の稲荷社もそうだが、社《やしろ》にはいつも燈明《とうみょう》があがり、供物《くもつ》もそなえられている。早く喋りたいおこまは、小走りに鳥居の中へ入って行った。

誰もいないと思った社の前に人がいた。それも、三十前と見える男だった。老人が供物をそなえているのは幾度か見かけたことがあるが、昼下がりの稲荷社に働き盛りの男がいるのはめずらしい。

男は、ひろげていた風呂敷《ふろしき》包をあわてて結び直した。賽銭《さいせん》泥棒かと思ったが、包にはやわらかなふくらみがある。今日の社には干菓子《ひがし》が山のようにそなえられていて、男がそれを持ってきたようにも見えた。

「ご苦労様でございます」と挨拶《あいさつ》をして、おこまは社の前に立った。両手を合わせたが、男はそこから動こうとしない。風呂敷包を膝にのせ、おこまが立ち去るのを待っている。

おこまは、男をふりかえった。おこまも、男が立ち去ってくれるのを待っている。立ち去ってくれなければ、たまりにたまっている話の種を、存分に吐き出すことができないのだ。

「どうぞ」

と、おこまは言った。

「まだ差し上げるお供物がおありでしたら、私にかまわず差し上げておくんなさいな」

いいえと首を振ったのか、へえとうなずいたのか、男のしぐさはよくわからなかった。が、風呂敷包を両手で押えて、立ち上がる気配はない。

ここで手間取るより、鎌倉町の稲荷社へ引き返した方がよいかもしれないとは思った。思ったが、たまりにたまった話の種を胸のうちに抑えておくのは、限界に達していた。

「鎌倉町の瀬戸物問屋さんは今、どうしてるのでしょうかねえ」

おこまの方が驚いたほどの反応があった。一瞬、男の軀《からだ》が震えたのである。

「お姑さんと喧嘩《けんか》しなすって、若いおかみさんが、お実家《さと》へ帰っちまわれたでしょう？

若旦那《わかだんな》と番頭さんがそちらへ行くとか行かないとか、大騒ぎになっている筈なんですけど。あらやだ、こんなこと、よそのご町内のお人に言っちゃいけませんよね」

気がつくと、男は呆然《ぼうぜん》としておこまを見つめていた。そんなに喋ったわけではないのにと、おこまは首をかしげたが、男は口の中までかわいてしまったらしく、唇を舐《な》めまわして言った。

「何が、何が言いてえのだ、お前《めえ》は」

「ごめんなさい、お身内のお人だったんですか」

「いや、そうじゃねえが」

かぶりを振った男を見て、つづきは鎌倉町の稲荷社での独り言にしようと思ったのだが、一度喋り出した唇は、簡単にとまることはなかった。

「若旦那と番頭さんがお出かけになっちまうと、あとは、大旦那ご夫婦に手代と小僧、それに女中と飯炊《めした》きのお爺《じい》さんですからね。いそがしいお店だから、みんながお客に気をとられて、裏の木戸から、こそ泥にでも入られるんじゃないかと……」

「見、見ていたのか、お前《めえ》は」

「え？」

目を見張ったおこまの視界を、立ち上がった男が塞《ふさ》いだ。案外に背丈のある男であった。

「いい度胸だな」

やっと事情がのみ込めた。鎌倉町の瀬戸物問屋は、あれだけ繁昌《はんじよう》していて店がいそがしいというのに、嫁も姑も、自分がどれほど苦労しているかと相手の悪口を言うのに夢中で始終出かけているし、女中は魚屋の若い衆の顔を眺めに、飯炊きは富籤の当り番号知りたさに、これも始終家をあけている、真っ昼間、裏口から泥棒に入られても不思議ではないと明樽問屋の女中が笑っていたのだが、それがよけいな心配ではなくなったのだ。

逃げ出そうと思ったが、足はその場に凍りついてしまったように動かなかった。鳥居の外を通って行く人の姿は見えるのだが、声も出ない。

おこまは、震えながら男を見上げた。命だけはとらないでくれと頼もうとしたのだが、まともに目が合った。

殺されると思った。見るつもりなどなかったのだが、目が勝手に男の顔を映し、頭が勝手にその顔を覚えてしまった。男にしては色の白い、人のよさそうな顔だった。が、いくら人のよさそうな顔をしていても、盗人《ぬすつと》なのである。明日になればその顔を忘れてしまうと言っても、男は信じてくれないだろう。第一、お喋《しやべ》りは唯一《ゆいいつ》の道楽であった筈なのに、声が出ない。

男が懐へ手を入れた。おそらく、匕首を持ったのだ。目の前が白く光った。

気がつくと、おこまは男の腕の中にいた。目の前が白く光ったと思ったのは、匕首が光ったのでもなければ強い陽射《ひざ》しが木立の間からこぼれてきたのでもなく、おこまが気を失ったのだった。

　男は、おこまの軀をそっと地面におろした。おこまは、立ち上がって逃げようとしたが、足にも腰にも力が入らなかった。

「お前《めえ》、何も見ちゃいなかったのかえ」

　おこまは、夢中でうなずいた。

「ばかだなあ。つまらねえことを言うから、俺も心配しちまったじゃねえか」

　か、か、かと、源兵衛がうがいをしているような声が出て、それから「勘弁して」という言葉になった。

「喋らねえかえ」

　と、男が言った。

「いいか。ここで人に会ったなんぞと一言でも言おうものなら、俺あ、町方にとっつかまる前に、必ずお前《めえ》を叩っ殺す。わかってるだろうな」

おこまは、幾度もうなずいて見せた。それならいいと、男は言った。

「さっさとここから出て行きな」

おこまは男を見た。また声が出なくなっていた。

「早く」

と、男が言う。

「さっさと出て行かねえと、蹴《け》り倒すぞ」

「だめ」

ようやくかすれた声が出た。

「立ち上がれない」

男は苦笑して手を差し出した。その手にすがって立ち上がろうとしたが、腰から下には自分の意思が通じなくなっている。おこまにできるのは、男の手に両の腕でぶらさがるだけで、腰と足にはまるで力が入らなかった。

「しょうがねえな」

「世話の焼ける奴《やつ》だ」

男は、風呂敷包を腰にくくりつけると、おこまを乱暴にかかえ上げた。

「何をするんだよ」

「何にもしやしねえ。奉公人のようだから、お前《めえ》の働いている店まで支えて行ってやろうってんだよ」

おこまは、男を突き放した。盗人に肩を借りて店へ帰ったとあっては、この男が捕えられた時にどれほどの迷惑をこうむるか知れたものではない。が、男を突き放すと、躯がひとりでに倒れて両手をついた。「みねえ」と男は笑って、もう一度おこまを抱き起こした。

「この稲荷社へ逃げ込んだものの、この荷物を背負ってどうやって出て行ったものかと、実は俺も弱ってたんだ。お前《めえ》がここで、お腹《なか》が痛いと蹲《うずくま》っていたと言やあ、みんなの目は、俺の荷物より動けねえお前《めえ》の方へ行く。俺を盗人だと思う奴なんざ、いやしねえ」

おこまは、男の手から逃れようともがいた。これでは盗人の手助けをすることになってしまうと思った。男は、笑っておこまを見た。

「こういうのを一石二鳥っていうんだぜ。昔、辻番《つじばん》の爺さんに教わった。爺さん、ずいぶんと物知りで、絵草紙も読んでもらった」

おこまも男を見た。男は二十七、八か、ふっとその上に父親の面影が重なった。

「わたしも、一石二鳥って知ってる。辻番のお爺さんに教わった」

「ふうん」

男は、ゆっくりと歩き出した。

「お前、国はどこだ」

「上総《かずさ》」

「俺は相州だ」

「十二の時に江戸へ出てきたの」

「俺は、四つの時だ。辻番の爺さんにゃ、ずいぶん世話になったよ」

と、男は言った。

「貧乏で、手習いなんぞに行くどころじゃねえ、五つ六つの頃から、枝豆や茹卵《ゆでたまご》を売り歩いていたおふくろを手伝っていたものだから。辻番の爺さんにゃ、文字を教わったり、煎餅《せんべい》や飴《あめ》をもらったり、可愛《かわい》がってもらったものだが」

男は、呟《つぶや》くように言葉をつづけた。

「爺さんに孫がいるとわかってからは、辻番所へ寄りつかなくなっちまった」

「わたしも」

お腹の底にたまっていたものが噴き出してきた。が、それは、瀬戸物問屋の話でも材木屋の伜の話でもなかった。幼い頃見聞きしたことや父親との思い出が、これほど覚えていたのかと自分でも呆《あき》れるほど、次から次へと言葉になって出た。ほんとうに喋りたかったのはこういうことで、話相手になってもらいたかったのも、お増や近所の女中達ではなかったような気がした。

「よく喋るな」

男の声が聞えた。おこまは、あわてて口を閉じた。たった今までとは反対に、喋ってはいけないことを、喋ってはいけない相手に喋っていたように思えた。

が、男は、おこまの前に蹲った。背負って行ってやるというのだった。ためらっていると、「てれる柄《がら》か」と言って笑う。おこまは、思いきってその背に軀をあずけた。

「よく喋る女だが。——俺のことは喋るんじゃねえぞ」

そう言う男の声が、男の背からおこまの耳へ伝わってきた。

水をまいている背に声をかけられて、ふりかえったおこまは息をのんだ。森口慶次郎という、年齢《とし》とった旦那が立っていたのだった。

市五郎が生きていたならば、こんな風になっていたかもしれない男である。正面から顔を合わせるのが恥ずかしくなって俯《うつむ》くと、きれいになったなという、思いがけない言葉が聞えてきた。

「野暮なことは聞かねえことにしような」

おこまは、耳朶《みみたぶ》まで赤くなって俯いた。

若狭屋から主人が飛び出してきた。話のようすでは、あれから数日後に、若狭屋が慶次郎をたずねて行ったらしい。が、慶次郎は留守で、一緒に暮らしている老人に手土産を渡してきた。慶次郎は、その礼にきたようだった。

若狭屋の内儀《ないぎ》が、暖簾《のれん》から顔を出した。店の中へ入って行こうとした慶次郎は、ふと足をとめておこまを見た。

「変わったことはねえかえ」

何もと答えたつもりだったが声にならず、おこまは大きくうなずいた。先日の出来事を見透かされているような気がした。

あの日、男は汗をしたたらせながらおこまを斧屋まで送り届けてくれた。打合わせ通り、腹痛で動けなくなっていたおこまを助けてくれたことにして、男は、礼を言いに出てきた惣右衛門に、太吉という名をなのっていった。

本名かどうか、わからない。が、繰返し礼を言うおこまに「近いうちにくる」と囁《ささや》いて帰って行った。囁いて、昔流行《はや》った唄《うた》をうたいながら、河岸横丁《かしょこちょう》を曲がって行った。酔えば唄った市五郎によく似ていた。

あの男が嘘《うそ》をつくわけはない。お喋りなおこまが、あの日のことを黙っていられるかどうか、確かめるためにもこないわけがない。そう思う。そう思うが、あの日から半月がたっている。

あの、男の人の近いうちにってのは、一月くらいたってからってことなんですか。と、幾度、惣太郎に尋ねてみようと思ったことか。尋ねれば惣太郎は、答える前に、なぜと聞き返すにちがいなかった。

聞き返されれば、多分、おこまは黙っていられない。太吉が瀬戸物問屋へ盗みに入ったことは口が裂けても喋らぬが、先日、斧屋まで送り届けてくれた男と約束があることくらいは話してしまいそうだった。いや、彼が四つの時に江戸へ出てきて、多少文字も書ける上、父親の市五郎に生き写しだということまで、喋ってしまうかもしれなかった。

「元気でお暮らし」

と、慶次郎が言った。市五郎が生きていたならば、間違いなくこんな風にやさしく話しかけてくれたにちがいなかった。

でも、今はもう一人、お父《とっ》つぁんに似たやさしい人がいる。

慶次郎は、若狭屋の中へ入って行った。大はしゃぎをしているような、内儀の声が聞えてきた。

「おこまさん、おこまさんったら。何を考えているんだよ」

お増だった。お増は、頰の赤い顔をなお赤くして駆け寄ってきて、若い方の旦那はみえなさらないんだってと、残念そうに言う。

おこまは上の空でうなずいた。河岸横丁から太吉が出てきたような気がしたのだが、人違いであった。

意地

案内を乞《こ》う声が聞えた。かぼそい女の声だった。

近頃雇い入れた女中のお安《やす》が出て行って、名前を尋ねている。が、皐月《さつき》には、声の主が誰であるか、すぐにわかった。芝宇田川町《しばうだがわちょう》の指物師《さしものし》、栄五郎《えいごろう》の娘のおちせにちがいなかった。

小柄で痩《や》せていて、元気だと言っていた時でさえひよわに見えたのに、先日、そろそろ硯箱《すずりばこ》が出来上がる頃ではないかと立ち寄った時には、青白い額にかかるほつれ髪をかきあげながら二階から降りてきた。寝込んでいたのではないかと思ったほどの、顔色のわるさだった。話を聞いてみると、どこがわるいのかはっきりとわからぬのだが、ここ数日だるさがとれぬのだという。

皐月は、つかまり立ちをするようになった八千代《やちよ》を抱き上げて、表口へ出て行った。風呂敷包《ふろしき》をかかえたおちせが、八千代を見て子供のような歓声を上げた。宇田川町の家で会った時も、病人のような青白い顔で、「お嬢様に会いたい」と繰返していたのだった。

「お願い。抱かせて下さいまし」

挨拶《あいさつ》はあとまわしだった。風呂敷包を上がり口に置いて、おちせが両手を差し出す

と、この人は子供好きとわかるのか、人見知りをする八千代が皐月の腹を小さな足で押して抱かれようとした。おちせは顔中をゆるませて八千代を抱き、頰ずりをした。

「重たくなられましたねえ、嬢ちゃまは」

放っておけば、そのまま八千代と遊び出しかねないおちせを促して、何やらかたいものがくるまれている風呂敷包をお安に持たせ、皐月は居間へ戻った。

八千代は、しきりにおちせへ話しかけている。無論、「あ、あ」と言うだけで、何を話しているのかわからない。が、おちせは、いちいち「そうですか」「それは、ようございました」とうなずいている。八千代のお喋《しゃべ》りも、やむようすがなかった。

皐月は、頃合いを見て八千代を抱き取ろうとした。八千代は、しばらくおちせに抱きついていたが、「お客様はお疲れですよ」という皐月の言葉がわかったように、その手の中へ移ってきた。

「大丈夫?」

と、皐月は言った。

「もうすぐ十五夜ですけれど、まだ日中は暑いでしょう? 宇田川町からここまでき

て、すぐにこの重たい子を抱いて、疲れでもしたら大変ですよ」

「いえ、お嬢様とお話ししているうちに、元気になりました」

おちせは、十八にしては稚《おさな》い顔をほころばせた。皐月はお安を呼んで、おちせが好みそうな菓子を出させせた。「おいしそう」とおちせが両の頰に手を当てて言うと、八千代が声をたてて笑う。言葉が通じているようだった。

「あの、ご挨拶があとになってしまいまして申訳ございません。今日は、ご注文の硯箱をお届けに上がりましたのですけれど」

「硯箱？」

皐月は、支えがなければ立っていられぬくせに、おちせの方へ身をのり出している八千代を抱き直した。

「硯箱なら、先日、出来上がっていたので受け取ってきましたよ」

「いえ、あの……」

おちせは、ちょっと言いよどんで、頰を赤く染めた。

「これは、政吉《まさきち》がつくりました硯箱でございます。晃之助旦那《だんな》が奥様にと、政吉にお頼みになられたのでございます」

先月、七月も終りに近づいた頃だった。硯箱の蓋《ふた》がこわれ、晃之助はいっそ新しくしようと言って、慶次郎の代からつきあいがあるという栄五郎をたずねて行った。その時にこのところ音信がとだえている政吉を思い出し、その家を訪れたのだろう。政吉は栄五郎の弟子で、いい腕の持主なのだが、栄五郎と反りが合わなかったらしく、今は芝口《しばぐち》一丁目の裏通りで、引出から屑籠《くずかご》、炭取りまで、こまごまとしたものをつくって暮らしている。

「で、あの、晃之助旦那が、出来上がったら宇田川町のちせに届けてもらえって、政吉にそう言って下さって」

おちせの顔は、ますます赤くなった。

晃之助は、皐月のために硯箱を注文したついでに、このひよわで稚い感じのする娘も喜ばせてやろうと考えたにちがいない。

栄五郎の一人娘であるおちせは政吉に惚《ほ》れていて、政吉は、指物師としてすぐれた腕を持っている。祝言《しゅうげん》は間近と誰もが思っていた時に、政吉が栄五郎にさからって、仕事場を飛び出した。去年の暮のことだった。おちせの必死のとりなしにも栄五郎はうなずかず、政吉は政吉で、詫《わ》びてくれと頼みに行ったおちせを追い返したそうだ。

そういえば今年、桃の節句に豊島屋《としまや》の白酒を持ってきてくれた栄五郎は、おちせが発熱をして、二、三日寝込んだと言っていた。ようすを見に行った時のおちせは血色もよく、栄五郎に殴られたらしい若い弟子を懸命に慰めていたので、この分なら大丈夫だろうと、ほっとして帰ってきたのだが、少し迂闊《うかつ》だったかもしれない。父親と恋しい人と、仲直りをしてもらいたい気持を双方から拒まれたのである。おちせの小さな軀《からだ》は、それに耐えきれるほど強くできてはいない筈《はず》だった。

が、出来上がった硯箱を、政吉はおちせに渡さねばならない。その時に、二人は会える。栄五郎に気づかれぬようそっと、だがいそいそと芝口へ出かけて行くおちせの姿が見えるようだったが、それにしては浮かぬ顔で、おちせは風呂敷包をといていた。欅《けやき》でつくられたという、飾り気のない硯箱があらわれた。

「きれい——」

皐月は、八千代を抱いていることも忘れて硯箱に見入った。木目《もくめ》の選び方といい、蓋のゆるやかな曲線といい、さすがに栄五郎をしのぐ指物師になるといわれた政吉のものだと思った。この腕の持主が、近所の女達に頼まれて炭取りの手を直しているのでは、何とももったいなかった。

「これを、おちせさんが取りに行ったのですか。政吉さんはおちせさんに会って、何と言いました？」

さりげなく栄五郎に会わせる段取《だんどり》をつけたとか、段取をつけるためにゆっくり会う約束をしたとか、そんな返事が聞けると思ったのだが、おちせはかぶりを振った。

「おちせさんとも口をきかないのですか?」

おちせは、もう一度かぶりを振った。

「あの、硯箱は、お隣りに住んでいるっていう女の人が届けにきてくれたんです」

考えてみれば、晃之助が皐月の硯箱を政吉に注文したと、おちせに黙っているわけがない。内緒にされていたのは皐月だけで、おちせは、何日頃には出来上がるだろうから芝口へ行ってみろと言われていた筈だった。それと察した政吉は、夜を徹して仕事場に坐《すわ》り、早めに仕上げたにちがいなかった。

黙っている皐月を見て、硯箱の出来上がりに不満があるのではないかと、おちせは勘違いをしたらしい。「やっぱりお気に召さないのでしょうか」と、心配そうな顔になった。

「晃之助旦那の硯箱は栄五郎がつくるとわかっちまったらしくって。栄五郎になんざ負けたくないと思ったのでございましょう、少し、意地のにおいがするんです」

申訳ございませんと、おちせは両手をついて詫びたが、皐月には、見事な出来としか思えない。

「政吉は、いいものをつくったと自惚《うぬぼ》れているにちがいないのですけれど。わたしもこれを受け取った時には、また腕が上がったと思いました。でも」

一晩中見ていたら――と言って、おちせはまた顔を赤くした。恋しい男のつくったものを、すぐ皐月に届ける気になれず、一晩か二晩、枕許《まくらもと》に置いて寝たのかもしれなかった。

「意地のにおいがすることに気づきました。わたしの一存で政吉に返そうかとも思いましたが、奥様が心待ちにしてて下さったらと気がつきました。勝手に期限を遅らせては申訳ないと思いまして」

「返せるの？」

「やっぱりお気に召しませんか」

「とんでもない」

おちせにあやしてもらいたいらしい八千代を膝《ひざ》の上で飛び跳ねさせながら、皐月はかぶりを振った。

「私は気に入りましたよ。意地のにおいがどこにあるのか私にはわからないし、わかったとしても、それはそれで面白いじゃありませんか。ぜひ、この硯箱を使わせていただきたいのだけれど」

「有難うございます」

おちせは、額が畳についたのではないかと思うほど、深く頭を下げた。

「でも、そう仰言《おつしや》っていただいて、やっぱりこんな硯箱はお納めしてはいけないのだと思いました。政吉に、叩《たた》っ返してやりゃよかった」

「何を言っているのですか」

八千代は、皐月の支えがなければ立っていられぬことをまるでわかっていないようで、笑い声をあげては飛び跳ねている。隙《すき》あらばおちせの膝へ移ろうと思っているのか、軀を前へ傾けて飛ぶことすらあった。

皐月の目に、茶碗《ちゃわん》や菓子鉢が映った。飛び跳ねている八千代をおちせへ渡すには、邪魔な位置にあった。

「私は、ほんとうにこの硯箱が欲しいのですよ。でも、それでは、おちせさんと政吉さんが会わずに終ってしまいそうだから」

もう少しおちせに近づこうと、腰を浮かせた時に八千代が思いきり飛び跳ねた。

あぶない。

おちせの悲鳴が聞え、気がつくと皐月は、八千代と一緒におちせの腕の上にいた。

「大丈夫?」

と、皐月は尋ねた。八千代のおてんばぶりにも鍛えられ、皐月は咄嗟《とっさ》に一方の手で八千代を抱きしめて、もう一方の手で軀を支えることができる。抱きかかえようとしてくれたおちせの軀がかえって邪魔になって、その上に乗ってしまったのだった。

おちせは、恥ずかしいと言いながら起き上がり、ほつれた髪を指先でかきあげた。袖《そで》からのぞく腕も、髪のからまる指先も、驚くほど細かった。

硯箱は、おちせの目の前でこわしてみせた。ただの木片となったものは、近所の女達が焚《た》き付け用にともらいにくる木屑の中へ叩き込んだ。

「そんなことしたって、いいものはできませんからね」と、おちせは、痩せて大きさがなお目立つようになった目に、涙を浮かべて言った。殴りつけてやろうかと思ったが、さすがに思いとどまった。

森口晃之助は、栄五郎に内緒で硯箱を頼みにきてくれた筈だし、そう気づいたからこそ仕上げを急ぎ、出来上がるとすぐに隣りの女に頼んでおちせへ届けさせた。おちせに会いたくないと言えば嘘《うそ》になる。が、おちせに会わせてやろうという晃之助の気持は鬱陶《うっとう》しかった。栄五郎と和解するきっかけになればよいと思っているらしいのは、鬱陶しいのを通り越して迷惑だった。おちせを殴り、その悲鳴で隣りの女が駆けつけてくれれば、晃之助にも知らせが行くだろう。そうなると、鬱陶しさと迷惑が一度にくる。

どいつもこいつも、よけいなことばかり考えやがって。

政吉は、よけいなことを考えずに、いいものをつくりたい。なのに晃之助まで、出来上がった硯箱はおちせに届けさせろなどという注文をつける。皐月がおちせに会いたがっているからとか、苦しい理由をならべていたが、政吉はろくに聞いていなかった。とにかくおちせに届けさせりゃいいのだろうがと、晃之助が帰ったあとで、肩にかけていた手拭《てぬぐ》いを仕事場の鉋屑《かんなくず》に叩きつけたものだった。

栄五郎には、俺の負けだと栄五郎が言ってくるまで会いたくない。鏡台だろうが引出だろうが、人の目をひくようなものはつくるなと栄五郎は言う。俺達は花見の桜を咲かせているのじゃねえ、人が毎日使うものをつくっているのだ、部屋へ入ったとたんに、あ、鏡台がある、引出があると目をひきつけていた日にゃあ、疲れてしょうがねえ。

てやんでえと、政吉は思っていた。政さんのつくってくれる鏡台がいい、引出がいいと、名指しで頼まれるのは、親方のつくるものじゃ物足りねえってことじゃねえか。

無論、それを言葉にして言ったことはない。栄五郎は政吉のつくるものを見て、「まだまだ」と首を振っていたが、それは、目立たぬものをつくろうとしてもつくれぬ未熟者だと思っていたからにちがいない。

だが、去年の暮に、意識して目立つものをつくっていると栄五郎に知れた。かぶせ蓋《かけご》で懸子のついた手箱をつくってくれという注文が、政吉の名指しで入ったのである。政吉は、蓋に凝《こ》った。側面の板に、洲浜《すはま》の文様《もんよう》を彫ったのだった。

やりなおせと、栄五郎は言った。欅の木目に洲浜の文様はいらぬとも言った。政吉は黙っていた。不服だとは、栄五郎にもわかっていただろう。わかっていただろうが、まさかその手箱を、政吉が客の家へ届けに行くとは思っていなかったにちがいない。

客は洲浜の文様を見て、「政さんに頼んでよかった」と言った。この文様で、そこにもある、ここにもあるという手箱ではなくなったと喜んでくれたのである。

客は喜んでくれたが、栄五郎は、顔に朱をそそいで怒った。政吉は、客がなぜ俺を名指しするのか、親方にはまるでわかっていないと言い返した。赤かった栄五郎の顔が青ざめ、隣家へも聞えるほどの大声で怒鳴っていたのが、それきり口をきかなくなった。怒りのあまり、声が出なくなったのかもしれなかった。

瞼《まぶた》の下を痙攣《けいれん》させている栄五郎と、政吉はどれくらいの間、睨《にら》みあっていたのだろう。「出て行け」という、かすれた声が聞えて、政吉も我に返った。顔を真赤にしている栄五郎を見て、頭に血がのぼって倒れるかもしれねえぞと思っていたのだが、自分も顔を真赤にして、栄五郎一人を見据えていたようだった。

「出て行け」

と、栄五郎が繰返した。

おちせの泣き声が聞え、腕にすがりつかれたのは覚えている。が、そのあとのことは、まったく頭から消えていた。贔屓《ひいき》客の世話で芝口の裏店《うらだな》を借り、その後に身のまわりのものを届けにきてくれた弟《おとうと》弟子の話では、真赤な顔から蒼白《そうはく》な顔に変わった政吉が、おちせを突き飛ばして仕事場から飛び出して行ったというのだが、それを思い出そうとしても、頭の中が真っ白になるだけなのである。

いずれにしても、栄五郎との間にはそんな経緯《いきさつ》があった。客が使いやすいものをつくればいい、それが指物師の仕事だという栄五郎の考えには、いまだにうなずけない。うなずけないのだが、先日、目の前で舌を嚙《か》みきって死んでやろうかと思うほど、口惜《く や》しい出来事があった。栄五郎の仕事場を飛び出す原因となった手箱の客が、ひさしぶりに遊びにきて、「いい出来だと思ったが、飽きるね」と言ったのである。

冗談じゃねえや。

そう思った。

その客は、親方ではなく政さんに頼むと言ってきたのである。誰もがつくるような栄五郎の手箱ではなく、どこかに工夫のある政吉の手箱が欲しかったからこそ、そう言ってきたのだろう。懸子の仕切りがとりはずせるような細工も考えたが、政吉は、蓋に彫りをほどこすことにした。客も、それが気に入って喜んだのではなかったか。

そんな時に、晃之助から、おちせに届けさせてくれというおかしな注文つきの硯箱《すずりばこ》を頼まれたのだった。

我ながらよい出来の硯箱だった。何気ない蓋《ふた》の丸みも、見る人が見れば、どれほど考えぬいたものかわかる筈だった。

職人の娘に生れたおちせは、出来上がりのよしあしがわかる。あの硯箱をおちせに渡せば、おちせは栄五郎に見せるにちがいなかった。栄五郎に見せて、政吉はこれほどのものをつくれるようになった、喧嘩《けんか》はやめてくれと頼むにちがいなかった。

おそらく、栄五郎は絶句するだろう。蓋の丸みを見ただけで、負けたと思うかもしれない。が、意地でもそれを口にしない筈だ。負けたと口にできるほど、栄五郎はまだ枯れていない。

ところが、おちせはそれを八丁堀から持って帰ってきた。しかも、意地のにおいがするなどと、生意気なことを言った。いくら出来上がりのよしあしがわかるとはいえ、鉋や鑿《のみ》を使ったことはない。言い換えれば、のっぺらぼうの箱一つ、つくったことはない。

「くそ」

政吉は、仕事場の板壁を思いきり蹴《け》った。裾《すそ》の方に貼《は》りついていた大鋸屑《おがくず》が舞い落ちて、ふと木の香りが漂った。生意気なことを言ったおちせはもういない。

「くそ、ばかやろう」

何が意地のにおいだ、何がこれでは納められない、だ。十年一日、何の工夫もなしに同じものをつくっている手前《てめえ》の親父《おやじ》の硯箱より、こっちの方がよっぽど出来がいいんだよ。

気がつくと、仕事場に坐ってこぶしを握りしめていた。しかもそれが、天井を見据えている膝の上で震えている。

「くそ」

腹立ちがおさまらない原因は、わかっていた。「意地のにおいがする」というおちせの言葉が正しいことを、政吉は、どこかで認めはじめているのである。

「冗談じゃねえ」

認めてしまう自分にも腹が立つ。

「意地のにおい」がするのは当り前だろう。江戸中の職人を掻《か》き集めてみるがいい。親方にゃかなわねえと思っている奴《やつ》もいるかもしれないが、そいつだって今のままでいいとは思っちゃいねえ筈《はず》だ。今はかなわないが、そのうちに追い越してやる、誰もがそう考えて、真冬の凍りつくような仕事場に夜遅くまで坐っていたり、暑い盛りもろくに眠らず仕事をしていたりするのだ。

それを、「意地」と呼ばなくて何と呼ぶ。

意地は、職人の支えだ。あの硯箱に文様をいれず、かたちの美しさだけにこだわったのも、俺の意地だった。俺達は飾っておくものをつくっているのじゃねえ、毎日使うものをつくっているのだから、つまらねえ細工はするなと言い張る親方に、手箱も文様でごまかしたのじゃねえってことを、教えてやりたかったのだ。そんな意地を俺から抜き取ってしまったら、俺あ、かすじゃねえか。鉋や鑿を持った、職人の抜殻じゃねえか。

だが、どう言訳をしても、おちせが正しいという思いは消えてくれない。言訳をして、いったんは消えても、またすぐに腹の底の片隅から、胸の真ん中あたりまで噴き出してくる。

政吉は、仕事場の板壁をもう一度思いきり蹴とばして、茶の間へ上がった。朝飯を食べたままの茶碗と汁椀《しるわん》が、長火鉢の猫板の上にのっていて、味噌汁《みそしる》のかすが、汁椀の底にこびりついていた。片付けなければと思ったが、そんな気になれなかった。政吉は、軀《からだ》を放り出すようにして腰をおろし、茶碗と汁椀のほかにも湯呑《ゆの》みや土瓶がのっている猫板に肘《ひじ》をついた。

「政さん」と、呼ぶ声が聞えた。隣りの女房の声だった。

「政さん。うちの屑箱は、まだできないのかえ」

夕飯の惣菜《そうざい》を持ってきてくれたり、洗濯をひきうけてくれたりする親しさから、遠慮なく仕事場へ入ってきたらしい。政吉は、ふりかえりもせずに「明日、できる」と言った。

「何だねえ」

隣りの女房は、がっかりしたような声を出した。

「そんなに凝らなくってもいいって言ったじゃないか。うちのなんざ、紙屑が放り込めりゃいいんだよ。ちょいちょいっと、つくっておくれよ」

うるせえ。

政吉は、猫板を叩いて叫んだ。茶碗と湯呑みが転がり落ち、隣りの女房は茶の間をのぞき込んだものの、政吉の機嫌のわるさが尋常なものではないと気づいたのだろう。首をすくめて帰って行った。


出迎えた皐月を見て、奉行所から帰ってきた晃之助は不服そうな顔をした。皐月の腕の中に、八千代がいなかったからだ。いつもはその頃に昼寝から目を覚ますのだが、今日はつい先刻、ようやく眠ってくれたのだった。

「夜中に目を覚まさなければよいのですけれども」

と、皐月は言って、不服そうな顔のまま居間へ入った晃之助の着替えを手伝った。

「わたしは夜泣きをして、親をてこずらせたそうだ」

帯を結びながら、晃之助が言う。このところ、しばしば八千代が真夜中に目を覚まして泣くのだが、それは自分に似たせいかもしれぬと言いたいのだろう。晃之助に言わせておくと、目つきも口許《くちもと》も、元気がよいのも這《は》い出すのが早かったのも、すべて父親似ということになる。

「ところで」

晃之助が真顔に戻って言った。

「おちせの具合がわるいことは、知っているかえ」

皐月はかぶりを振った。

「そうか。実はわたしも今日知ったのだが、玄庵《げんあん》先生が診《み》に行かれたらしい」

「ひどくわるいのでしょうか」

「今日明日ということはないそうだが」

癒《なお》る見込はないということではないか。皐月は、驚くほど細かったおちせの腕や指を思い出した。

「そのことを政吉さんは?」

「目と鼻の先に住んでいるが」

おそらくは知らないだろうと、晃之助は言った。知らせたものかどうか、迷っているらしい。

お安が茶をいれてきた。お安は、ぬるくて薄い茶をいれる。晃之助は黙って飲んでいるが、今朝も皐月は、もう少し茶の葉をいれるように叱言《こごと》を言った。夕飯も、皐月が八千代に気をとられていたりすると、茹《ゆ》ですぎたような煮魚ができあがる。台所へ引き返すお安を皐月が追って行こうとすると、晃之助が呼びとめた。

「硯箱は、いつ出来上がってくるのだえ」

皐月は答えに詰まった。

おちせは、硯箱をつくり直させてくれと言った。政吉のためにもその方がよいと頼むので、言う通りにさせてやったのだが、翌日、当分できあがらないかもしれないと詫《わ》びにきた。あんなわからずやだと思わなかったと涙を浮かべていたところをみると、つくり直せ、いや直さぬと、口論をしたにちがいなかった。

皐月は、おちせに詫びた。栄五郎と政吉の諍《いさか》いに、おちせまでひきずり込んでしまったのは、皐月の硯箱だった。

「いいえ」

と、おちせは、頬の涙を拭《ふ》きながら笑った。

「一番いけないのは、あんなものをつくった政吉です。それから二番めにいけないのが、出来上がりに難《なん》があるとわかっていながら、お屋敷に持ってきてしまったわたしです」

あんな硯箱を、どうだ見てみろと言わんばかりに届けてきた政吉を、贔屓めに見てしまったわたしがわるいと言って、笑うつもりだったらしいおちせの顔が歪《ゆが》んだ。泣き出したのだった。

その顚末《てんまつ》を、皐月はまだ晃之助に話していない。おちせが何と言おうと、硯箱をおちせに持たせて帰したのは、皐月の失敗だった。稚《おさな》げに見えるおちせの意外にしっかりした考えを聞き、政吉も感心するのではないかと思ったのだが、今になって思えば、師匠の栄五郎にさえさからった男が、その娘の言葉にうなずくわけがなかった。晃之助の気持も無にしてしまったようで、話さなければと思いながら話せずにいたのだった。

が、晃之助は、「はじめにつくったのは、出来がわるかったと聞いたが」と言った。皐月の硯箱はどうしたと、尋ねに行ったのかもしれなかった。

「こんなものは納められないと、こわしてしまったと言っていたが」

「やはり――」

思わず呟《つぶや》いた皐月を、晃之助が訝《いぶか》しげな顔で眺めた。

「あの、明日、芝口まで行ってもよろしゅうございますか」

「かまわないが……」

なぜという問いの出ないうちに、皐月は言った。

「なるべく早く戻ります」

晃之助は首をすくめた。

「明日、芝口へ行くのはいっこうにかまわないが、今は台所へ行ってくれないか。お安の煮魚を食うのだけは、ごめんだ」

皐月が笑って立ち上がると、その声が聞えたように八千代が泣き出した。唐紙《からかみ》を開けようとした皐月をとめて、晃之助が立ち上がる。八千代は自分が抱いてくるというのだった。

森口晃之助の妻だとなのった女は、おちせが病いの床についているとだけ言って帰って行った。

政吉は、硯箱《すずりばこ》をつくり直そうともしていない。隣家の屑箱《くずばこ》をつくったあとは、以前から頼まれていた二丁目の煙草屋《たばこや》の引出や、長唄《ながうた》の師匠の家の蠅帳《はいちょう》を直しに行き、これといった仕事をしていない。仕事場に降り、鉋《かんな》や鑿《のみ》を手にしていると、やわらかな丸みがあるだけの使いやすそうな硯箱が目の前に浮かんできて、不愉快な気分になるのである。

その硯箱は、政吉のつくったものではなかった。栄五郎が、森口晃之助の依頼でつくったにちがいない硯箱だった。

冗談じゃねえと、政吉は思った。俺はあんな硯箱をつくろうとして苦労しているんじゃねえ。あんな何の変哲もねえ硯箱なら、いつでもできる。あんなものではなくて、机の上へ置いた時に、見事だなあと見惚《みと》れてしまうようなものがつくりたいからこそ、宇田川町の親方の家を飛び出したんじゃねえか。

晃之助の妻が、早く硯箱をつくってくれと催促にきたのなら、断ってしまうつもりだった。おちせは意地のにおいがすると言ったが、あれをおちせに返させた奥様も、そうお思いになったのでございましょう、あっしにゃ栄五郎を真似《まね》たようなものはできません、何の変哲もねえ硯箱をお望みなら、どうぞ栄五郎にお頼みなすって下さいまし、そう言うつもりだった。

が、晃之助の妻は、硯箱について一言も触れずに帰って行った。偶然たずねてきた舅《しゅうと》と女中に赤子をあずけてきたとか、泣いてはいないと思いますけれどなどと言って、子供が気になるようすだった。

おちせも子供を欲しがっていたと、政吉は思った。「子供を生んで丈夫な軀になった人もいるし」とまぶしそうに政吉を見上げたのは、所帯を持とうと早く言ってくれという催促だったにちがいない。

そう気づいていたのだが、政吉は、その一言を言わずにいた。おちせの父親は、栄五郎だった。所帯を持つには、栄五郎の許しを得なければならない。いずれ許してくれるだろうが、今は、意地でも許してくれぬにちがいなかった。所帯を持たせてくれと、栄五郎の前に手をつく気持は政吉にない。

俺あ、親方のようにはなりたかねえ。

栄五郎は、人と違うものをと頼まれれば、長年の贔屓《ひいき》客でも首を横に振る。客に自分の好みを押しつけていることに、気づいていない。できることなら政吉は、客が想像以上の出来上がりだと喜んで、床《とこ》の間《ま》に飾ってくれるようなものをつくりたいのである。

だが、おちせは可愛《かわい》い。政吉も早く所帯を持って、おちせとの間に生れる子供の顔を早く見たかった。子供の顔は見たかったが、娘はやれねえと言うにきまっている栄五郎には会いたくなかった。自分の思う通りの仕事をして、「お前にはかなわねえ、頼むから娘を女房にしてやってくれ」と、栄五郎に言ってもらいたいのである。

「ばかやろう。なぜ病気になんぞなりゃがった」

もっと太って、もっと大きな声で笑って、俺が栄五郎に両手をつかせるまで、なぜ元気でいてくれねえ。なぜ、嫁《ゆ》きおくれの悪口を蹴飛《けと》ばすくらいの覚悟をしてくれねえ。

政吉は、立ち上がって膝《ひざ》の上の大鋸屑を払い落とした。見舞いに行ってやるつもりだった。だが、宇田川町の家には栄五郎がいる。政吉が存分に腕をふるえるような仕事のなくなっていることは、栄五郎も知っているだろう。今、栄五郎には、死んでも会いたくない。

政吉は、大鋸屑を払い落とした仕事場に、また腰をおろした。

おちせのやつれた顔が、目の前を通り過ぎて行った。会いたかった。会って、病気になんざなるなと怒ってやりたかった。

おちせは、「わたしにさんざん心配をさせといて」と頬をふくらませるだろう。誰もいなければ、その頬に触れてみたい。頬に触れて、おちせがこちらを向いてくれれば、布団《ふとん》ごと抱いてやりたい。

抱いてやりたいが、栄五郎には会いたくない。頭の隅に、栄五郎作らしい硯箱が浮かんでくるようになった今は、なおさらだった。

それから十日ほどたって、森口晃之助がたずねてきた。おちせの容態が思わしくないのだという。

「行ってやりねえな」

と、晃之助は言った。政吉は、素直にうなずくつもりだった。が、思いがけない言葉が口をついて出た。

「よけいなお世話というものでさ」

さすがに晃之助の顔色が変わったが、胸をさすってくれたようだった。

「寝言というより譫言《うわごと》に近いそうだが、おちせはお前を呼んでいるそうだ。可愛い一人娘が、会いたいと言い出せずに夢を見ているのだもの、栄五郎だって折れていらあな。おちせが譫言でお前を呼んでいると、俺にわざわざ言いにきた胸のうちを察してやりねえ」

「でも」

「俺の役目にさからうのかえ」

定町廻《じょうまちまわ》り同心は真顔だった。

「政吉を連れてきてくれと、俺の屋敷へ栄五郎が訴えにきたんだよ。訴えを取り上げたからは、何が何でもお前を宇田川町へ連れて行くぜ」

「わかりました」

が、晃之助は、股引腹掛《ももひきはらがけ》を袷《あわせ》に着替えた政吉があわてて外へ出て行くと、「早く行ってやれ」と、軽く背を押して反対の方向へ歩いて行った。

一人で栄五郎の仕事場の敷居をまたぐのかと思うと気が重くなったが、栄五郎が定町廻り同心の屋敷をたずねて行ったというのも、よほどの決心をしたにちがいない。政吉は、隣りの女房に留守を頼んで宇田川町へ足を向けた。

顔を合わせずにすんでいたのが不思議なくらいの距離である。栄五郎に会った時の挨拶《あいさつ》すら思いつかぬうちに、政吉は、かつてはその隅に坐《すわ》っていた仕事場の前に立っていた。

政吉には先輩にあたる職人が、去年あずけられたばかりの小僧に出入口で叱言を言っていて、その職人が政吉に気づいたようだった。当板《あていた》に沿って片方の足をのばし、鉋の刃の具合を確かめていた栄五郎に声をかけた。

政吉は、黙って頭を下げた。栄五郎も黙って立ち上がり、黙って奥を指さした。指さした先には茶の間への障子があり、茶の間の横には二階へ上がって行く階段がある。

当板の前へ戻った栄五郎を見て、政吉は案内なしで階段を上がって行くことにした。お邪魔しますと言ったつもりで頭を下げたが、会釈《えしやく》を返してくれたのは職人と小僧で、栄五郎は金槌《かなづち》で鉋の側面を叩《たた》いていた。

茶の間から台所へつづく廊下へ出て、下が物入れとなっている階段を上がる。煎《せん》じ薬のにおいが漂ってきた。

おちせは眠っていた。いや、横たわっているのにも疲れて、目を閉じていたのかもしれなかった。政吉が枕許《まくらもと》に坐っただけの気配にも、驚いたように目を開けて、その目に映った政吉になお驚いて起き上がろうとした。

「寝ていねえな」

と、政吉は言った。硯箱を返しにきた時よりもなお痩《や》せて、五分の厚みがあるのだろうかと思うほど肩が薄くなっていた。

「よかった」

おちせは、かぼそい声で笑った。

「とうとう幻を見るようになっちまったのかと思った」

「つまらねえことを言うな」

ふと、鼻の奥が痛んだ。のども目頭も痛くなって、政吉は、自分が涙をにじませていることに気づいた。が、おちせは、先刻よりも少し大きな声で笑った。

「待ってたの、わたし」

「俺を、か」

「そう。欲しいものがあるの」

「怖えな」

政吉は首をすくめてみせたが、おちせはもう笑わなかった。「鏡台」と言って目を閉じた。

「あのね、軽くって、使いやすいのが欲しいの」

「親方に頼みゃいいのに」

「意地悪ね。わたしは、政さんのつくったのが欲しいの」

「わかったよ。大急ぎでつくるよ」

「軽いのをつくってね」

と、おちせは繰返した。

「寝床でちょっと起き上がった時に、持てるようなのが欲しいの」

「わかってる」

おちせは、目を開けて笑った。可愛い顔だった。こんなに可愛い娘が、まだ意地を張り合っている栄五郎と政吉を残して、この世からいなくなってしまうなど、あるわけがなかった。

「いそがしいんでしょう？」

と、おちせは言った。

「今日は、どうもありがとう」

「いや、いそがしくはねえんだ」

「わたしは大丈夫。そろそろ叔母さんがきてくれる頃だし。それに、早く鏡台をつくってもらいたいの」

「そうだな。それを持って、見舞いにくることにしような」

政吉は、うなずいて立ち上がった。階段の降り口でふりかえると、おちせの視線がそれを待っていた。

「またな」

よほど枕許へ戻ろうかと思ったが、戻って、立ち上がっておちせをふりかえれば、また枕許に坐りたくなるだろう。政吉は、軽く頭を下げて階段を降りた。茶の間では、三十七、八と見える女が茶をいれていた。栄五郎を小粋《こいき》にしたような顔立ちの女で、おちせの言っていた「叔母さん」だった。

どこへ行ったのか、仕事場に栄五郎の姿はなかった。おちせの叔母が、茶を飲んでゆけとひきとめるのを断って、政吉は、新材木町へ向った。

新材木町には、芝口で仕事をするようになってから行くようになった材木屋がある。栄五郎の仕事場で働いていたと知って、政吉を信用してくれたのが気にくわないが、よい材木を揃《そろ》えている店であった。

払えるあてなどなかったが、なかでも上等と思える檜《ひのき》を選んで、政吉は家に帰った。なるべく安くつくってくれと頼まれた引出や、雑木《ぞうき》で沢山だと言われた踏台の仕事が待っていた。政吉は、股引腹掛の姿に戻って仕事場に坐った。

踏台をつくるつもりの板を削りはじめたが、明日届く筈《はず》の檜の板が頭から離れない。気がつくと、鉋を持った手をとめて、「寝ていても持てるように」と注文をつけられた鏡台のかたちを考えていた。

檜は軽い。軽いが、おおかたの鏡台のように、引出を幾つもつけては、おちせの細い腕が重いと感じてしまうだろう。といって、多少の重さがなければ、鏡架《きょうか》に鏡をかけた時、不安定になる。

とりはずし。

と、政吉は声に出して言って膝を叩いた。

鏡架は、鏡を使う時に鏡台の蓋《ふた》を開け、蓋の裏へ差し込むようになっている。それならば、鏡台の横にとりはずしのできる支えをつけてやればよいではないか。櫛《くし》や毛筋立《すじたて》の一つくらい入るような引出と支えを別にしてやれば、おちせの細い腕が鏡台となる引出を床の上へはこんだあとで、支えをつけて鏡をかけることができる。或《あるい》は、栄五郎が鏡台に鏡をかけて渡してやっても、おちせは重さを感じずに髪を梳《す》くことができるだろう。

鏡も小さい方が軽いが、あまり小さくては役に立たない。それは、鏡師に相談しよう。鏡台も同じことだ。出し入れのしやすい大きさは残して、そのかわりに無駄な飾りは省くことにする。

そこまで考えて、政吉は我に返った。当板にのっていた節《ふし》の多い板に、鉋をかけはじめる。無駄な飾りは除いて、軽く、使いやすくとは、いったい誰の考えることなのだ。

「そんなもの、俺はつくらねえぞ」

絶対に。おちせが叔母に自慢できるような、凝った細工をほどこしてやる。

だが、あの腕で、細工の多い鏡台など持てはしない。いや、おちせは、どこにもない自分だけの鏡台が欲しくて、政吉につくってくれと頼んだのではないか。栄五郎ではなく、政吉につくってもらいたいと思ったのではないか。

多分、そうだと思う。そうだと思うが、寝床にいても持てるのをつくってくれとも言った。注文通りにつくってやれば、栄五郎が口癖のように言っている、ただ使いやすいだけのものになってしまう。

檜は、翌日の昼前に届いた。おちせの鏡台にするのだと思わなくても、すぐ当板にのせて削りたくなるようないい板だった。それでも政吉が檜を削りはじめたのは、五日もたってからのことだった。

寝食をわすれてという言葉通り、仕事場に坐りつづけたが、迷っている時間がまだ多かった。出来上がるまでには十日かかった。大急ぎでと頼んだ鏡は、とうに鏡師から政吉のもとへ届けられていた。

できるだけ早くとおちせに頼まれてから、半月がたっていた。政吉は、宇田川町へ走った。

仕事場の前に、小僧が立っていた。政吉の姿を見て仕事場の中へ駆け込んで行ったのは、栄五郎へ知らせに行ったのだろう。思いがけず栄五郎が飛び出してきて、「この、ばかやろう」と叫んだ。政吉は足をとめた。

「ばかやろう。早くこいと言ってるんだ」

わけがわからぬまま、政吉は、仕事場へ入った。鉋屑《かんなくず》も大鋸屑《おがくず》もちらかっていず、先輩の職人も当板の前にいなかった。

茶の間には、見知らぬ人達が緊張した面持で坐っている。政吉は、挨拶もせずに階段を駆け上がった。

おちせの枕許に、叔母と庄野《しようの》玄庵がいた。政吉は、夢中で鏡台をくるんでいる風呂《ふろ》敷《しき》をといた。

「政さん？」

おちせの声だった。

「鏡台、できたの？」

できたよと言いたかったが、声が出なかった。政吉は、叔母の隣りに坐って鏡台を差し出した。

「持たせて」

と、おちせが言う。

「重いよ」

とは、叔母が言った。

「胸の上にのせて」

叔母は、鏡をとってのせてやった。

「軽いのね。鏡もつけて」

政吉は、重くならぬように苦心して四隅へ差し込めるようにした支えをつけ、鏡をはめた。

「いい鏡台ね。お父《とっ》つぁんのより、いいかもしれない」

「ばかやろう」と言う、栄五郎の声が聞えた。政吉のうしろから、二階へ上がってきたようだった。政吉の鏡台を褒めたおちせを叱《しか》ったのかと思ったが、血走っているのにうるんでいる目は、政吉を見つめていた。

「これほどの腕を持っていながら、強情を張りゃがって」

「何を言ってるんですよ。兄さんだって、鏡台の催促に行けとわたしがいくら言っても、あいつが持ってくる気にならなければしょうがねえと強情を張ってたじゃありませんか」

「いい出来ねえ、この鏡台は」

おちせが、細い腕で鏡台を抱いた。

「俺よりいい腕になりやがったって、お父つぁん、やきもちを焼いてはいやですからね」

「だから、ばかやろうだってんだ。こんなものがつくれるのに、いつまでも炭取りの手なんぞを直していやがって」

「あのね、お父つぁん。お願いだから、わたしが死んでも、この鏡台をわたしと一緒に埋めないでね」

おちせが、鏡台を差し出すようなしぐさをした。政吉が受け取ろうとしたが、おちせはかぶりをふる。おちせの視線の先には栄五郎がいた。

「大事にして、お父つぁん」

栄五郎は、かぶりを振った。

「それは、お前《めえ》が大事にしろ。俺あ、政吉の腕を大事にする」

政吉はあらためて栄五郎を見たが、栄五郎は横を向いた。よろしく頼みますと政吉が頭を下げるのを、待っているようだった。


おちせの野辺《のべ》の送りがすんでから、半月が過ぎた。

お安は、落葉の始末に困ると、猫の額のような庭の掃除に愚痴をこぼしている。朝夕の風は、ふと首をすくめるほどつめたくなった。

政吉が硯箱《すずりばこ》を届けにきたのは、前日の雨に落葉が庭土に貼《は》りついて、お安の愚痴がふえた日のことだった。

「遅くなりまして」

と、政吉は硯箱を差し出した。栄五郎もこれならばよいと言ったというのだが、皐月には、先の硯箱とどこがどうちがうのかわからない。ただ、何となく手に馴染《なじ》むような気がして、喜んで受け取った。

机につかまって立ち上がった八千代が、皐月に向って二、三歩歩き、尻餅《しりもち》をついたのは、それからまもなくのことだった。

蜩《ひぐらし》

七夕が近づくと、寺子屋では短冊《たんざく》に書く詩歌の文字を稽古《けいこ》しはじめる。詩歌を書いた短冊を竹に吊《つる》し、屋根の上に立てると、書が上達すると言われているのである。長い竹には短冊のほか、酸漿《ほおずき》を珠数《じゅず》のようにつないだものや、折紙を網のように切ったものなども吊されて、かなり大きく重いものになる。それが軒を接してならぶ家々の屋根高くかかげられ、風に揺れているさまは、毎年のことながら壮観であった。

八千代《やちよ》と遊んだ八丁堀からの帰り道、森口慶次郎は江戸橋の上で足をとめた。本材木町《もくちょう》でも、本船町《ほんふなちょう》でも、折紙や酸漿で飾られた竹が屋根の上を通る風に揺れ、秋になったというのにまだ浮かんでいる入道雲を掃いていた。

「旦那《だんな》」

辰吉《たつきち》の声だとわかったが、まぶしく光っている空を見つめていた目は、橋の上の人の姿をぼんやりとしか映してくれなかった。

「もうお帰りで？」

慶次郎は目をしばたたき、まぶしさを払いのけてから答えた。

「うるせえ爺《じい》さんが待っているからな」

辰吉は笑いながら近づいてきて、「こんなところで、こんな立話も何ですが」と言って、また笑った。これから自分が話すことを、先に笑ったようだった。

「大根河岸《だいこんがし》の吉次親分が、所帯をもちなすったようですよ」

まさかと思わず言って、慶次郎は苦笑した。吉次は、妹夫婦のいとなむ蕎麦屋《そばや》の二階で暮らしているが、その部屋のありさまが目の前に浮かんだのだった。

汚いと、一言で片付けられるような部屋ではない。食べ残したものとその器、洟《はな》をかんだ紙、脱ぎ捨てた下着などが部屋いっぱいにちらかっていて、文字通り、足の踏み場がないのである。月に一度か二度、店が暇になる時をみて妹が掃除をしてくれなかったなら、畳も壁も黴《かび》だらけになっているだろう。あの部屋を見せられて、一緒に暮らそうと思う女がいるとは、どうしても思えなかった。

「いえ、妹さんの家を出て、女の家に転がり込んだそうで」

ふうん――としか答えようがなかった。

女達に騒がれるのは凜々《りり》しい顔立ちの男、好かれるのはやさしい人柄の男、育ちのよい鷹揚《おうよう》な男などだろうが、吉次は、そのどれにも当てはまらない。小柄で貧相で、意地のわるいことにかけては江戸で一、二を争うだろうし、脛《すね》に傷を持つ人間を探し出して金を脅し取るというあくどいこともする。

一緒になれば苦労をさせられるのは目に見えているが、それでもよいという女があらわれたのだ。蓼《たで》食う虫も好き好きという言葉が、頭の隅をよぎっていった。


暑さで昼寝の目が覚めた。出入口の障子は開け放してあるが、風は入ってこずに、外の熱気が入り込んでいた。

目をこすっていると、油蟬《あぶらぜみ》が飛び込んできた。差配の家には猫の額ほどの庭があり、桐《きり》が大きな葉を茂らせているが、そこで鳴いていたのかもしれなかった。力つきたらしく、仰向《あおむ》けに落ちて、懸命な羽ばたきを繰返している。うるさかったが、起き上がるのも臆劫《おっくう》だった。

そのかわりに、早太《はやた》は寝返りをうった。一瞬、畳がつめたく感じられたが、すぐに軀《からだ》の火照《ほて》りがつたわって暑苦しくなった。もう一度寝返りをうって先刻の位置に戻ると、畳が濡《ぬ》れている。汗をかきながら眠っていたのだった。

「まったくもう」

口をついて出る言葉は、このところいつも同じである。

「いつまで暑けりゃ気がすむんだよ」

その上、暑苦しいことばかり起こる。昨日も姉のおふゆがたずねてきて、十七にもなって、まだきまった職につかぬのはどういうことだと泣きながら説教をしていった。そりゃおっ母《か》さんは早く死んじまって、お父《とっ》つぁんはのんだくれだった、でも、だからといってお前が遊んで暮らしていていいという理由にはならない、小さい時から苦労をさせて、可哀《かわい》そうだと思うから、亭主の稼ぎのなかからお前に小遣いをやっているけれど、うちだって楽じゃないんだから。

「働け、働けと言うけど」

と、早太は言い返したものだ。

俺だって、遊んでいたいわけじゃねえ。真面目《まじめ》に働きてえのに、親父《おやじ》がのんだくれで、俺の奉公先にまで酒代をせびりにくるから、どこへ行っても暇を出されたんじゃねえか。金物屋では、旦那もおかみさんも親父の姿を見ただけで顔をしかめたし、錺《かざり》職《しょく》の親方も、俺を一人前の職人にしてくれようとして、九つから十四まで面倒をみてくれたけど、しまいには悲鳴をあげた。俺の方から、暇を出してくれと言うほかはなかったんだ。

湯屋で働くようになった時なんざ、親父が女湯の暖簾《のれん》の前に立っていたんだぜ。これで、まともに働いていられるかってんだ。そりゃ去年の春、親父はあの世へ行ってくれたけど、遅すぎらあ。

おふゆも負けてはいなかった。お父つぁんがわるいことは重々承知しているけれど、それとお前がごろごろしているのは別の話だよ、そう言ってこぶしで畳を叩《たた》いた。新しい言葉は一つも入っていない吐言《こごと》で、聞き飽きていた。それで、早太も幾度か口にした覚えのあるせりふを言い返した。

姉ちゃんよ。去年、俺あ、十六だぜ。大店《おおだな》で働けるわけはねえし、もし万一、いいつてが見つかって奉公できるようになったとしても、十六で小僧だ。子飼いじゃねえから手代《てだい》どまり、四十面《しじゅうづら》下げて、手前《てめえ》より若い番頭に、ごむりごもっともと頭を下げなけりゃならねえようになるんだぜ。冗談じゃねえ、誰がまともに働けるかってんだ。先が見えてるってやつよ。

職人になろうたって同じだよ。十七で建具《たてぐ》職人になろうとした奴《やつ》も、十六で錦絵《にしきえ》の彫師になろうとした奴も知っているけれど、ものにならなかった。建具職になりそこねたのは才助、彫師の親方んとこを飛び出してきたのは茂吉《もきち》で、姉ちゃんに言わせれば、二人とも辛抱が足りないんだってえことになるだろうけどさ。が、考えてみてくんなよ、手前《てめえ》より年下の兄弟子の前で、思いきり親方に怒鳴られたらどんな気持になるか。なまじ、手前《てめえ》の下手さ加減がわかる年齢《とし》になっているだけに、よけい情けなくなっちまわあ。

ごめんよ——という、男の声が聞えた。

起き上がろうとしたが、やめた。軒下で足をとめて、「ごめんよ」と声をかけるような男が、早太をたずねてくるわけがない。たずねてくるのは、「いるかえ」と言いながら中へ入ってきて、早太が返事もせぬうちに枕《まくら》もとへ腰をおろすような友達ばかりだ。出入口を開け放してあるので、向いの家を訪れた男の声が聞えたのだろう。ならば、この暑いのに、わざわざ起き上がることはない。

が、男は、「入ってもいいかえ」と言っている。寝返りをうつと、がっしりとした軀つきの男がまぶしい光を背に、真っ黒な影となって入ってきた。

早太はまばたきをした。影に黒い色の濃淡ができ、その濃淡が顔立ちやら、上前の裾《すそ》をまくりあげている手になった。

「もうお見忘れかえ」

と、男は笑った。

「一昨日《おととい》、この先の木挽町《こびきちよう》三丁目のさ」

思い出した。縄暖簾で会った男だった。

この暑いのに引越をしたいという浮世絵師がいるという話を、かつての仲間から茂吉が聞きだしてきて、才助と三人で手伝いに行った。家の中がちらかると引越をするという絵師の家には、家財らしい家財もなく、どこを手伝えばよいのかわからなかったが、変わり者らしい絵師は、若者が手伝いにきてくれたのを喜んで、かなりの小遣いをくれた。

茂吉と才助は、はしゃぎながら近くの縄暖簾に入って行った。が、早太は今後のことも考えて、三十間堀にある姉の家へ向った。好物の菓子を買って行ったのだった。早太の母親がわりになってきたと勝手に思い込んでいる姉は、菓子の包みを見ただけで涙ぐんだ。苦労がむくわれたと思ったのだろう。

その帰りに、木挽町三丁目の縄暖簾へ入ったのである。長屋は二丁目にあるが、おちえは三丁目の縄暖簾で働いている。雑司《ぞうし》ケ谷《や》の家を飛び出してきたという十八の娘で、父親に泣かされたという共通点があるせいか、早太には、黙ってめざしをつけてくれたり、ひややっこを一切れよけいに入れてくれたりする。一昨日はめざしより話相手が欲しかったのだが、男は、その話の中へ割り込んできた。

「あの絵師は、始終引越をしているんだよ」「駄賃をくれるとはめずらしいな」「いくら流行《はやり》の絵師でも、それほどの稼ぎはねえ筈《はず》だぜ」等々、早太が一言喋《しやべ》るたびに、話を自分の方へ持って行こうとするのである。いやな奴だと思っていたのだが、義理の兄が十手をあずかっていると聞いて納得した。義理の兄の名は、大根河岸の吉次であった。

吉次の噂《うわさ》は、江戸へきてから一年足らずのおちえでさえ耳にしている。ひっそりと暮らしている人の触れてもらいたくない過去を暴《あば》き出し、忘れるという約束とひきかえに、金をもらうらしい。

知り合いには決してなりたくない岡っ引であった。が、隣りに坐《すわ》ってしまった男、円次郎は、その岡っ引の義弟だという。思わず逃げ腰となった早太とおちえをひきとめて、円次郎は、「兄貴の評判のわるさは、尋常じゃねえからな」と笑った。

「が、それほどわるい奴じゃねえんだぜ」

そう言えるのは身内だけだろうと、早太は思った。早太の胸のうちを見抜いたように、円次郎は、「身内の欲目《よくめ》と言われりゃそれまでだが」と、頭をかいてみせた。

「嘘《うそ》だと思うだろうが、やさしいんだよ。俺が言うのも何だが、姉は気が強くってね。大根河岸の親分も、かたなしさ。始終怒鳴られて、台所へ逃げて行く」

早太はおちえと二人だけの話に戻りたかったのだが、おちえは、早太へはこんできたちろりを持ったまま円次郎の方を向き、「まさか」と言った。円次郎の話に興味を持ってしまったのだった。

「信じられねえだろう?」

と、円次郎はおちえを見た。

「俺も兄貴を手伝うようになったのだが、ま、お役目の方は噂通りだね。呆《あき》れるくれえ、しつこく調べるし、人のいやがることも情け容赦なく調べ上げちまう。俺でさえ、こんなに骨を折って調べたことを内密にしておくのなら、口止めの代金をもらいてえと思ったもの」

さすがにおちえは口を閉じた。円次郎は肩をすくめた。

「人が内緒にしていることを、一所懸命にほじくり返して金をもらうなんざ、やめてくれと言いてえのだろうが、どこかから金をもらわなければ、岡っ引は日乾《ひぼ》しになっちまう」

大きな声じゃ言えねえがと、円次郎の声は、聞きとりにくいほど低くなった。

「町方の旦那がお手柄を上げなさるのは、兄貴のような男がいるからだぜ。兄貴のような人間がいなけりゃ、空巣《あきす》一人、つかまえられやしねえ。なのに、旦那方が下さるお手当ては、雀《すずめ》の涙だ。手前《てめえ》一人だって、食ってゆけやしねえのよ」

しかも、人には嫌われる。間尺《ましやく》に合わねえ仕事とはこのことだと、円次郎は言った。

よほどのことがなければ、こんな仕事をひきうける者はいないだろう。義理の兄の悪口は言いたくないが、あれほど評判のよくない吉次がいまだに重宝されているのは、皆が岡っ引という仕事にそっぽを向いている証拠ではないか。

だが、岡っ引がいなければ、充分な探索はできない。充分な探索ができなければ、悪党はつかまえられないのである。

「断っておくが、だから金を脅し取ってよいと言っているんじゃねえよ」

そう前置をして、円次郎は言った。探索の手をひろげればひろげるほど、金がかかる。探索の手をひろげるには、円次郎のような下っ引が何人も必要になってくるが、下っ引への小遣いは、岡っ引があたえているのである。

「大店《おおだな》の前をうろついて、見廻りご苦労様賃を番頭からもらってくる兄貴の気持も、わかるようになったよ」

円次郎はわかるようになったが、江戸の人達は誰もわかってくれない。吉次の探索のお蔭《かげ》で極悪人が捕えられ、治安が保たれたこともあるのに、吉次を見れば、蝮《まむし》がきたと言って踵《きびす》を返したり横丁へ逃げ込んだり、露骨に避ける。

「淋《さみ》しいんだろうね、兄貴も」

と、円次郎は言った。

「俺が兄貴を手伝うと言った時は、何とも言えねえ顔をしたもの」

円次郎は口を閉じ、おちえが「親分さんはなぜ、そんなお役目をひきうけなすったんでしょうね」と呟《つぶや》いた。独り言のように聞えたが、円次郎は、それを待っていたように、また喋りはじめた。

「兄貴の根っこにゃ、俺はろくでなしだという思いがあるんだよ。岡っ引なんてえいやな役目はろくでなしがひきうけるもの、まともな人間にやらせるものじゃねえって、そう考えているんだよ」

俺もろくでなしだと、早太は思った。

吉次に何があったのかは知らない。親から邪険にされたのか、或《あ》るいは親の顔を知らずに育ったのか、今の早太がそうであるように、吉次も若い頃には同じ年頃の男達を見て、「しょうがねえ餓鬼どもだな」と毒づきながら、餓鬼でいられる境遇を羨《うらや》ましがっていたことだろう。俺は一人で好き勝手に生きている、それが性《しょう》に合っているとうそぶきながら、早く帰らねばならぬ家のある者達を妬《ねた》んでいたかもしれないのである。

が、早太と吉次のちがいは、吉次が、ろくでなしだからこそつとまる仕事を見つけたことだった。錺職の親方には暇をもらい、湯屋からは追い出されたあと、「何をやっていようと死ぬ時は死ぬ」となげやりになってしまわなかったことだった。金物屋の主人になっていようと賭場《とば》の使い走りをしていようと、死ぬ時がくれば死ぬ。そう思うと、何もかもが面倒になって、早太は、賭場の歩きで得た金がなくなるまで、暑苦しい長屋でごろ寝をしているのである。

円次郎は、飯田町の旗本屋敷で早太を見かけたことがあると言った。尾張町《おわりちょう》の呉服問屋へ押し入った盗賊の探索で、旗本屋敷の中間部屋《ちゅうげんべや》で開かれている賭場へ、しばしば出入りするようになったのだという。

「ここ幾日か見かけねえと思っていたら、何のこたあねえ、引越の手伝いをしていたという。それで、思わず話しかけちまったというわけさ」

円次郎はそう言って、自分の前に置かれているちろりから、早太の猪口《ちょこ》へ酒をついでくれた。「仲よくしようぜ」などと言っていたのだが、彼のちろりにはそれほど酒が残っていず、追加の注文をするかと尋ねたおちえにはかぶりを振って、店を出て行った。まだ用事が残っているらしい後姿が、早太には、颯爽《さっそう》として見えたものだった。

その円次郎が、たずねてきたのである。住まいを教えたつもりはなかったが、このあたりの長屋と見当をつけてきたのかもしれなかった。跳ね起きて、昼飯を食べたままの茶碗《ちゃわん》や湯吞《ゆの》みを片付けている間に、円次郎は、上がり口に腰をおろした。

「ま、坐ってくんねえな。話がしづらい」

でも、お茶ぐらいはと、早太は口の中で言った。円次郎は、頭と手を同時に振った。

「ゆっくりはしてられねえのさ。話もすぐに終るよ」

早太は、茶碗と湯呑みが転がっていたところに両膝《りょうひざ》をそろえて坐った。

「昨日、兄貴に会って、お前《めえ》の話をしたんだよ。すると、あの兄貴がすっかり乗気になってね、お前《めえ》に手伝ってもらえねえだろうかと言うんだ」

「俺に？　お上《かみ》からのお役目を？」

「お上からのお役目と言うほど、ごたいそうなものじゃねえが。それに断っておくが、大根河岸の吉次の下っ引だよ。天王町《てんのうちょう》の辰吉とか、弓町《ゆみちょう》の太兵衛《たへえ》とか、評判のいい親分の下っ引ではねえんだ。下っ引が、下っ引だと人に知れては仕事にならねえが、それでも吉次と会っているところを見られてしまうこともあるだろう。そういうことも考えて、返事をしてくんなよ」

「俺は、ろくでなしだから……」

膝をすすめて言ったが、ろくでなしの親分の下で働きたいとつづけてよいものかどうか。

円次郎は、軀《からだ》を反らせて笑った。

「よかった、ひきうけてくれるんだね。吉次の下っ引なんざ真っ平だと言われたら、どうしようかと思ってたんだ」

で、これからが肝心な話だと、円次郎は言った。

一昨日も話したように、今、吉次は、尾張町の呉服問屋に入った押込強盗の一味を追っている。奉行所の方も、定町廻《じょうまちまわ》りだけではなく隠密廻《おんみつまわ》り、臨時廻りの同心を総動員して大がかりな探索をしているのだが、なかなか網にかからない。が、一つ、耳よりな知らせが入ってきた。一味の一人が博奕《ばくち》好きで、必ずどこかの賭場に顔を出す筈だというのである。

そんなこともあるだろうと予測して、円次郎が賭場に通っていたのだが、今のところ、これといった手がかりがない。あまり見かけぬ男には、誰もが用心してしまうのだろう。賭場の歩きを商売にしている男が探索を手伝ってくれるなら、これほど好都合なことはない。まず、頬に傷のある上方訛《かみがたなま》りの男が賭場にあらわれた時は、すぐに知らせてもらえる。あらわれなくても、賭場の歩きには、その男の消息が耳に入ってくることがある。岡っ引の変装かもしれぬと客には用心する男でも、賭場の歩きにはふっと気を許してしまうからだ。

賭場の歩きは、小遣い銭をもらって客の使い走りをひきうける男のことである。博奕をしにきた客は、勝負に夢中になって席を立ちたがらぬ者が多く、米代くらいは稼ぐことができる。目下のところ、これが早太の商売だった。

「そんなわけで、兄貴の吉次は、ぜひとも手伝ってもれえてえと言うんだよ。俺が出向いて、手をついて頼むとまで言ったのだが、兄貴が長屋に出入りしては、目立ってしょうがねえと俺がとめた」

早太は黙って頭を下げた。ろくでなしにふさわしい仕事を見つけ、悪評も仕事を立派にやりとげている証拠と思っているかもしれない吉次が、手をついてでも頼みたいと言っているのである。断るなど、思いも寄らぬことだった。

「それじゃあ」

と言って、円次郎が掌《てのひら》を突き出した。早太は、怪訝《けげん》な顔で円次郎を見た。

「金だよ」

「え？」

「一昨日、話したじゃねえか。岡っ引の懐《ふところ》にゃ、ろくに金が入ってこねえ。が、下っ引には、岡っ引からたっぷり小遣いを渡さにゃならねえ」

円次郎が何を言いたいのか、まだ早太にはわからない。

「だからさ。下っ引になる時には、これからお世話になりますってえんで、いくらかの金を出すのがきまりとなっているのよ」

懐には七、八文の銭しかなく、そろそろ賭場へ行かねばと思っていたところだった。早太はおそるおそる、吉次に差し出さねばならぬ金の高を尋ねてみた。

「一分《いちぶ》」

と、こともなげに円次郎は答えた。

「これから一朱だ二朱だと兄貴から小遣いをもらうのだもの、これぐらいはしょうがねえわな」

「でも」

賭場の歩きが商売では、一分の金をためるのにどれくらいかかるか、見当もつかない。

「いやだったらいいんだぜ」

円次郎は、妙に明るい口調で言って腰を上げた。

「いい商売だぜとは、口が裂けても言えねえお役目だ。兄貴もまた、一分の金を払ってまで手伝ってやりてえと思われるような男じゃねえ。今晩一晩、ゆっくり考えてくんな」

「待っておくんなさい」

「怒ったわけじゃねえよ」

円次郎は、口許《くちもと》に笑みを浮かべてみせた。

「岡っ引とか下っ引とかってえものは、ろくでなしとは言わねえまでも、わけのある人間のすることだよ――と、そう言いてえのだが、実のところ、俺あ、お前《めえ》の友達にも、兄貴を助けてやってくれねえかと言うつもりできた」

「手伝わせてもれえてえ。でも、金が、金がねえんです」

「ある奴《やつ》なんざ、いやしねえさ」

と、円次郎は言った。

「俺は、高利貸から借りた。が、兄貴のくれる小遣いで、きちんと返している」

円次郎は、俯《うつむ》いている早太を見つめ、「邪魔をしたな」と口の中で言って外へ出て行った。

追いかけて行こうかと、早太は思った。一分という金のために、せっかくの働きどころを失いたくなかった。

円次郎が戸口から顔をのぞかせたのは、その時だった。

「言い忘れたよ」

と円次郎は笑って、吉次の今の住まいは、木挽町四丁目だと言った。円次郎の姉、おやえの家へ転がり込んできたのだという。

「四丁目へきて、長唄稽古所《ながうたけいこじよ》を探してくれりゃすぐわかる。いい返事を待っているよ」

早太は、今日も引越の手伝いに出かけている茂吉と才助の帰りを待つことにした。


岡っ引の役目は、ろくでなしがひきうけるものという吉次の言葉を聞かせると、下っ引なんざいやだと顔をしかめていた茂吉と才助も、少々心が動いたようだった。

茂吉は引算ができず、才助は文字が書けない。その上、彫師と建具職人の修業を中途半端《はんぱ》に終らせて、手に職もなかった。引越や荷揚げなどの手伝いで稼ぐほかはないのだが、二人は、明日も明後日《あさって》も同じところで同じ仕事をしたいと言う。定職につきたいというのだった。

「下っ引なんざ、真《ま》っ平《ぴら》ご免だけどさ」

と、茂吉は言う。

「口入れ屋へ行って仕事を探している時でも、俺あ、ほんとうはお上の仕事を手伝っているんだ、内緒の仕事を持っているんだと、そう思えるものな」

「それに」

と、才助も言う。

「親分に言いつけられて、いろんな人を調べるようになるんだろう？　その中に、建具職の親方がいるかもしれねえ。お前《めえ》なんざ一人前になれねえと言った奴の仲間を、言われた俺が調べるんだぜ。そう思うだけで溜飲《りゅういん》が下がる」

「でも、一分だ」

「高利貸から借りられるだろ？」

「どうやって返す？」

「親分から小遣いをもらえるようになれば返せるらしいって言ったのは、早ちゃんだぜ」

「言ったけど。大金だぜ、一分は」

「でも、手伝ってみてえな、俺」

「俺も。俺達をばかにしている人達を、片っ端から探ってやりてえ」

早太の脳裡《のうり》にも、わずかな小遣い銭で麴町《こうじまち》までの使いを頼み、あげくのはてに「気のきかない男だ」と嘲《あざけ》った紙問屋の顔が浮かんだ。賭場の歩きなんぞとはつきあうなとおちえに言っている、縄暖簾《なわのれん》の女将《おかみ》の顔も浮かんだ。

「明日、行ってみるか」

茂吉と才助が嬉《うれ》しそうにうなずいた。吉次の手下となって、ささやかな恨みを晴らすという思いつきに夢中となって、高利の金を借りたあとの恐しさを忘れているようだった。

が、吉次の下で働くには、金を借りるほかはない。早太は覚悟をきめた。小遣いをもらうようになれば、返済に困ることはないという円次郎の言葉を信じるほかはなかった。

三十間堀六丁目に住む大工の妻だという女が慶次郎をたずねてきたのは、八月の中旬に入ってからのことだった。

まもなく十五夜だというのに、日中はうだるように暑い。それでも秋が確実に近づいているかして、日暮れになると、かなかなの声が響き渡った。

昨日、庭を掃いていた筈《はず》の佐七の姿がふいに見えなくなり、驚いて降りて行くと、積み上げた薪《まき》の陰に蹲《うずくま》っていた。何でもないと言っていたが、目が赤かった。八月に逝《い》ったおひでのことを思い出していたようだった。

大工の女房だという女も、傾きかけた陽《ひ》と、かなかなの声の中に立っていた。門の外まで出て行った慶次郎を見て、「おひさしぶりでございます」とていねいに挨拶《あいさつ》をしたが、見覚えはない。おふゆという名にも心当りはなかった。

が、居間へ案内して話を聞いてみると、七年前、おふゆの亭主となる男がまだ十五歳だった時に、南の定町廻り同心、森口慶次郎に助けてもらったことがあると言う。お盆の藪入《やぶい》りで家に帰ってきたおふゆの亭主を、近くに住むあくたれ達が、生意気だとか、いい気になっているとか難癖《なんくせ》をつけて、かこむような騒ぎがあったらしい。そこへ慶次郎が通りかかり、あくたれを追いちらしてくれたというのだが、まるで記憶にない。騒ぎの時そばにいたおふゆの方は、それから五年後に幼馴染《おさななじ》みであるその男、伊曽次《いそじ》と所帯を持ち、時折、恩人森口慶次郎の話をしているのだそうだ。

「それで、ご相談するなら森口様と思い、八丁堀へ行ったのですけれど」

今は根岸にいると皐月《さつき》に教えられ、その足できたという。「実は」と、傾きかけている陽とかなかなの声にせきたてられるのか、おふゆは気忙《きぜわ》しげな口調で話しはじめた。

「七月末のことでございます。わたしどもに借金の取り立てがまいりました」

寝耳に水のことだった。何かの間違いだろうと証文《しょうもん》を見せてもらうと、早太の名が書かれている。早太はおふゆに一言の相談もせずに、伊曽次を保証人にしていたのだった。

「そんな大金を、わたしどもに返せるわけがありません。亭主に内緒でためていたお金を渡し、とりあえず証文を書き換えてもらいましたが、これでは借金がふえてゆくばかりでございます」

早太の家へ駆けつけたが、いつもごろ寝をしている男がいない。

「やっとつかまえましたのが、昨日のことでございます」

おふゆは、借金の理由を問い詰めた。早太は、茂吉が怪我《けが》をしたとか才助が女房をもらうとか、いい加減なことを言っていたが、そこへ茂吉と才助が帰ってきた。文字が読めず、証文にどんなことが書かれているか知らない二人が、あっさりとわけを話してくれたのである。

「旦那《だんな》の前でございますが、私どもは、弟が下っ引となるより手に職を持ってもらいたいのでございます。お上の御用のためには賭場《とば》の歩きの方が都合がよいだなんて、そんなばかな……いえ、それよりも、十手《じって》持ちの親分さんのお手伝いをするのに、こちらからお金を払うものなのでしょうか」

「何だと？　誰がそんなことを言ってるのだ」

慶次郎の見幕に、おふゆはあとじさりしながら答えた。

「あの、大根河岸の……いえ、今は木挽町にお住まいの吉次親分です」

「吉次だと？　吉次が女房の弟に、金を持ってこいとそう言ったのか」

「早太に言ったのは、吉次親分のおかみさんの弟さんだそうですけど」

「同じこった」

おふゆがわるいわけではないのだが、腹が立った。

「出かける」

と、慶次郎は、台所にいる佐七に声をかけた。吉次に会って、お前の義弟がこういうことをしているのを知ってるのかと、耳許でわめいてやるつもりだった。


が、木挽町へ向う途中で気がついた。

辰吉は、吉次が女の家へ転がり込んだと言っていたが、女に弟がいるとは言っていなかった。ことによると、辰吉が言わなかっただけなのかもしれない。言わなかっただけなのかもしれないが、あの吉次が、弟がいる女の家へ転がり込むだろうか。

吉次であれば、大店《おおだな》の前をうろつくなどして金を稼ぎ、畳町あたりに家を借りて、女だけを住まわせそうな気がする。長年暮らしている妹の亭主とさえろくに口をきかぬ吉次が、惚《ほ》れた女と暮らすというのに、その弟に居候《いそうろう》をさせておくわけがない。

慶次郎は、おふゆを先に三十間堀へ帰し、天王町へ足を向けた。辰吉は、近所に空巣が入ったとかで、番屋から帰ってきたところだった。

上がって羊羹《ようかん》を食べてゆけと言う辰吉にかぶりを振って、慶次郎は、吉次の女の家はどこかと尋ねた。

「さあてね」

辰吉は首をかしげてから答えた。

「いい加減に聞いていたので、確かだとは言えねえのですが、本材木町の八丁目だったと思います。八丁目だけははっきり覚えているんで」

「四丁目じゃねえのだな。有難うよ」

礼を言いながら、慶次郎は足許の小石を蹴《け》った。『吉次の義弟』に、俺まで騙《だま》されるところだったと思った。

「ご一緒しましょうか」

と、辰吉が言う。慶次郎は、晃之助と木挽町四丁目の長唄稽古所を見張ってくれるように頼んだ。

「逃げようとした時は？」

「殴り倒してでも番屋へしょっ引《ぴ》いて行け」

「旦那は？」

「俺は、吉次を連れて木挽町へ行く」

「それでは、またそこで」

慶次郎は、両手で裾《すそ》を持って走り出した辰吉の背に叫んだ。

「すまねえが、木挽町二丁目の長屋にいる早太ってえ若えのと、その友達も四丁目へ連れてきてくんな。長唄稽古所の連中には気《け》どられねえように」

承知――と、辰吉も大声で叫んだ。その声に、かなかなの鳴き声が重なった。

慶次郎は、本材木町へ急いだ。

七夕の飾りを眺めたのは昨日のことのように思えるのに、実は一月《ひとつき》あまりもの時が過ぎている。月日のたつ早さを感じはじめたのは四十になった頃からだが、近頃は、さらに早く月日が過ぎて行く。油蟬《あぶらぜみ》が鳴きはじめたと思っているうちに蜩《ひぐらし》が鳴き、気がつけば寮の庭で落葉を掃き集めている。詰将棋の問題を自分でも一つくらいは考え出したいと思っていたのだが、今年もまた、思っているだけで終ってしまいそうだった。

吉次は、おもとという女の家にいた。案内を乞《こ》う慶次郎にこたえ、出入口に出てきたのがその女で、予想以上に美しい女だった。年齢も、吉次とは十四、五もちがうだろう。

吉次は出かけていると言ったが、踏石の上に雪踏《せった》があった。慶次郎は、茶の間にちがいない障子の向う側へ叫んだ。

「めったな用事でくるわけがねえだろうが。知らぬ顔をしていやがると、そこへ踏ん込むぞ」

ご遠慮なくという、吉次の声が聞えた。

「無精《ぶしょう》な奴《やつ》だ。そう言う俺も草履を脱ぐのが面倒だ。出てきて、ちょいと、つきあってくんな」

立ち上がる気配がした。障子が開いて、吉次が衿《えり》もとの汗を拭《ふ》きながら顔を出す。もともと深い皺《しわ》が刻まれていたが、夏瘦《や》せでもしたのか顔が一まわり小さくなっていて、皺の深さが増したように見えた。

おもとが茶の間へ上がって行った。吉次の背へ切火《きりび》をきるために、火打石《ひうちいし》を取りに行ったのだろうと思ったが、障子の隙間《すきま》から、二階へ上がって行こうとする姿が見えた。慶次郎は、戸締まりをするよう吉次に言った。

「おかみさんにもきてもらう」

吉次がおもとを呼び、おもとは、しぶしぶ階段を降りてきた。

本材木町八丁目から木挽町四丁目までは、さほど遠くない。が、おもとは、鼻緒《はなお》がゆるんだの足が痛むのと言っては立ちどまる。舌打ちをしながら、おもとをせかせ、三丁目の大通りを渡ろうとすると、三人を認めた辰吉が駆けてきた。島中賢吾の屋敷へきていた弓町の太兵衛が手を貸してくれて、長唄稽古所は、晃之助と太兵衛が見張っているという。

「長唄師匠の名はおやえ、弟は円次郎、実の姉弟《きょうだい》に間違えはねえようで」

辰吉は、二人が姉弟と言っているだけではないのかと疑っていたらしい。慶次郎は、ちらとおもとを見た。

「早太達は？」

「近くの蕎麦屋《そばや》にいやす。晃之助旦那に会って、どういうわけか、このお人の下で働くのだと思い込んだようで。二階の座敷に、膝《ひざ》をそろえて坐《すわ》っていやすよ」

慶次郎は、蕎麦屋の二階へ上がった。三人の若者は、入れかわり立ちかわりあらわれる男達にまごついているのかもしれない。慶次郎や辰吉が何を言っても、「よろしくお願いします」と緊張しきったようすで頭を下げた。

慶次郎は、三人に吉次をひきあわせた。若者の一人は尊敬しきっているような目で吉次を見つめ、自分が早太だと言った。三人の中では頭分のようだったが、横顔は案外に稚《おさな》かった。一人前と思っているのは、自分だけなのだろう。

「親分、これからもよろしくお願いします」

吉次が慶次郎を見た。「何の真似《まね》で？」と言いたげに、眉間《みけん》へ不愉快そうな皺を寄せている。

「では、円次郎ってえ男に会いに行くか」

「よろしくお願いします」

足がしびれていたのだろう、若者達はよろけたり、額に唾《つば》をつけたりして立ち上がったが、おもとは、蕎麦屋のうちわを持ってあとじさった。

「わたしは、ここで待たせていただきます」

「そうはゆかねえ」

かぶりを振ったのは、吉次だった。どんな事件が起きたのかはわからなくても、事件を起こしたのが誰であるかは見当がついたようだった。

「どうして」

おもとが軀《からだ》をくねらせた。

「お役目に口をはさむなって、お前さんは始終言ってなさるじゃありませんか」

「口をはさむなとは言っているが、知らぬ顔をしろとは言っちゃいねえ。旦那は、俺よりもお前《めえ》にご用がありそうだ」

「おかしな話」

おもとは切長な目で睨《にら》んだが、吉次は黙って階段を降りて行った。おもとのうしろには辰吉がいて、窓際《まどぎわ》には慶次郎がいる。おもとの逃げ道はなくなった。

蕎麦屋から三軒先に、大きな八手の植木鉢が見えた。そこが長唄《ながうた》の稽古所《けいこじょ》だという。向い側の河岸地には、晃之助が蹲《うずくま》っていた。

慶次郎は、案内を乞うようおもとに言いつけた。一瞬、切長な目が鋭く光ったが、観念したのかもしれなかった。おもとはためらいもせず戸口に立って、格子戸《こうしど》に手をかけた。

「ごめんなさいよ。お留守ですかえ」

「おります」と答える声が聞えた。女の声だった。それが、おやえなのだろう、浴衣《ゆかた》の肩に手拭《てぬぐ》いをかけ、洗い髪に櫛《くし》をさした女があらわれた。

あら——と、おやえが言ったように見えたが、おもとが目配せをしたのかもしれなかった。「どちらさまで？」と尋ねる声が聞えてきた。

辰吉が裏口へまわって行った。吉次が慶次郎に目配せをして、戸口に近づいて行く。慶次郎も、三人の若者を連れて吉次のうしろに立った。晃之助は、河岸地に立って二階の窓や物干場を見ているようだった。

「円次郎さんはいなさるかえ」

部屋からかすかな物音が聞えてきたが、おやえはかぶりを振った。

「それなら、お前《めえ》さんでいい。お前《めえ》さんは、この男をご存じだね？」

慶次郎は、吉次の肩を叩《たた》いてみせた。おやえの視線が動いた。おもとの指示をうけたようだった。

「はじめてお目にかかるお人ですけれども」

「おかしいねえ。お前《めえ》さんのご亭主の、吉次親分だぜ」

「あの、私に亭主はおりませんが」

嘘《うそ》だ――と、早太が叫んだ。

「円次郎さんは、吉次親分が姉さんのご亭主だって、そう言いなすった」

「円次郎が何を言ったか存じませんが」

おやえは、太り肉《じし》の衿もとをかき合わせながら言った。

「この年齢《とし》になるまで、わたしは亭主というものを持ったことはございません」

「嘘だ。円次郎さんは、兄貴の下っ引をしているとも言いなすったんだから」

「ですからさ」

おやえは、濡《ぬ》れて重そうな髪を指先で梳《す》いた。浴衣の衿もとが、また少し乱れた。

「わたしは吉次親分に、今はじめてお目にかかりました。ねえ、親分？」

「確かに、お前とは今はじめて会った。が、はじめて会った気がしねえ」

「どういうわけですえ」

「おもととよく似ているからだ」

いやですよと、おもとがわめいた。

「こんなに太ってる女と、どこが似ているってんですよ」

「目許《めもと》」

「二重瞼《ふたえまぶた》なんざ、掃いて捨てるほどいますからね」

「俺も似ていると思うが、それはあとまわしにしよう」

と、慶次郎は言った。

「お前《めえ》が吉次の女房ではねえというのなら、円次郎は、この若えのから金を騙し取ったことになる。騙《かた》りの罪でしょっ引くが、いいかえ」

おやえが、ちらとおもとを見た。おもとからの合図はなかったようだった。慶次郎は、河岸地の晃之助を呼んだ。かわって吉次が河岸地へ走って行った。

「円次郎を引っ立てろ。騙したのは、この若えのばかりじゃねえ筈《はず》だ。石を抱かせても、すべて白状させるんだぜ」

階段を駆けのぼって行く足音が聞えた。晃之助が、おやえを押しのけて追って行く。吉次が呼子を吹き、辰吉が表へまわってきた。屋根へのぼって行くつもりらしかったが、その必要はなかった。

二階で大きな物音がして、「手を貸してくれ」と笑う晃之助の声が聞えてきた。晃之助の十手《じって》を見ただけで、円次郎が腰を抜かしてしまったらしい。辰吉は苦笑しながら、縄つきの円次郎を背負って降りてきた。

「円次郎。お前はまあ、何てことを」

おやえが浴衣の袖《そで》を目に当てる。

「そりゃ親はいなかったけれど、その分、わたしが面倒をみてやったじゃないか」

「おきゃあがれ」

円次郎がわめいた。

「知らぬ存ぜぬで通そうたって、そうはさせねえぞ。おもと姉ちゃんが吉次にくらいついたのをいいことに、ばかな奴等から金を集めようと言い出したのは、おやえ姉ちゃん、手前《てめえ》じゃねえか」

早太は、まばたきもせずに円次郎と二人の姉を見つめていた。慶次郎はその肩を叩き、やはり息をのんで姉弟喧嘩《げんか》を見つめている二人の若者をうながして歩き出した。足音は、慶次郎のそれを入れて四つの筈だが、どうかぞえてももう一つある。ふりかえらなくても、誰がついてきたのかわかっていた。

「吉次親分よ。このお兄哥《あにい》さん達は円次郎に騙されて、高利貸から金を借りちまったんだとさ。あとで高利貸の名前を聞いて、証文を取りに行ってやってくんな」

悪質な高利貸も、吉次が行けば、のちのことを考えてすぐに証文を破くだろう。神妙な返事をしたかすれた声が、ぽつりと呟《つぶや》いた。

「今頃になって鳴きはじめやがった」

蜩だった。

去年も一昨年《おととし》も、いやずっと以前から妹の家の二階で、ごみや汚れものと一緒にかなかなの声を聞いていたにちがいない吉次も、今年は女の待っている家へ急ぐのに夢中で、鳴いていることにさえ気づかなかったのだろう。慶次郎も、三千代に言われて気がついた時がある。

「今年も、いつのまにか秋なんですね」

かなかなの声が高くなった。

天知る地知る

掛行燈《かけあんどん》の火はもう消されているが、奥座敷の行燈はまだともされているのだろう。不忍池《しのばずのいけ》のかすかな波へ障子越しの明りがこぼれ、そこに月の光が集まっているように見える。上野不忍池の中にある小さな島、その名も中島の出合茶屋の前だった。

晃之助の合図に辰吉《たつきち》がうなずいて、腰の十手《じって》を抜いた。十手は池の小波《さざなみ》に負けじと光り、辰吉は、そっと戸を開けてくれた女中を押しのけて奥座敷へ走って行った。晃之助もそのあとにつづいた。

亭主と女将《おかみ》がいる筈《はず》の帳場の唐紙《からかみ》が閉められていて、廊下は暗い。奥座敷から悲鳴が上がった。ふいに足をとめた辰吉をかろうじてよけて、晃之助は座敷へ足を踏み入れた。

逃げた二人が行燈の火を消したのだろう、座敷の中は闇《やみ》と言ってもよい暗さで、障子越しにそそぐ月の光が、着物のかかった衣桁《いこう》をぼんやりと浮かび上がらせている。

先刻の女中が、辰吉に手燭《てしょく》を渡してくれた。「ごめんよ」と、辰吉は置きざりにされた客に言って、その火で行燈をともした。

はっきりと座敷の中が見えるようになった。

そのあとで髪の乱れをととのえる鏡台とちょっと古くなった屑籠《くずかご》、部屋の真中には派手な夜具が敷かれていて、逃げた二人に蹴飛《けと》ばされたらしい枕《まくら》が二つころがっている。ただ、置きざりにされたのは男ではなく女、それも三十五、六のおそらくは後家で、女髪結いが丹念に結い上げたらしい丸髷《まるまげ》の鬢《びん》を、一人でかきあげられるのかと思うほど崩して、襦袢《じゆばん》だけの肩を両手で押えている。『さかさ美人局《つつもたせ》』と瓦版《かわらばん》が書きたてている、男の口車にのせられた女だった。

衣桁にかかっているのは男の着物で、乱れ箱には、紫のお高祖頭巾《こそずきん》と女帯だけが残っている。逃げる時に、男は咄嗟《とつさ》に女の着物をさらって行ったのだろう。

が、男が金のありそうな女を口説き、出合茶屋へ入った枕もとに女があらわれて騒ぎたてるという変わった手口の二人は、どこへ逃げたのか。

「今夜、中島の若竹」という辰吉の探索に間違いのある筈はなく、宵の口の五つ頃、男は口説いた女の肩を抱くようにしてこの出合茶屋、若竹へ確かに入って行った。そして、そろそろ床入りと思われる頃には、男の相棒とも女房とも言われている女が、あとからくる人を待たせてくれと言って上がって行った。

その直後に踏み込んだのである。亭主や女将には、昼のうちに事情を話しておいたので、女中達が騒ぐこともなく、辰吉は猫よりも静かに走って行った。

なのに、二人は消えた。鴨《かも》となった女を男が抱いている枕もとで、相棒だか女房だかが隣りの茶屋まで聞えるような大声で泣きわめくというが、その声も聞えてこなかった。

「気がついていたのですかね、奴等《やつら》は」

晃之助は、震えている女の肩へ男の着物をかけてやって、辰吉をふりかえった。気づかれたとは思えなかった。

が、男の着物に袖《そで》を通し、懸命に衿《えり》もとを掻《か》き合わせている女に尋ねると、女の姿は見なかったと言う。浅太郎《あさたろう》となのった男が、いきなり「水」と叫んで立って行って、それきりになったらしい。事実を言っているにちがいなかった。

晃之助は、辰吉と顔を見合わせた。

それきりになったのが事実でも、男の逃げて行くところはない。相棒というより浅太郎の女房にちがいない女は隣りの部屋へ案内したと女中は言うが、その部屋も浅太郎がいた部屋も、出入口は廊下への一つだけ、唐紙を開けて廊下へ出れば、いやでも帳場の前へ出ることになっている。

窓の外は不忍池だ。凍え死ぬほど水はつめたくないだろうが、音をたてずに飛び込めるものかどうか。

「旦那《だんな》」

少し落着きを取り戻したらしい後家が、かすれた声で晃之助を呼んだ。

「あの、私は……」

浅太郎という男に騙《だま》されて、つい茶屋へきてしまっただけなのでございます、亭主に死なれてもう七年、まだ生きている姑《しゅうとめ》と、後見人となった亭主の叔父にやかましいことばかり言われ、気を抜くところがなく――と、辰吉が低声《こごえ》で言った。口ごもりがちな後家の言葉は、それをなぞっているようで、ちがっていたのは、彼女が亭主に死なれてから五年しかたっていなかったことだけだった。男に騙された後家は幾人もいるが、その言訳は皆、同じであった。

「ほっとすることができるのは、浅太郎さんにお目にかかっている時だけで……」

「子供は？」

後家は口を閉じた。辛抱強く答えを待っていると、蚊の鳴くような声が、「十六と十四になる倅《せがれ》がおります」と言った。

「ふうん」

子供の成長を見ているだけでは、ほっとすることも楽しいと思うこともないのかと

言いたかったが、黙っていた。「今帰った」と言う晃之助の声を聞けば、這《は》い出して
くる八千代《やちよ》の姿が目の前を通り過ぎた。今は晃之助からなかなか離れようとしない八
千代も、十四、五年もたてば、親の世話になどならずに育ったような顔をするかもし
れなかった。
「お願いでございます」
今日のことはなかったことに――とつづくのは、辰吉の低声を聞かなくてもわかる。
「このことが知れましたならば、姑や後見人に何を言われるかわかりません。どうぞ、
助けるとおぼしめして」
だったら、こんなところへこなければいいじゃないかと、辰吉が言う。
「そう言われてしまえば、その通りでございますが」
貞女二夫《ていじょにふ》にまみえずと辰吉に言われ、それは貞女のことでしょう、わたしはただの
女ですと開きなおった女房もいた。晃之助は、次第に落着いてくる女を見つめながら、
そんなことを思い出した。
「あの、些少《さしょう》でございますけれど」
と、女は、お高祖頭巾の下へ手をやった。茶屋代も、浅太郎の駕籠代《かごだい》も、すべて自
分が払うつもりだったらしいふくらんだ財布があらわれた。

「お手数をおかけいたしましたお詫《わ》びでございます」

「ふざけるな」

声を荒らげて廊下へ出て、晃之助は苦笑した。慶次郎ならば、女の差し出した金を受け取ったかもしれなかった。受け取って、たとえば庄野玄庵《しようのげんあん》に「この間の薬代」と言って渡す。診立《みた》ても薬も高い料金をとらぬ玄庵は、いつも薬問屋への支払いに苦労していた。

座敷へ戻ろうかとも思ったが、晃之助にはそういう金が、どうしてもべたついて見える。今、財布の中にある金に、そのべたつきがついてしまうような気がする。

だめだなあ、俺は。

引き返して金を寄越せという図々《ずうずう》しさもないのと、「きれい好きはよいのですけれど」と皐月《さつき》にまで言われる性質を嘆きながら、晃之助は若竹を出た。

不忍池には、今夜も障子越しのかすかな明りがこぼれている。

若竹の隣りは時雨屋《しぐれや》で、なにやら意味ありげな屋号だと思ったのだが、わけを聞けば日暮屋《ひぐれや》の江戸訛《なま》りで時雨屋になったのだとか、隣家は先々代まで馬喰町で旅籠《はたご》をいとなんでいたらしい。

その時雨屋から、かすかな音が聞えた。池を眺めていた客が、障子を閉めたのだった。

若竹の座敷では、おくみという、自分では二十三だと言っている女が、武七《ぶしち》に背を向けて、櫛《くし》や簪《かんざし》をはずした髪の乱れを指先でかきつけている。出入口で「恥ずかしい」と言いつづけ、てこずらせた女だが、今は軀中《からだじゅう》で武七を待っていた。

武七も窓を閉めた。おくみを背後から引き寄せて、襦袢の懐《ふところ》へ手を入れる。二十六にはなっていると読んでいたのだが、肌には案外に張りがあった。

おくみが小さな声をあげて、裾《すそ》を乱した。軀をねじって、武七へ顔を近づけようとする。わざと武七は顔をそむけて、裾の乱れの方へ手をのばした。

唐紙が音をたてて開いた。

「ちょいと、何をしているんだよ」

おふさだった。おふさは、自分の身丈に合わせて仕立て直した武七の袷《あわせ》を着、髪も無雑作に丸めて簪でとめていた。

が、袖を二の腕までまくり上げた手で、両裾を端折《はしょ》っているのは気に入らない。やり過ぎだと武七は思った。この商売は目立ってはいけない。芝居がかってはお終《しま》いだ、瓦版に面白おかしく書きたてられるようになれば、町方も躍起になる、そう言っているのに、おふさは、時折こういうことをする。瓦版に書かれたのは、おふさが十七、八に見えるような若づくりをしていった時だった。

「ちょいと、おかみさん。ひとの亭主をどうする気だえ」

おふさは、精いっぱい低く押し殺した声で言って、おくみの前にしゃがみ込んだ。

「何だよ、その顔は。文句があるなら、手前《てめえ》の亭主に言えってえのかえ。おふざけじゃないよ。うちの亭主は、堅《かた》いで知られた男なんだ。その亭主にこんな真似《まね》をさせやがって、ただですむと思ってるのかえ」

「みっともないよ、お前。女だてらに」

「お前さんは黙っておくれよ。みっともない真似をさせたのは誰なんだ、みんな、この女のせいじゃないか。わたしゃ、この女と話をつけたいんだ」

おふさは、帯の結びめに隠していた庖丁《ほうちょう》を畳に突き刺した。

おふさが髪を無雑作に丸め、武七の着物を着てきた気持はわからないでもない。先日の失敗に懲《こ》りたのだ。

浅太郎やら甚六郎《じんろくろう》などとなのった武七が後家や出戻りの女を口説いて、あらかじめ話をつけてある茶屋や汁粉屋の座敷へ上がる。しっぽりと濡《ぬ》れるところへ飛び込んできたおふさが、「浮気はわたしを殺してからにしておくれ」とわめこうと、「今、ここで死んでやる」と泣き叫ぼうと、大騒ぎにはならずにすんでいたのは、その店の女将も女中も、こういうことがあると承知していたからだった。ことに若竹は商売の相棒と言ってもよいくらいで、武七が女を連れ込むと知らせると、ほかの客を断って仕事がやりやすいようにしてくれる。

が、それでもしくじった。それが、おふさが若づくりをしてきた時だった。振袖の娘がためらいもせずに出合茶屋へ入って行ったのを、時雨屋の女中があやしんだのだった。

思いつめた娘が心中覚悟できたのか、或《ある》いは悪党のかたわれが若い娘に化けて、若竹に因縁《いんねん》をつけにきたのではないか、時雨屋の女中はそう心配して、女将に話した。よけいなことをしてくれるものだが、女将と女中は若竹のようすを窺《うかが》っていて、「浮気はわたしを殺してからにしておくれ」というおふさのせりふを聞いてしまったのである。

時雨屋の女中のお喋《しやべ》りから瓦版となり、武七は、しばらく芝や深川の小料理屋で稼いでいた。が、若竹ほど仕事のしやすいところはなく、若竹の女将から、顔は見られていないようだという知らせもあって、先日、ひさしぶりに若竹へ後家を連れ込んだ。

それが、町方へ洩《も》れていたのだった。

女将の目配せで町方が見張っていることを知り、武七は、後家をその気にさせたところで帳場へ逃げた。おふさも女中が奥の部屋ではなく帳場へ案内し、定町廻《じょうまちまわ》りと岡っ引の足音は、帳場の戸棚から上がった天井裏で聞いた。

若竹の女将と、万一の時はという相談をしておいたからよかったものの、油断をしていたなら今頃は小伝馬町《こでんまちょう》の牢獄《ろうごく》の中だ。いや、町方の同心と岡っ引が、若竹ではなく芝や深川の料理屋を見張っていたとしても、縄をかけられていただろう。武七は、利用させてもらった茶屋や料理屋には、礼金をはずむことにしているが、若竹のように信用はできない。武七のおっとりとした風貌《ふうぼう》に騙される女がわるいのと同じように、料理屋の女将のおとなしく、親切そうな立居振舞いにも、騙されてはいけないのである。

世の中は用心が肝要だ、そう思う。若竹の女中だって、いつ町方側へ寝返るかわからない。そんな時の用心のために、人目につくような恰好《かっこう》をするな、若竹の女将にも女中にも、できるだけ顔を見せるなと言っているのだが、その意味を間違えて解釈しているらしい。若づくりをしたのも、ほんとうの顔を見られないためだったなどと言うのである。芝居小屋の舞台へ上がりそうな恰好も、毎度同じ身なりでは、また時雨屋の女中に見咎《みとが》められるなどと言うだろう。

その気持はわかるが、人目にたつなという意味がまるでわかっていない。身なりを変えれば、別人と思ってもらえるとしか、思っていないのだ。

そのおふさが啖呵《たんか》をきった。

「何とかお言いよ、おかみさん。わたしゃこの通りの出来損ないだ、うちの人をこんなところへ引っ張り込んでくれたお礼に、おかみさんの顔に傷をつけるくらいのこたあ、わけなくできる。町方を呼ばれ、しょっ引《ぴ》かれたって困らないが、そっちは何かと差し障《さわ》りがあるのじゃないのかえ」

おくみが武七を見た。武七は夜具から滑り降り、おくみの前に両手をついた。

「すまない。この通りだ。女房のいることを黙っていたのは言訳のしようがないが、わかってくれ。でも、わたしがおくみさんに言ったことは嘘《うそ》じゃない」

「手前《てめえ》――。女房の前でぬけぬけと」

と、おふさは低声ですごむ。

「おくみさん、わかっておくれ。女房を怒らせると、何をするかわからない。わたしは、おくみさんのそのきれいな顔に、傷なんぞつけたくないんだよ」

「笑わせるんじゃないよ」

と、おふさが言った。

「ひとの亭主を寝取って、金ですむと思ってるのかえ」

「さ、早く。頼むからお金を出して。七両二分でいい」

夫のいる女との密通は不義といい、そこへ飛び込んできた夫は、妻と密男《みそかお》を殺害しても罪にはならない。殺さずに訴え出れば、双方とも死罪になった。そこで話し合いですませようということになるのだが、なぜか、その場合の相場は七両二分ときまっていた。

無論、美しい女に男を誘わせて、夫となのる男がその場へ金を強請《ゆす》りに行く美人局《つつもたせ》は、そのかぎりではない。相手が金持と見れば、十両でも二十両でも脅し取るが、武七とおふさは、相手がどれほど裕福であろうと、もらう金は七両二分ときめていた。かたちだけの後見人をきめて、その店をきりまわしている後家も、大金を懐にして出てくることはほとんどなかった。むりのない金額と思える七両二分でさえ、あとで菓子折に見せかけた包みを使いの者が届けにくることもある。が、おくみの財布は、重そうにふくれ上がっていた。

「おくみさん、女房を怒らせないでおくれ」

武七は苛立《いらだ》たしそうに言った。催促をしたのだが、おくみは乱れ箱の財布に手をのばそうとしなかった。

「天知る地知る、おのれ知る」

「何を言ってなさるんですか」

「天知る地知る、おのれ知る。正八郎《しょうはちろう》さん、お前さん、そんなことを言いなすって、恥ずかしいとはお思いなさらぬのですかえ」

武七は、おふさと顔を見合わせた。

「ほんとうにお前さんのおかみさんなのかどうか知りませんが、このお人が座敷に入ってきなすった時、すぐにわかりましたよ。これが噂《うわさ》の『さかさ美人局』だなって」

おくみは、眉間《みけん》に皺《しわ》を寄せた。

「正八郎さん。こんなことをしていて、恥ずかしくないのですか。これは、天を欺《あざむ》くことですよ」

そりゃ、いいことだとは思っていないと、武七は呟《つぶや》いた。

後家や出戻りの女に繰返す言葉はすべて、嘘である。可愛《かわい》い、惚《ほ》れてしまったからはじまって、お前のような女に出会えるのをわたしは待っていたのだという歯の浮くようなせりふまで、七両二分の輝きが目の前にちらつかなければ言えたものではない。ことに、嫁《ゆ》きおくれてしまったらしいおくみには、「可愛い」と言うにも苦労した。

商売と思えばこそ、嘘にひとしい言葉を口にすることができたのだ。現金掛値なしの商売で、今にいたるまで繁昌《はんじょう》をつづけている呉服問屋、越後屋《えちごや》の手代や番頭が、その反物を売りたい一心で「よくお似合いでございます」という嘘をつくのと同じである。

女達は、注文した着物が仕立て上がり、身にまとって鏡に映して見るまで、番頭や手代の世辞――いや、嘘に酔っていられる。おくみは、おふさがあらわれるまで、武七――現在は正八郎が可愛いと思っていてくれる、世の中で一番愛《いと》しいと思っていてくれると信じていられる。注文した着物の代金は、似合おうと似合うまいと払わなければならない。武七に幸せな気分にさせてもらったあとも、やはり代金は払わなければならぬのではないか。そう考えると、おくみにとっての七両二分は安いものだろう。

「心底、おのれに恥じぬ行為ですかえ」

おくみの声が聞えて、武七は我に返った。

「昔、唐《から》の国に孔子様と仰言《おっしゃ》る偉いお人がいらっしゃいました」

それくらいは武七も知っている。春秋時代の人で、孔子やその弟子達の言葉や行動を記したものを『論語』という。そう教わったような気もするが、よく覚えていない。寺子屋へ通っていた頃など、春秋時代より遠い昔のように思える。

「その孔子様のお弟子に、孟子《もうし》というお方がおいででした」

孟子という名も聞いたことがあるが、あれは孔子の弟子だったっけ？

「孟子様の素行がおさまらないので、母上様が三度もお引越をなされたというお話をご存じないのですかえ。朱にまじわれば赤くなる、母上様は、孟子様が近所の子供達とわるい遊びばかりなされるのを、お嘆きなされたのです」

そういえば、そんな話は聞いたことがある。

「長じて孟子様は仰言いました。顧《かえり》みて恥あらば改めよ。自分をふりかえってみて、恥ずかしいと思うことがあるならば、すぐに改めなさいということです」

そんなこと、寺子屋では習わなかった。武七は、そっとおふさを見た。子供心に寺子屋の師匠が好きで、六つから九つまで、一日も休まずに通ったというおふさも、不安そうな顔でかぶりを振った。

「改めずば、地獄が待っている。地獄行きを見る親の嘆き、子の悲しみをいかにせん。これ、不孝のはじめなり」

『論語』はもっとむずかしい言葉ばかりだったような記憶があるが、おくみの説くことはわかりやすかった。

嘘をつくと地獄へ落ちて、閻魔《えんま》様に舌を抜かれるとは、誰でも母親に教えられるだろう。この商売をはじめてからしばらくの間は、武七もおふさも自分達が思い描く地獄のありさまを夢に見て、眠ることが恐しくなったものだった。

もし、武七とおふさの両親が生きていて、二人があれほど恐しいところへ落ちねばならぬと知ったなら、身を揉《も》んで嘆き悲しむにちがいない。二人の間に子供が生まれていれば、両手で顔をおおって「助けてやってくれ」と泣き叫ぶ筈《はず》であった。

「孟子様の教えのもととなるものは、三つしかありません。曰《いわ》く主には忠、親には孝、人にはシン。シンとは、親切のシン、信用のシン、真実のシンです。おわかりですね。人には親切にしなくてはいけない、信用し、信用されなくてはいけない、そして、真実の心でおつきあいをしなくてはいけないのです。嘘などもってのほか、人の道からはずれています」

「はい」

武七は、思わずうなずいた。うなずいてから、ここが中島の出合茶屋であり、おくみが、武七の「可愛いよ」という言葉に甘たるい声を出してすがりついてきた女であることを思い出した。

が、横を見ると、おふさも格子縞《こうしじま》の着物を着た膝《ひざ》を揃《そろ》えて坐《すわ》っていた。ふりかえれば、仕事に時間のかかり過ぎているのを心配したらしい若竹の女将《おかみ》と女中が、唐紙を開けた廊下に膝をついている。おくみの話に聞き入っていたらしい。

「では、今日は、このあたりにいたしましょうか」

おくみは、一同を見廻した。

「でも、よく覚えていて下さいましよ。天知る地知る、おのれ知る。人に気づかれない上手な嘘も、天と地は知っている。自分も嘘をついたことを知っている。今夜のことを、何も知らなかったのは多分、わたしだけでしょう。が、わたしは、お前さん方の嘘に気がついた。気がついたから、お前さん方は嘘をつかずにすんだ。地獄への石段をまた一段、降りて行くところだったのを助けて差し上げたのです」

有難うございますと、おふさが言った。女将と女中も薄暗い廊下をあとじさって、両手をついた。

武七もつられて頭を下げた。おくみは悠々と乱れ箱に手をのばし、それに気づいた女将と女中が、あわてて座敷に入ってきた。着物を身にまとうのを手伝うつもりなのだろう。

これが、先刻まで俺の腕の中であえいでいた女だろうかと思った。父親がかなりの財産を残してくれたので、暮らしに不自由はないと言っていたが、そのかわり男運にも男を見る目にも恵まれていないように見えた女だった。金を目当てに近づいてきた男達に遊ばれるだけ遊ばれて、逃げられてしまったように、武七には思えたのである。

金は引き出せる、そう思った。心配は、美人局とわかったあとも、武七を追ってきそうなことだけだった。その時は、「お前など嫌いだ」と、はっきり言い渡すつもりでいたのだが。

「正八郎さん。今度はおかみさんとご一緒に、わたしのうちへおいでなさい。わたしは道楽で、ご近所の方達に孟子様のお話をお教えしています。孟子様のお話を聞けば、わるいことはできなくなりますよ」

「はい」

武七より先に、おふさが答えた。おくみが武七を追いかけるのではなく、おふさがおくみを追いかけて行きそうだった。

「そういえば、このところ『さかさ美人局』の話を耳にいたしませんね」

と、お登世《とせ》が言った。上野仁王門前町、花ごろもの奥座敷だった。ひさしぶりに根岸へ行ってみようと道をいそいでいたのだが、時雨岡《しぐれのおか》近くで偶然慶次郎に出会ったのだった。

花ごろもへ行くと聞いて、晃之助は引き返そうとした。が、慶次郎に、なかば強引に誘われた。てれくさかったのかもしれなかった。

秋は駆足で通り過ぎて、明日の朝は不忍池に氷がはっているかもしれぬつめたい風が部屋へ吹き込んでくるのだが、慶次郎は、もの好きにも窓を開けさせている。隣りの料理屋にももの好きな客がいるのか、池の水はひややかに明りを跳ね返していた。

「実は」と、晃之助はこめかみのあたりをかいた。『さかさ美人局』の話が出るたびに、晃之助はいたたまれぬ気持になる。三月《みつき》前の九月、美人局を働く夫婦らしい二人が若竹に入ったところまで確認しておきながら、逃がしてしまった失敗は、生涯忘れられぬだろう。

「若竹の主人夫婦が手を貸しているにちがいないと睨《にら》んだのですが、尻尾《しっぽ》はつかめませんでした。あとからきた女は隣りの座敷へ案内した、そのほかのことはわからないと、女将も女中も繰返すだけでしてね」

それに——と、晃之助は苦い笑みを浮かべた。翌日、例の後家を呼び出して、男の人相を尋ねたのだが、どうやらいい加減なことを言ったらしいのである。

「噂ばかりがひろまって、『さかさ美人局』の夫婦に騙《だま》されたと訴えて出る者も、見たと言う者もいないものですから、その人相書だけが頼りだったのですが」

あの人相書ですかと、お登世が笑った。見たことがあるようだった。

「いつぞや、辰吉親分が持ってみえました。こけにされたお返しに、何が何でも捕えてやると、いきまいておいででしたけど」

お登世に笑われても仕方のない人相書だった。目は切長だが鼻は低い、眉《まゆ》も濃いが髭《ひげ》も濃いという後家の言葉に従って描きあげた男の顔は、芝居の道化役のそれだったのである。嘘《うそ》をつくなと晃之助は怒ったが、後家は、似ていないのはそちらのせいだと言い張った。鼻の低さなど気にならず、青い髭の剃《そ》りあとに身震いが出るような、いい男だったというのである。

「どうも、姑《しゅうとめ》や後見人に内緒にしてくれと頼んだのを、わたしが一蹴《いっしゅう》したことに腹を立てていたようでしてね」

慶次郎の笑い声が、つめたい池の上をころがって行った。それをうるさいと思ったのだろうか、隣りの料理屋の障子が閉められたようだった。明りを映していた波が、暗くなった。

お登世を呼ぶ女中の声が聞えたのは、その時だった。立って行って障子を開けたお登世は、廊下で待っていた女中の話を聞き、慶次郎と晃之助をふりかえった。

「噂をすれば何とやら、若竹の女将さんと、そのお知り合いだというご夫婦がみえたそうですけど」

「晃之助を探しているのかえ」

「いいえ」

お登世は、首をすくめて笑った。

「男の人にわざと騙されて、茶屋や料理屋にあがる女の人を探しているのだそうです。はじめはおとなしく騙されているけれど、お終《しま》いには騙した男の不心得をさとして、お茶屋の女将さんまで逆に騙してしまうのですって」

「面白えや、上がってもらえ」

慶次郎は、いたずらを思いついた子供のように喜んで言った。

女中は急いで裏口へ戻って行ったが、森口慶次郎という もと定町廻り同心と、そのあとを継いだ晃之助が話を聞くと言ってしまったのだろう。「ちょうどよい機《おり》ではありませんか」「いいえ、帰ります」などという押問答が聞えてきて、お登世が苦笑いをして出て行った。戻ってきたお登世のうしろには、二十七、八と二十四、五と見える、夫婦だけがいた。若竹の女将は、晃之助と顔を合わせるのを必死に避けたようだった。

「塩売り渡世をしております、武七と申します」

「女房のふさでございます」

若竹の女将が一緒だと聞いた時から、夫婦は『さかさ美人局《つつもたせ》』の二人だろうと見当をつけていたのだが、それにしては、哀れと言いたくなるほどの粗末な身なりだった。

見当違いかと首をかしげた晃之助に、武七となのった男が深々と頭を下げた。

「いつぞやはお手数《てかず》をおかけいたしました。あの時の、浅太郎でございます」

慶次郎が、大声で笑い出した。隣りの料理屋の客が、障子を閉める筈だと晃之助は思った。

「おくみを探している時にあの時の旦那《だんな》にお目にかかるなど、孟子様の仰言《おつしや》る天の網かもしれません」

意味がわからなかった。『天網恢恢疎《てんもうかいかいそ》にして漏らさず』とは老子にあったような気がするが、孟子の言うテンノアミとは何なのだろう。

「おくみに大事な金を騙し取られてから、これも人と真実の心でつきあわなかった罰だろう、町方の旦那がおみえなすった時は、もう逃げたりすまいと覚悟をきめております。が、わたし達にその孟子様の教えを説いてくれたおくみが、わたし達と真実の心でつきあっていてくれなかったのかと思うと、口惜《くや》しくて」

つい、諦《あきら》めきれずに探す気になったのだという。

「実は、おくみから孟子様の話を聞き、美人局などという、嘘でかためた商売はやめることにしたのでございます」

天知る地知るおのれ知る、嘘と知りつつ商売をつづけていたならば、地獄に落ちることになる。もとより地獄に落ちるのは覚悟の上であったが、「わたしどもも、もとは堅気の夫婦でございます」と、武七は言った。夫婦であれば、いつか子供が生れる。その子供に惨《みじ》めな気持をあじわわせたくない。

「美人局をはじめましたのも、蕎麦屋《そばや》をやりたい一心からだったのでございます」

信州で生れ育った武七は、蕎麦がうてる。江戸で店を出したいと十九の年に江戸へ出てきたが、簡単に望みの叶《かな》うわけがなかった。見つけられる仕事は蕎麦屋の出前持ちばかりで、蕎麦をうつ職人として雇ってもらいたいという願いさえ、虫がよいものだったと思い知らされたのである。

このままでは、三十になっても四十になってもお店はもてないと、おふさは言った。おふさは、出前持ちばかり三年もつとめた頃に出会った相州生れの娘だった。当時は縄暖簾《なわのれん》で働いていて、酔った男の露骨な誘いを、泣いていやがっていたものだ。

ほかによい仕事はないだろうかと、おふさは言った。命がけで働くからさ、四、五年でお店が出せるくらい稼げる仕事。だって、早くお金をためなければ、わたし、武七さんの赤ちゃんが生めなくなっちまうもの。

最後の一言で、武七は決心した。

自分も、おふさも、どちらかといえば縹緻《きりよう》のよい方に属することはわかっていた。おふさが酔った男に誘われるのも、その縹緻のせいだし、武七も稽古事《けいこごと》の師匠の家へ出前に行って、手を握られたことがある。金もなく、つてもなく、たった一つの取柄である蕎麦うちの腕を、当分生かすことができぬのであれば、とりあえず容貌《ようぼう》に頼るほかはなかった。

が、おふさは、武七以外の男に触れられるのを極端にいやがった。口説く役目は、武七が引き受けるほかはなく、『さかさ美人局』と騒がれることになってしまったのだった。

商売は順調であった。女達は、男遊びの秘密を守ってもらえるならと、案外にあっさり七両二分を渡してくれたし、そのうちの二両二分を差し出す武七夫婦に、商売の内容を知らぬことにして座敷を貸してくれる茶屋や料亭も多くなった。

この分なら、もうじき蕎麦の店が出せる。

おくみに出会ったのは、武七とおふさが、そうはげまし合った直後のことだった。おくみは、上野町二丁目の摩利支天横丁《まりしてんよこちよう》で一人暮らしをしていた女だった。おくみの話では、神田三河町の海産物問屋の一人娘であったのだが、両親にも聟《むこ》養子にくる筈《はず》だった男にも早く死に別れた上、あまりにも箱入り娘で育ったため、商売のことがまるでわからないので店の株を売り払い、摩利支天横丁へ移り住んだという。

つきあいはじめてまもなく、武七は三河町へ連れられて行き、あの店がそうだと教えられた。荷車がついたばかりで、算盤《そろばん》を持った番頭や手代が、せわしそうに出入りしている店だった。

繁昌《はんじょう》している店を人手に渡してもったいないとは思ったが、おくみの話を疑ったことはない。女中はいなかったが、摩利支天横丁の家はいつもこざっぱりと片付いていて、桐《きり》の簞笥《たんす》やら蒔絵《まきえ》の鏡台やら、箱入り娘の昔をしのばせるものが置かれていたのである。

それに、学問が好きで、心学《しんがく》をまなんだとはじめから言っていた。心学とは儒学や神道《しんとう》、仏教を一つにし、わかりやすいたとえを上げて道徳を説く学問で、近所の人達も、武七と同じようにおくみの話を信じていたのだろう。毎月、一と五のつく日には、おくみに悩みを聞いてもらいたい老若男女《ろうにゃくなんにょ》が、幾人も集まっていた。

金を持っているのは間違いなかった。武七は、思いきって声をかけてみた。貞女に道をあやまらせるつもりかと、叱《しか》りつけられるのは覚悟の上だった。が、案に相違して、すぐさま触れなば落ちん風情《ふぜい》となり、「中島の若竹で」という囁《ささや》きにうなずいたのだった。

心学の先生も、中身は女だ。

そう言っておふさと笑い合ったのだが、若竹では『孟子様』の講義をされ、おふさばかりか、若竹の主人夫婦や女中達までがおくみに心酔してしまったのである。おふさも若竹の主人夫婦も、摩利支天横丁のおくみの家へ足しげく通った。これまでの行いが、おくみの教えですべて洗い流されたと感じるまで通うのだと、口を揃《そろ》えて言っていた。

おくみのあられもない姿を思い出すと、『孟子様』の有難みも半減するような気がしたが、教えは間違っていない。何よりもおふさが『さかさ美人局』の商売をいやがるので、武七は塩売りとなった。おふさは若竹で日暮れから働かせてもらっている。武七が帰ってくるとおふさが出かけて行くのである。そんな暮らしをして、一文、二文と蕎麦屋をいとなむための金をためているのだ。

おくみが二人をたずねてきたのは、今から十日ほど前のことだった。おくみは、さんざんためらったあげくに用件を打ち明けた。おくみの心学で大勢の人が救われていると評判になり、奉行所から褒美《ほうび》が出ることになったというのである。

だが、その前に、褒美が出るように世話をしてくれた人達に礼をしなければならず、奉行所からはもっと大勢の人が話を聞けるようにしてくれとの達しがあったので、広い家に移って、広間のようなものもつくらねばならない。そのほか、奉行所の人達への礼もあり、手持の金ではとうていまかないきれないのだと、おくみは、台所へ目をやった。

ためた金は、台所の床下に隠してあった。それが、もうじき十両になろうとしていることを、おふさは信用しきっているおくみに打ち明けていたのだった。

「あれは、不浄《ふじよう》のお金でしょう」

と、おくみは言った。

「あれを、わたしに貸してもらえませんか。――ま、どうしてそんな心配そうな顔をするのです。借りるのは、わたしですよ。お奉行所からご褒美の十両をいただくまで、貸して下さいと言っているのです」

不浄の金で、晴れの日の準備をしてよいものかどうか迷ったが、それを自分が使ってしまえば、奉行所から下げ渡されるきれいな金を武七とおふさに渡すことができる、自分が犠牲になればよいのだと、ようやく決心をしてたずねてきたのだと、おくみは言った。有難いお話ですと、おふさが頭を下げ、台所へ走って行ったのは言うまでもない。

「が、一昨日《おととい》、お祝いを届けに行くつもりで摩利支天横丁へまいりますと、おくみの姿が消えていました」

口惜しいです――と、武七は、涙をにじませて言った。

「大事な金を騙し取られたのも口惜しい。でも、もっと口惜しいのは、おふさが心底からおくみを信じて、真実の心でつきあっていたのに、真実の心が大事だと説いていたおくみが、そんなおふさを騙していたのが口惜しいんです。おかしいと、薄々勘づいていながら、美人局の一件が表へ出ることがこわくって、おふさにさえ用心しろと言えなかった手前《てめえ》が口惜しいんです」

慶次郎は盃《さかずき》を膳《ぜん》の上に置いて、腕を組んでいた。晃之助と同じ問いが頭に浮かんでいても、慶次郎は口を開かぬだろう。晃之助は、盃に残っていた酒を飲み干した。

「もし――、もしもだよ」

武七が、目尻《めじり》をこぶしでこすって晃之助へ顔を向けた。

「おくみが見つかったら、どうする気だ」

「金を取り返したいです」

そう言って、武七は頭を下げた。

「ろくな金ではないだろうとお叱りをうけそうですが、あの金は欲しい。一所懸命にためたのだもの、おくみがまだ遣わずにいたら、ぶん殴ってでも取り返したいんです。

でも、遣っちまっていたら、せめて、おふさにあやまってもらいたい」

晃之助は、お登世をふりかえった。板前の見習いにでも、辰吉を呼びに行ってもらうつもりだった。

「吉次にもきてもらえ」

と、慶次郎が笑いながら言った。

「一人の人間をしつこく探しまわるのは、吉次の方が得手だ」

「養父上《ちちうえ》、吉次は、北町の岡っ引ですよ」

「わかってらあな。俺が吉次に酒をおごるだけよ。口どめ料もいれると高くつきそうだが、たまにゃいいだろう」

慶次郎は、声をあげて笑った。

「お手数をおかけいたします」

武七とおふさが、両手を差し出した。美人局の罪で、大番屋へ送られると思ったのだろう。晃之助は、慶次郎より先に笑った。

だが、晃之助の十手《じって》をかいくぐった二人が、おくみの言う『孟子様のテンノアミ』にやすやすとかかったのは、癪《しゃく》でもある。

ま、いいとするか。

やがて花ごろもに到着する辰吉と吉次を含め、慶次郎、佐七、自分と見廻してみても、今の武七とおふさほど、けなげな心の持主はいない。仮に仏の慶次郎が『孟子様の心』を説いたとしても、ここまで心酔させることはできなかったかもしれなかった。二人を『さかさ美人局』の深みから救い出してやったのは、おくみなのである。

夕陽

金杉橋《かなすぎばし》を渡ってしまえば顔見知りに会うこともないだろうからと、そこで会うことにしたのだが、弥平次《やへいじ》はさらに用心をして、人通りの少ない大名屋敷の裏側に隠れていた。

おさとは自分が先に到着したものと思い、橋のたもとで足をとめて、箔屋町《はくやちよう》からほとんど走ってきた息をととのえた。その姿に気づいたのだろう、弥平次があたりを見まわしながら近づいてきた。

人に見られたくないのは、おさとも同じである。おさとは、そちらの方へ行くと手で合図をして、疲れた足でもう一度走った。

品川の平旅籠《ひらはたご》に泊まると言っていたのに、弥平次は草鞋《わらじ》ばきでもなければ、荷物も持っていなかった。いつもの通り、身幅のせまい着物を着て、少し鼻緒のゆるくなった雪踏《せった》を突っかけている。日本橋通二丁目の料理屋、大蔵《おおくら》から、湯屋にでも出かけるような恰好《かっこう》だった。

「どうしたの」

と、おさとは言った。少し声がはずんでいたのは、息ぎれのせいではなく、上方行きが中止になったのではないかと思ったからだった。中止になったのであれば、今まで通り、弥平次に会うことができる。

が、弥平次は、「一日延ばしたのさ」と苦笑しながら答えた。

「お前《めえ》の恰好だって、旅に出ようってえものじゃねえ。江戸に残って、お姑《しゅうとめ》さんと義理の伜《せがれ》の面倒をみていようってえ恰好だ」

その通りだった。焼方の料理人である弥平次が、修業をかねて京の料理屋へ行くことになったのが一月《ひとつき》あまり前、すぐに打ち明けられ、一緒にきてくれと言われてから、悩みに悩んだ末に出した結論が、「江戸に残る」だったのだ。

「薄々、見当はついていたよ」

と、弥平次は言う。

「一緒にきてくれる気があるなら、すぐに返事をくれる筈《はず》だ。それが、明日発《た》つという時になっても、まだ考えさせてくれというんじゃあ……」

「そうじゃないの」

もう涙で濡《ぬ》れてきた頰を掌《てのひら》で拭《ぬぐ》って、おさとはかぶりを振った。

「京へ行きたくなくって、江戸へ残るんじゃないの。わたしは、弥平次さんと一緒ならどこにでも行きたい。薩摩《さつま》にだって、蝦夷《えぞ》にだって行きたいの」

「でも、江戸に残るという返事を持ってきたんだろ」

そうだった。弥平次は生れてはじめて好きになった人だから、姑には他界した亭主の兄もいることだし決してものわかりのわるい人間ではないのだからと、どれほど逃げ道を見つけても、出てくる答えは「江戸に残る」だった。

弥平次は、横を向いて笑った。この一月《ひとつき》あまり、思いきって京へ行くことにすると答えては、翌日になると、姑と義理の伜を前にして、家を出たいなどどうしても言えないと、前日の答えを打ち消すおさとに愛想がつきてきたのだろう。

「俺より、姑の方が大事ってわけか」

そんな弥平次らしからぬことを言うのも、その証拠かもしれなかった。

「俺はみんな、大蔵の旦那《だんな》や女将《おかみ》さんに話してきた」

え？――と、おさとは目を見張った。弥平次はまだ一人前の板前ではないし、おさとは二つ年上の後家で、二人の仲が知れたならば、真先に反対するのは大蔵の主人夫婦だろうと、そのことについては弥平次の意見もおさとのそれも一致していたのだった。

「何でも話してみるものさ」

と、弥平次は言った。

「旦那も女将さんも、おさとさんならいい女房になると言ってくれたよ」

でも——と、弥平次の言葉はつづく。

「お姑のおすがさんと、伜の蔦吉《つたきち》はどうするんだって言ってなすった。正直に全部言っちまえば、女将さんは、お姑さんも伜も一緒だっていいじゃないかと言ってくれなすったんだ。おすがさんはいい人だし、蔦坊も、もう少し大きくなって料理人になるとでもいうのなら、うちで働くようにすりゃあいいってね。でも、さすがにそれには旦那が苦い顔をしなすった」

大蔵の主人が苦い顔をするのは当然だった。弥平次は、京へ腕を磨きに行く。おさと一人がついて行くのならば、見知らぬ土地で苦労をするにちがいない弥平次の支えになるだろうが、おすがや躯《からだ》の弱い蔦吉までついて行っては、重荷以外のものになりようがない。

「俺あ、意気地のねえ男だ。これまで幾度、大蔵なんざ飛び出してやる、大蔵にいなくたって食う道はいくらでもある、そう思ったかしれねえ」

が、おさとと知り合ってから、おさとと縄暖簾《なわのれん》でもよいから店を出したいと思うようになった。その言葉を、おさとは幾度、弥平次から聞かされたことだろう。そう思うようになってから、旦那の叱言《こごと》も先輩達が起こす癇癪《かんしゃく》も当り前のことだと受けとめられるようになったし、たとえ縄暖簾でも料理はうまいものを出せと叱《しか》ってくれているのだと思えるようにもなった。意気地なしの俺が何とか焼方になれたのはお前のお蔭《かげ》だと、弥平次は、好きだとか可愛《かわい》いとか言ってくれないかわりにそう繰返してくれたのである。

そんな弥平次に、おさとは、「わたしよりもっといい女はいくらでもいる」と、つまらぬ断りを言って背を向けた。「ぶん殴ってやろうかと思った」と、弥平次は、まだ怒っているようだった。

「ごめんなさい」

が、どうしても、「江戸へ残る」という答えが出てしまう。弥平次が好きで好きで、弥平次がいなくなったら蟬《せみ》の抜殻のようになってしまう筈とわかっているのだが、おすがと蔦吉を京へ連れて行けぬのなら、自分も江戸へ残らねばならぬと思ってしまう。

「お前《めえ》が旅支度でこねえとはわかっていた。でも、俺あ、もう一度上方行きを考えてもらいたくって、旅立ちを一日延ばしたんだ」

「勘忍」

「考え直す余地はねえってのか」

「勘忍。ほんとに勘忍して」

「そんなに前の亭主の母親や子供が大事だってのか」

「そうじゃないの。いえ、大事だけど、弥平さんはもっと大事で……」

「だったら、なぜきてくれねえ」

「だから……勘忍」

「わかったよ」

弥平次は、吐き捨てるように言って背を向けた。夕暮れ七つの鐘が鳴り響いた。


どこをどう歩いたのか、わからなかった。

金杉橋を渡り、浜松町あたりを歩いていた時は人通りが少なかったせいもあって、大股《おおまた》の早足で歩いている弥平次の背が見えていたのだが、今は、家路を急ぐ人達ばかりが見える。いや、見えている筈なのだが、人に突き当らずに歩くのが精いっぱいで、今、脇《わき》をすりぬけて行った人物が、男であったのか女であったのかもわからない。

頬に当る風がつめたかった。泣いてはいないつもりだったが、何気なくあごに触れた手に雫《しずく》が落ちてきた。前方を見据えている目から、勝手に涙がこぼれているようだった。

「おさとさん、おい、おさとさんったら」

気がつくと、呼ばれている当人より先に足をとめた人達が、怪訝《けげん》そうな顔でおさとを見つめていた。

「さっきから呼んでいるのに知らぬ顔で行っちまうんだもの、人違いをしたかと思った」

近づいてきた男の顔がかすんだ。唇がふるえ、こらえにこらえていた泣声が、おおきなかたまりとなって胸に突き上げてきた。

旦那。

そう言ったつもりだったが、その言葉も泣声の中に消えた。おさとは人目を忘れて、もと南町の定町廻《じょうまちまわ》り同心、森口慶次郎にすがりついた。


慶次郎が女連れであったことに気がついたのは、鰻屋《うなぎや》の二階に上がってからだった。三十四、五と見える美しい女は、泣きくずれたおさとをかかえている慶次郎に鰻屋の看板を指さしてみせ、先に帰ろうとしたらしい。

「いいよ。な？」

そう言われたことも、うなずいたことも覚えているが、何をいいのかと尋ねられたのか、まるでわかっていなかった。その時のおさとの頭の中にあったのは、もう弥平次と会えなくなる、それだけだった。

二階へ上がって、慶次郎が蒲焼《かばやき》を注文したあとに、「お湯でしぼった手拭いを」と頼む女の声が聞え、その女が慶次郎の横に坐《すわ》ったのを見て、おさとは、慶次郎が一人ではなかったことに気づいた。女が大事そうにかかえていたのは間違いなく櫛《くし》と笄《こうがい》の入った箱で、おそらく、気に入ったものを探して神明前の小間物屋まで足をのばしたのだろう。

先刻、酒をはこんできた女将には鰻を焼いている亭主がいるし、湯でしぼった暖かい手拭いを持ってきてくれた女中は、まだ十六か七か、おさとより大分若そうだった。慶次郎とお登世《とせ》という女を含めて、まわりの人は皆幸せそうに思え、自分一人が取り残されたような気がした。

膳《ぜん》の上の盃《さかずき》は伏せられたままで、酒もつめたくなっているだろう。が、慶次郎は、銚子《ちょうし》へ手をのばそうとはせずにおさとを見た。

「で、江戸に残って、お前《めえ》は後悔しねえのかえ」

後悔する。後悔して泣き暮らす。だが、おすがと蔦吉を残して行くような真似《まね》は、どうしてもできない。おすがが「弥平さんとのことは、どうなっているのだえ」と心配してくれればくれるほど、おさとは家を飛び出せなくなる。

おさとは、親の味を知らずに育った。

父親に女ができたことが原因で、母親は二歳のおさとと三行半《みくだりはん》を持って青山の実家に帰り、その母も翌年、世話をする人がいて嫁いでいった。おさとは、祖母の手に残された。祖母については、「ごめんよ。子供を置いてゆくような女を育てたのは、わたしなんだよ」と言いながら、端布《はぎれ》で幾つも人形を縫ってくれた記憶があるが、それもわずか二年の間のことだった。

どんな病いにとりつかれたのか、おさとは知らない。おさとが覚えているのは、少し唇を開いて眠っているようだった祖母の死顔だけだ。

野辺の送りにはきた母は、まとわりつくおさとへ、「一緒には帰れない」と言った。家には先妻の子供が三人と、自分が生んだ子供が一人いて、とてもおさとを連れて行ける状態ではないというのである。

「わかっておくれ」と言われても、わかる年頃ではなかった。あとを追って行こうとしたのを母の兄がひきとめて、そのまま伯父の家で暮らすことになった。しばらくの間は子供心に母を恨み、物心ついた時には、二言めには「どうせ捨てられた子だ」と言う可愛い気のない子供になっていた。

「ごめんよ、おさとちゃん。うちも苦しくって束脩《そくしゅう》の用意ができないんだよ。読み書き指南へ行くのは、もうちょっと待っておくれ」

「おしなちゃんは、六つで行かせてもらったのに。これは、わたしは捨てられた子供だから?」

「おい、おさと。これは、伯父さんが買ってきてくれと頼んだ煙草《たばこ》とちがうぞ」

「お釣りをごまかそうとしたってんですか。親に捨てられた子は、そんなことまで疑われるんですか」

これでは好かれようがない。しかも、寺子屋へ通わせてもらうようになっても僻《ひが》み根性はなおらず、しまいには釣銭をくすねるようにもなった。

伯父はためらったようだが、伯母が「もう我慢できない、どこかへ行ってもらう」と言い出した。四人いるいとこ達は、当然のことながら伯母のかたをもった。おさとは、原宿町の裏通りにあった米の小売り商の家へ子守に出されることになった。

が、僻み、ひねくれた十一歳の女の子に、子守が満足にできるわけはない。赤ん坊が泣き出せば無性に腹が立ち、あやすどころか殴りたくなった。さすがにしばらくは辛抱していたが、襁《むつき》もろくにかえず、泣いた赤ん坊の頬を叩《たた》いたのを小僧に見つけられて暇を出された。よくも言いつけてくれたと、その小僧を物陰へ呼び出して、棒きれをふりまわすほど、当時のおさとは荒れていたのである。それが、十二の春だった。

伯父の家へ帰されて、納屋《なや》へ閉じ籠《こ》もったきり、食事もろくにとらずに三年間、痩《や》せこけて、垢《あか》まみれで、言葉さえ忘れたようなおさとに声をかけてくれた人がいた。のちに夫となる寅松《とらまつ》だった。手間取りの大工だった寅松はその時二十五歳、棟梁《とうりよう》と顔見知りだったらしい伯父が家の修理を頼み、棟梁の言いつけで青山まで出かけてきたのである。

「どうした、その恰好《かつこう》は」

と、はじめておさとと顔を合わせた時、寅松は目を見張って言った。

「病気かえ」

おさとが答える筈もない。よく覚えていないが、おそらく目だけを異様に光らせて納屋へ入ったのだろう。

おさとが納屋へ入ってしまえば、伯父ですら引き上げて行く。が、寅松は、納屋の戸を力まかせに開けて、「汚えな」と頓狂《とんきよう》な声を上げた。

「こんなところで暮らしていたら、丈夫な人間でも病気になっちまう。こっちへ出ておいで」

よけいなお世話だと、おさとは罵りたかったが、よけいなことをするなという意味の言葉があったとまでは思いついても、「よけいなお世話」という悪態が頭に浮かんでこなかった。それほど長い間、人と話をしていなかったのだ。

「手に負えねえ娘がいるとは聞いてきたが。こっちへ出てきなよ。腹が空《す》いているってんなら、小父《おじ》さんの弁当を食わせてやる。小父さんのおかみさんのつくった弁当は、頬っぺたが落ちるほどうまいぞ」

「いらねえ」

ひさしぶりに声を出したような気がした。おさとは、「いらねえ」という言葉を繰返し叫び、叫んでいるうちに「食いたくねえ」という言葉を思い出した。

あとは、悪態の連続だった。「あっちへ行け」にはじまって、「放っといてくれ」「見世物じゃねえ」「死んじまえ」等々、頭に浮かんだ言葉を、のどが痛くなるほどの大声で叫んだ。

一瞬、寅松は呆気《あっけ》にとられたような顔をしたが、すぐに腹をかかえて笑い出した。

「それだけ元気がありゃ大丈夫だ。元気があるんなら、少しきれいになりな。せっかく女に生れてきたのに、それじゃどこから見ても男の子だ」

おさとは口をつぐんだ。「どこから見ても男の子だ」という言葉に傷つけられたのだった。

今になってみれば、納屋に閉じ籠もったきり、ろくに食事もとらなかった躯《からだ》が、順調に発育しなかったのはむりもないと思う。が、当時は、「お前だって、そろそろ女のお印《しるし》があるだろうに」という、米屋の内儀《ないぎ》の一言が頭にこびりついていた。十四、十五にもなって、内儀の言っていた印がないのは、躯の中がこわれているにちがいない、だから母親にも捨てられたのだと思い込んでいたのだった。

「さ、おいで。ここのうちのおかみさんに、湯を沸かしてもらおうよ」

と、寅松は言った。

あとで聞くと、湯殿の修理も頼まれていたので、二、三日は風呂《ふろ》へ入れぬことになり、そうなっては可哀《かわい》そうだと思ったのだという。寅松ならそう考えても不思議はないが、あれほどひねくれていた自分が、なぜ寅松のあとについて母屋《おもや》へ行く気になったのか、今でもわからない。ことによると、おすがの言う通り、それが縁というものなのかもしれなかった。

伯母は寅松に頼まれて、「この子が躯を洗うものですか」と首をすくめながら風呂の湯を沸かしてくれた。お前《めえ》が素直に湯へ入ったんで驚いたよと寅松はよく笑っていたが、その時の自分の気持はよくわかる。伯母の言葉に腹が立って、「だったら入ってやる」と思ったのだった。

おさとはゆっくりと湯につかり、髪も洗った。垢は、こすってもこすっても、太い黒糸のようなそれが、軀からはがれ落ちてきた。これほど軀が汚れていたのかと思うと、ぞっとするより笑いたくなったものだ。

湯から上がると、伯母の古着が置いてあった。布地が薄くなっているが、洗い張りをして縫い直してあるそれを着て、少々戸惑いながら茶の間へ出て行くと、盆の上に弁当をのせて伯母が待っていた。昨日の昼から何も食べていないと聞いた寅松が、それを伯母に渡してくれたのだった。

塩引きの鮭《さけ》と卵焼と、梅干だけの弁当のどこが特別なのかわからなかったが、湯上がりの腹の中で、食べてみたいと虫が鳴いた。おさとは、黙って弁当を手に持った。軀に異様な感じがあったのは、それを食べている最中だった。おさとは、弁当と箸《はし》を持ったまま泣き出した。異様な感じがこわかったせいもある。が、それよりも、軀の中がこわれていなかったことが嬉《うれ》しかった。わたしだって間違いなく女だ、そう思ったとたんに涙がこぼれてきたのだった。

寅松さんのお蔭《かげ》で女になれた。

迂闊《うかつ》にそんなことを口にしようものなら寅松の女房に誤解されただろうが、当時のおさとはそう信じていた。男の子に間違えられても仕方がない自分が女になれたのは、寅松さんがお湯に入れと言ってくれたお蔭だと、そう思っていたのである。

「棟梁んとこで働かねえか」

寅松がそう言ってきたのは、おさとが十六になった夏のことだった。三月の出がわりで三年間働いていた女中が暇をとったあと、同じ口入れ屋からきた女中にわるい癖があり、こちらには、棟梁の方から暇を出したのだという。

寅松がそう言うのならと、おさとはすぐにうなずいた。湯へは入るようになっていたし、食事も少しずつではあるがとるようになっていたのだが、あいかわらず人と話をしない娘だった。これで女中がつとまるのかと、伯父はずいぶん心配をしたらしい。が、一部始終を知っている棟梁が、それでおさとが変わるなら人助けだと言ってくれて、話は簡単にまとまった。おさとは、伯母から夏と冬の古着をもらい、伯父に連れられて江戸の下町へきた。棟梁の家は、南大工町にあった。

いそがしかった。

青山で田畑を耕している伯父の家へくる客といえば、近所の人が茶を飲みにくるくらいだったし、家にいるのも伯母と三人の伜《せがれ》と一人の娘で、掃除や炊事も伯母と娘で手が足りた。

棟梁の家には始終客がきた。しかも、棟梁は女房を亡《な》くしたあと、後添《のちぞ》いをもらっていなかった。子供は倅一人で、三河町の棟梁の家へ修業に出していていなかったが、住込の弟子がいた。弟子達の食事の世話はおさとの役目で、その魚を焼いていても案内を乞《こ》う声が聞えれば出入口へ飛んで行かねばならず、雨が降り出した時には弟子達の洗濯物を、仕事場へ出かけている弟子達にかわってとりこんでやらねばならなかった。

拗《す》ねている暇がねえだろうと棟梁が笑い、いそがしくて自分の身なりにかまう暇もねえのではと寅松が心配した。二人の言う通りだった。おさとは、暁《あかつき》七つ頃に起き出してめしを炊《た》き、夜は宵の口の五つ過ぎには寝床へ入った。疲れはてて、夢さえも見なかった。

気がつけば、よく働く娘と評判になっていた。そんな評判のせいか、思いもよらぬところで感謝されることもあった。

棟梁の家の前だけを掃いても、風が隣りや向いの家の前にあるごみを吹き寄せてくる。幾度も高箒《たかぼうき》を持って外へ出て行くのは面倒だからと、向う三軒両隣りの前をきれいに掃除すると、豆腐屋の女房が饅頭《まんじゆう》を買ってきてくれたのである。朝のいそがしい時に掃除をしてもらって、ほんとうに有難いというのだった。

面倒くさいという理由で掃除をしていたのが恥ずかしくなって、おさとは、向う三軒両隣りの前を掃きつづけるようになった。無愛想だった煙草屋の女房も、「手がすいているなら、お茶を飲んでおゆきよ」とおさとへ声をかけるようになったし、その隣りに住んでいる海産物問屋の番頭の女房だという品のよい女も、ていねいに挨拶《あいさつ》をしてくれるようになった。

それだけではなかった。誰もが可愛《かわい》い顔をしていると言いはじめたのである。ひさしぶりにたずねてきた伯父も、縹緻《きりよう》がよくなったと感心したように言っていたが、多分、そのせいだろう。嫁にもらいたいという話が、幾つも棟梁のもとへ持ち込まれた。が、おさとの心はまるで動かなかった。周囲の人達は、それを、おさとがひそかに寅松へ思いを寄せているからだと誤解していたようだった。

納屋から引っ張り出してくれたのだ、寅松にゃ後光がさしているように見えるのだろうよ。

棟梁はそう言って、しばらくの間おさとは放っといてやってくれと、縁談を持ち込む人達を納得させていたらしい。誤解されても仕方がなかったが、おさとは、寅松を恋しいと思ったことはなかった。その頃は、寅松を男として見ていなかったのではあるまいか。

おさとにとって、寅松は恩人であった。一生感謝していても、感謝しきれない人であった。恋しいとか愛《いと》しいとかいう対象になど、できるわけがなかったのである。

ところが、その恩人の女房が他界した。おさとが二十で、寅松が三十になった年の夏のことだった。女房は軀があまり丈夫ではないと聞いていたが、子供が生れたのも流産を繰返したあとのことだそうで、十二月生れのかぞえ年三つという幼い男の子が残された。蔦吉である。

しかも蔦吉は、母親からひよわな軀をもらっていた。当座はおすがが面倒をみるにしても、遊び過ぎたといっては熱を出し、小石につまずいただけで足首に怪我《けが》をしてしまう蔦吉の世話は、かなり骨が折れるにちがいなかった。事実、棟梁が寅松の後添いにとのぞんだ二十一になる娘は、熱を出してむずかっている蔦吉を見て、うまくやれそうにないと断ってきた。

周囲の目は、おさとへ向けられた。働き者で、寅松を慕いつづけているにちがいないおさとならば、蔦吉どころかおすがの面倒もみてくれるだろうというのである。

「嫁《ゆ》く気はあるのかえ」

と、棟梁は言った。少し考えさせてくれと、おさとは答えた。その間に、寅松が「断りたいのなら、はっきり断ってくれた方がいい」と言ってきた。

おさとは心をきめた。恩人が女房に死なれて困っているのである。困って、おさとが女房となってくれることを、ひそかに期待していたのだ。今、恩返しをしないで、いつできるだろうか。

寅松の世話と姑《しゅうとめ》の世話、それに子供の守りと、女中になるつもりで嫁いだのだが、寅松は、おさとが台所を片付けている間に茶の間の火の始末をしておいてくれるほど、やさしく気のきく男だった。どう向い合えばよいのかわからず、心配の種だった蔦吉も、数日後にはおさとを「おっ母《か》さん」と呼ぶようになり、湯屋へもおすがより、おさとと行きたがった。姑のおすがも、蔦吉がおさとになつくのを喜びこそすれ、妙な妬《ねた》み方をするような女ではなかった。

すべてが順調だった。順調すぎて、こわいくらいだった。

が、そうなってから、おさとは母親に「お前は連れて行けない」と言われた時の惨《みじ》めさを思い出すようになった。親に捨てられた悲しさと、親に早く死なれたせつなさとは別のものなのだろうが、発熱して外へ遊びに行けず、寝床に坐《すわ》っておすがを相手にめんこをしている蔦吉を見ると、細い衿首《えりくび》や腕が無性にいじらしくなって、抱きしめてやりたくなるのである。

この子にだけは、納屋《なや》に閉じ籠《こ》もるような思いをさせたくない。

蔦吉を抱き上げて物干場へ行きながら、蔦吉と手をつないで湯屋へ向いながら、おさとは幾度そう思ったことか。

願い通り、蔦吉は素直な子に育ってきた。躯はあまり丈夫でなかったが、だからといって遊び仲間から除《の》け者にされることもなく、まして「おっ母さんがいない子」とからかわれることもなかった。

ことによると、それがあの世にいる先妻の妬みを買ったのかもしれない。医者にかかったことがないと言っていた寅松が、先妻に呼ばれてしまったのである。蔦吉に風邪をうつされたと苦笑していた数日後に頭が痛いと言い出し、仕事を休んであの世へ旅立ってしまったのだ。

それから三年、おさとは二十五になった。二つ年下の弥平次と知り合ったのは、去年のことだった。

はげしい夕立に弥平次が軒下へ飛び込んできて、おさとが「小父さんに、どうぞお使い下さいって言っておあげ」と蔦吉に傘を持たせてやった、どこにでもあるようなことからつきあいがはじまった。傘を返しにきた弥平次が蔦吉へ独楽《こま》を買ってきて、大蔵の料理人だと知ったおすがが、一度だけ亭主に連れて行ってもらったことがあると、なつかしそうに弥平次へ話しかけたのである。

蔦吉が独楽のまわし方を弥平次から教わって、まずいお茶だが飲んで行ってくれとおすがが言った。おさとは、少し濃すぎた茶を弥平次の前へはこんで行き、おすがのうしろに坐って、おすがと弥平次の話を聞いていただけだった。

聞いていただけだったが、今になって思えば、ふと視線が合った時に、胸の底で蠢《うごめ》いたものがあるような気がする。おさと自身でさえ気づかずにいたものが、胸のうちにもう一枚張りめぐらされていた皮膚を突き破って出てきたような気がするのだ。

大蔵の前で出会った時も、確かに通二丁目には、内職の仕事を届けるという用事があった。が、いつもなら表通りの混雑を避け、横丁から横丁を抜けて帰ってきたのではなかったか。

裏口から出てきた弥平次に出会って、その偶然に驚いたような顔をして、二言三言、当り障《さわ》りのない挨拶をして、逃げるように横丁へ飛び込んだのはなぜだったのだろう。横丁へ飛び込んでからも、背に弥平次の視線を感じていたのはどういうことだったのか。

いつも胸を押えつけられているような苦しさを味わったのは、はじめてだった。蔦吉のかるたの相手をしてやりながら、内職の風車をつくりながら、おすがの肩を揉《も》みながら、ふっと自分がそこからいなくなっていたような気持になったのも、はじめてのことであった。

会いたかった。通二丁目へ出かけたい一心で、風車をつくるのも早くなった。その頃には弥平次も、おさとが内職を届けにくる時刻を覚え、大蔵の前で水を撒《ま》いていたり、人通りを眺めていたりするようになった。

人に聞かれても困らない程度の話をしておさとは横丁へ飛び込み、弥平次は板場へ戻るつきあいが、どれくらいつづいただろう。「今夜……」とかすれた声で囁《ささや》いたのは、弥平次であったのか、おさとであったのか。それとも、二人同時に言った言葉だったのか。

最初に二人の仲に気づいたのは、おすがだった。申訳ないと言って詫《わ》びるおさとに、おすがはかぶりを振った。

「おかしなことを言うようだけれど。お前を弥平次さんに惚《ほ》れさせたのは、寅松ですよ。寅松が、お前の前に弥平次さんを連れてきたんですよ。おふくろと伜のことはもういい、お前は今度こそ惚れた人と一緒になれってね。だってお前は、蔦吉を継子《ままこ》扱いするようになるといけないからって、自分の子を生むのさえこわがっていたそうじゃないか」

おすがの言う通りだった。おさとは、子供を生まずにすむようにしてくれと寅松に頼んでいた。

自分の子が生れれば、どうしてもそちらの方が可愛くなる。依怙贔屓《えこひいき》をしないよう気をつけていても、爪《つめ》の垢《あか》ほどのことで、「やっぱり継子だからね」と世間は言いたがる。それが蔦吉の耳に入れば、そういうものかと思うだろう。世間にそう言わせぬためには、自分の子に遠慮をさせねばならないが、それでは自分の子が可哀《かわい》そうだ。おすがには黙っていてくれと言ったのだが、何かの機に、寅松は打ち明けてしまったのかもしれない。

「だからさ、弥平次さんがそう言うのなら、早く所帯をお持ち。そろそろ子供が生めなくなる頃ですよ」

所帯を持とうと、弥平次ははじめての夜から言っていた。

来年あたり、京で腕を磨いてこいと言われるかもしれねえ。何年京にいることになるかわからねえが、いずれは江戸へ帰ってくる。だから、しばらくの間、上方で一緒に苦労してくれねえか。

その時になぜ、おすがと蔦吉を置いてゆくことはできないと言えなかったのか。半年がたち、一年がたてば、別れはなおつらくなるものと、わかっていた筈《はず》ではないか。

蔦吉はまだ八つ、たいていの子が六つから通いはじめる読み書きの指南所へも、病弱だったために七つの六月から通い出して、やっと稽古場《けいこば》で師匠や友達と弁当を食べるようになった。発熱することが少くなったせいか、そのあとも、友達と外を駆けまわっているが、日暮れて帰ってくれば、おさとの姿を探す。おすがが留守番をしていても、油がきれていたのに気づいて買いに行ったと聞くと、油屋までおさとを迎えにくるのである。

「弥平さん、京へ行きなさるんだって？」

と、どこから聞いてきたのか、一月《ひとつき》ほど前におすがが言った。

「お前、一緒にきてくれと言われたのじゃないかえ」

嘘《うそ》はつけなかった。

「幾度も言ってるけど、一緒に行ってお上げよ。はじめての土地で、弥平さんだって心細いにちがいないんだ」

「でも」

蔦吉がいた。

「何も心配することはありゃあしない。蔦吉だって男の子だし、もう分別《ふんべつ》のつく年頃だよ。それにもし、わたしのことも気がかりだと言うなら、とんだ間違いさね。わたしにゃもう一人子供がいるし、そういう気遣いが重荷になるってこともある」

だが、おすがから一部始終を聞かされたらしい蔦吉は、おさとの膝《ひざ》に乗り、「おっ母さん、行っちまうの？」と顔をのぞき込んだ。

おさとは蔦吉を抱きしめた。恩人の子を捨てて、いや、我が子以上に可愛くなった蔦吉を置いて、京へ行かれるわけがなかった。母親に捨てられたと思うあの惨めさを、蔦吉に味わわせてよいわけがなかった。

それでも、弥平次は恋しい。弥平次に会えば、いっそ蔦吉を置いて京へ行こうかと思う。弥平次への気持ほど強いものはないように思えてくるのだ。

「白状すれば」

と、おさとは慶次郎に言った。

「旦那《だんな》のお世話になるようなことまで考えました。弥平さんへの思いがつのり、いっそ蔦吉をあの世へ送って——と思ったのでございます」

おすがには、もう一人伜《せがれ》がいる。嫁との折り合いはよくないが、おすがは辛抱することも、諦《あきら》めることも知っている。

蔦吉さえいなければ、自分もこれほど思い悩むことはない。親なし子といじめられてはいまいか、おっ母さんがいないと泣いてはいまいかと心配することもないし、恩人の子を捨ててきたと自分を責めることもなくなるのである。

あの夜、雨戸の隙間《すきま》から月の光がさしていた。おさとは半身を起こして、眠っている蔦吉を見た。寒いうちはおさとの足の間に足をはさんで眠る蔦吉は、いつのまにか寝返りをうっていて、安心しきった寝息をたてていた。

おさとは腰紐《こしひも》をといた。腰紐をといて、指で押えただけでも折れてしまいそうな細い首に巻きつけた。

蔦吉が目を開けたのは、その時だった。

「どうしたの」

と、蔦吉は、小さな声で尋ねた。

「おっ母さん、どうしても上方へ行きたいの？」

「ちがうよ。そうじゃない」

それ以外、どんな答えがあるだろうか。

よかった——と言って、蔦吉はすぐに寝息をたてはじめた。おさとは、その細い首の下から腰紐を引き抜くことも忘れて、蔦吉を抱きしめた。雨戸の隙間から射《さ》し込む月の光を浴びたおさとは、恐しい顔をしていただろうに、蔦吉はためらいもなく「おっ母さん」と呼び、「ちがうよ」という嘘を信じて眠ってしまった。男への思いをつのらせて、夜叉《やしゃ》となった自分が恥ずかしかった。

「わたしは、京へ行けない。行ってはいけないんです」

蔦吉を手にかけようとした、それだけでも上方行きを選ぶ余地はないのだが、でも、それでも弥平次と暮らしたい。いまだに蔦吉さえいなければと、ふと思うことがある。

「ま、ひよわな八つの子に長旅をさせるのもむりだろうし」

と、慶次郎が言った。

長旅のあと、住み慣れた江戸で暮らすのではなく、弥平次という顔だけは知っている男と、京というまるで知らぬ土地に腰を据えることになるのである。蔦吉が旅の疲れを癒《いや》すどころか、発熱して譫言《うわごと》を言うようになるだろうことは目に見えていた。蔦吉とおすがは、江戸へ置いてゆくほかはない。置いてゆくほかはないが、置いてゆくことはできない。

いくら待っても、慶次郎から次の言葉を聞けぬのは、慶次郎にもそれがわかっているからにちがいなかった。

雀《すずめ》の声は聞えず、そのかわりに女の笑い声が聞えてきた。

一瞬、どこにいるのかわからなかったが、起き上がろうとした鼻先にかすかな香りが漂った。お登世の残り香だった。たきしめている香がお登世の軀《からだ》にうつり、夜具にうつったのだろう。

朝の六つ半頃に起きて、お登世と一緒に朝食をとったのだが、ほとんど一睡もしなかった瞼《まぶた》は、朝食で腹がふくらむと、ひとりでに垂れ下がってきた。

花ごろもへ泊まれば、お登世は喜ぶが佐七が拗《す》ねる。納屋《なや》へ閉じ籠《こ》もったりされないように、寮へ帰ってから昼寝をしようと思ったのだが、どうにも我慢ができなくなった。

半刻《はんとき》ほど寝かせてくれと頼み、まだ敷いたままになっていた寝床へ戻ったのまではっきりと覚えている。おそらく、枕《まくら》に頭をつけるや否《いな》や眠ってしまったのだろう。

この気配では、半刻どころではない、まもなく日暮れにちがいない。おさとの話が頭にこびりついていて、昨夜は、お登世が軽い寝息をたてはじめたあとも、暗い天井を眺めていた。おさとも蔦吉も泣かずにすむ方法などある筈もなく、天井を眺めているうちに夜が明けた。頭が疲れはてていたのかもしれないが、それにしてもよく眠ったものだった。

慶次郎は、足音をしのばせて階段を降りた。まだ夕暮れ七つの鐘は鳴っていないようだったが、今夜の客の好みを板前に伝えているお登世の声が聞えてくる。

履物を探していると、うしろから「旦那」と声をかけられた。お登世の声だった。

「黙ってお帰りでございますかえ」

一言もない。

「お昼も食べずにお寝《やす》みだったのですもの、お腹《なか》がお空《す》きでございましょう。のっぺい汁でもお召し上がりなさいまし」

もう熱い汁を出す季節になっていたのだった。しかも、鴨《かも》としめじの汁だという。一も二もなく食べてゆく気になって、慶次郎は帳場に腰をおろした。

山葵《わさび》を添えてもらい、寝過ぎてたるんだ軀に汗をかかせていると、思いがけぬ声が聞えた。

「ほおら、やっぱりここだ」と言ったのは佐七の不機嫌な声で、「何か用事がおありだったのかもしれぬのだから」と佐七を宥《なだ》めたのは晃之助の声だった。晃之助が根岸へ慶次郎をたずねて行き、慶次郎の無断外泊に腹を立てていた佐七が、行先を教えるだけではなく、ついでに自分も押しかけてきたようだった。

が、お登世に、お二階へどうぞと言われてうろたえている。慶次郎は、のっぺい汁の椀《わん》を空にして帳場から顔を出した。何がおかしいのか、晃之助が声を上げて笑った。

慶次郎は、料理を食べてゆきたい筈の佐七に、「遠慮をするな」と助け舟を出してやった。佐七は「こんなことをしてはいられないのだ」などと不機嫌な顔で言いながら、お登世に二階へ案内されて行った。

晃之助は奉行所へ戻るつもりなのだろう、慶次郎を外へ誘い出して言った。

「箔屋町のおさとには、昨日、お会いになりましたよね」

陽が傾きかけている。不忍池を渡ってきた風のつめたさに、慶次郎は身震いをしながらうなずいた。

「おさとの倅、正確に言えば先妻の倅だそうですが、その子が大蔵へ行って、金を盗みました」

足をとめて晃之助を見た。晃之助は口許《くちもと》に笑みを浮かべていた。

「なに、男の振分荷物を取って行こうとしたら、その中に路銀《ろぎん》が入っていたという話なのですがね」

「驚かせるなよ、ほんとに」

「大蔵ではちょっとした騒ぎになったそうですが、駆けつけたのが吉次ではなく弓《ゆみ》町《ちょう》の太兵衛《たへえ》で、こちらも助かりましたよ。弥平さんが京へ行っちまうと、うちのおっ母《か》さんが可哀そうだから荷物を隠そうと思ったという蔦吉の話を聞いて、何もなかったことにしてきたそうです」

太兵衛が蔦吉を箔屋町まで送り届け、おさとに会って、慶次郎の名を耳にしたという。

「で、養父上《ちちうえ》のお耳にも入れておきましょうと存じまして」

「で、おさとは何と言っている」

「そこまでは」

太兵衛も聞かなかったのかもしれない。慶次郎は踵《きびす》を返した。

「どちらへ」

「よけいなってえのがつく世話をやきたくなったのさ。ちょいと花ごろもへ戻って、日が暮れてから寮へ帰ると断っておかなければ、また佐七殿がつむじを曲げる」

「なるほど」

晃之助は、また笑った。仏の慶次郎という異名を、いまだに奉行所内に残している養父も、寝過ごしたり、佐七の機嫌を案じたりするとわかって、少し嬉《うれ》しいのかもしれなかった。

花ごろもへ戻り、佐七にざっと事情を話していると、夕暮れ七つの鐘が鳴った。

おさとは、もう一度弥平次に会うと言っていた。人通りの少なくなる日暮れに、金杉橋を渡ったところで待ち合わせることになっていると言っていたが、すべてを大蔵の主人に話してしまった弥平次は、おそらく、堂々とおさとの家をたずねて行くだろう。ただ、太兵衛がなかったことにしてくれたというが、蔦吉の一件で旅立ちは遅れた筈だ。先廻りはできないが、急げば弥平次がおさとと会っているところへ行けるかもしれない。

慶次郎は着物の裾《すそ》を両手で持って、花ごろもの階段を駆け降りた。

昔は山谷《さんや》から品川まで走っても、さほど息がきれなかったものだが、詰将棋で一日が暮れる根岸の暮らしは、慶次郎から体力を奪っているらしい。神田へ入ったところで息苦しくなってきた。

が、若い頃と同じように、軀の悲鳴を無視して走りつづけた。そのお蔭《かげ》で、箔屋町の裏通りでは、旅姿の弥平次と前掛をかけたままのおさとが、まだ立話をしていた。

慶次郎は、ゆっくりと二人に近づいた。ともかく弥平次は京へ行け、そう言うつもりだった。

おさとは、あとから弥平次を追ってゆくほかはない。関所手形や往来手形の準備がととのうまで、蔦吉に、決して捨てて行くのではないことを話して聞かせてやればいい。

無論、慶次郎も蔦吉に言う。

男の子だもの、おっ母さんが上方から帰ってくるまで、お祖母《ばあ》ちゃんと待っていられるよな？　おっ母さんがなかなか帰ってこられない時は、箱根の山を一人で越えられるようになるくらいまで、そうさな、十一か十二くらいまで、泣かずに我慢するんだぜ。そうしたら小父《おじ》さんが、お前をおっ母さんのいるところまで送って行ってやる。

男の子を肩車にして箱根を越えて行く自分の姿が、ふっと目の前を通り過ぎた。

弥平次が、おさとに背を向けて歩き出した。が、慶次郎より先に、おさとがそのあとを追いかけて行くだろう。裏通りは夕陽に赤く染まっていて、おさとの影は長く伸び、弥平次の足許にからみついている。

箱入り娘

「さあさん」

そう呼ばれたと思った。佐三郎を「さあさん」と呼ぶ女は何人かいる。佐三郎は足をとめ、軀《からだ》ごとうしろを向いた。

十一月なかばの宵の口、月が出ていればもう少し人通りも多いのだろうが、昨日からの曇り空で、常夜燈《じょうやとう》のまわり以外はまったくの闇《やみ》だった。

ふりかえったことを呼んだ相手に知らせようと、軀ごとうしろを向き、提燈《ちょうちん》の明りを見せたのだが、闇の中を走ってくる下駄《げた》の音が聞え、つづいて「忘れもの」という女の声がした。

「煙草《たばこ》入れ。小半刻《こはんとき》ものまずにいりゃあ、煙草煙草と騒ぐくせに忘れて行くんだから。この間もどこかへ忘れてきて、新しくつくったばかりじゃないか」

「ちげえねえ」

男の声が答えた。「さあさん」は、その男だったようだ。どんな男なのか、ちょっと興味があったが、提燈の明りは、男と女が立っているあたりまでは届かない。逆に、男と女の方からは、提燈を持って立っている佐三郎の姿が見えるかもしれなかった。

「たむらか」

と、男が言った。提燈に書いてある文字を読んだのだった。

薄気味がわるくなって、佐三郎は二人に背を向けた。足早に歩き出したが、明りの遠ざかるのが二人には見えるのだろう。無遠慮な笑い声が、闇の中から追いかけてきた。

心張棒《しんばりぼう》くらいかって寝《やす》めと晃之助に言われたのを思い出して、辰吉《たつきち》は表口の土間に降りた。盗まれるものなど何もないと思っていたのだが、晃之助は、命を盗まれることもあると笑うのである。

「うちの養父《おやじ》だって、逆恨みされたことがあるそうだ。仏の慶次郎が恨まれるのだから、俺達なんざ、どれくらい恨まれているかわからないよ」

もっともな話だった。ほかならぬ辰吉が、慶次郎を恨んだことがあったのである。女房のおたかが殺されて、必ず自分の手で敵《かたき》をとってやると誓い、それを慶次郎にとめられた時だった。

それを考えれば、自分など、どこでどんな恨みを買っているか知れたものではない。以前なら、眠っているうちに極楽へでも地獄へでも送り出してもらえれば、手間がはぶけて大助かりだと思ったかもしれないが、今は、辰吉を頼って生きている娘がいる。

自分が幸せになっては申訳ないと、娘が辰吉の女房となるのを拒むので、一緒に暮らしてはいない。天王町《てんのうちょう》から少し離れた神田佐久間町《さくまちょう》にいて、二日に一度、飯炊《めした》きや掃除にきてくれる。

それも、「辰つぁん、いるかえ」と言う慶次郎や晃之助の声が聞えると、めしが炊きかけであっても、洗濯物に雨が降りかかっていても、下駄を両手に持って逃げて行く。そこまでしなくともと思うのだが、当人は、いまだに合わせる顔がないと思っているのだろう。娘の名はおぶん、おぶんの父親は、慶次郎の娘が自害をする原因となった男だった。

近頃は、このおぶんのために長生きをしてやりたいと思うようになった。辰吉の年齢は、おぶんの父親に近い。おぶんより先に逝《い》くことは間違いなく、おぶんの力になってやれる年月も決して長くない。そう思うと、急に残りの命が大事になったのである。他人に奪われない用心は、しておくに越したことはない。

心張棒は、土間の隅に転がっていた。八丁堀から帰ってきた時につまずいて、そのままにしておいたのだった。

拾い上げたが、辰吉は、ふと耳をすませた。走ってくる足音が聞えた。それも、精いっぱいの速さで走っているようだった。一人、いや二人かもしれない。「親分」と叫んでいる声も聞えたような気がした。

辰吉は、心張棒をかう筈《はず》だった戸を開けた。四十がらみの男が二人、辰吉に突き当りかねない勢いで飛び込んできた。この界隈《かいわい》の長屋の差配で、おそらく、当番で自身番屋に詰めていたにちがいない。

「親分、人、人……」

震えているのと、息がきれているせいで、言葉が出ずにいる二人を見て、辰吉は「人殺しか」と言った。歯の根の合わぬ音と一緒に、二人は「そうだ」と言った。

「か、瓦町《かわらまち》のおはなが殺された」

「おはな？　煙草屋のおはなか」

二人は同時にうなずいた。

「八丁堀へは？」

「あとの二人が走ってますよ」

「煙草屋には？」

「おはなの父親の万兵衛《まんべえ》さんと、近所の人が何人かいるようです」

「番屋は空家か」

「書役に留守番を頼みましたさ」

「すぐに行く」

と言って、辰吉は部屋へ上がろうとした。

父親には近所の人がついているというが、万兵衛は子煩悩《こぼんのう》で有名だった。おはなは一人娘で、年が明ければ十八になる。人並以上に可愛《かわい》い顔をしているのも、母親が七年も前に他界してしまったというのも、万兵衛が目の中へ入れても痛くないような可愛がり方をする原因なのだろうが、当のおはなは、「近所の若い人が、その煙草はいくらだと聞いただけで目を光らせるんだから」と愚痴をこぼしていた。

その娘が殺されたのだ。万兵衛が平静でいられるわけがない。おそらくおはなを抱き上げて、頰ずりをしたり、傷を拭《ふ》いてやったりしているだろう。少しでも早く煙草屋へ行った方がよいにちがいないが、寝むつもりで寝間着がわりの浴衣《ゆかた》に着替えてしまった。このなりで表は歩けないし、第一寒くてやりきれない。

が、自身番屋の二人は、左右から辰吉の袖《そで》を摑《つか》んだ。

「どこへ行きなさるんですよ、親分」

「着替えをするだけさ。袖を離してくんな」

「早くしておくんなさいよ」

と、二人は口を揃《そろ》えて言った。

「人殺しなんて、わたしらが番屋へ詰めるようになってから、はじめてなんですから。いえ、この界隈じゃはじめてで、ご近所の方はわたしらにも早く帰ってきてくれと言ってなさるんです」

「だったら、先に行ってくんなよ」

「冗談じゃない。人が殺されているんですよ。それも、目をむいて。そんなところへ、わたしらだけで帰れますかってんだ。番屋に詰めていますが、わたしらはごく当り前の人間ですからね」

辰吉は苦笑した。手早く着替えをすませ、十手《じって》を懐《ふところ》へ入れて外に出た。師走《しわす》の風は、刺すようにつめたかった。

煙草屋の店には大戸がおりていた。が、くぐり戸の隙間《すきま》から明りが洩《も》れていて、番屋の当番が「わたしだよ」と言いながらそこを叩《たた》くと、すぐに開いた。そのそばに立っていた者がいるようだった。

辰吉の想像より多い人達が、土間に立っていた。店に坐《すわ》っている者もいる。皆、一様に茶の間の方を眺めていて、茶の間からは、万兵衛らしい声が聞えてきた。心配した通り、万兵衛はおはなを抱きしめて、「こわかっただろう、痛かっただろう」と話しかけているらしい。

辰吉は、黙って茶の間へ上がった。おはなの遺骸《いがい》を抱いている万兵衛は、辰吉がきたことにすら気づかぬようだった。台所から茶の間のようすを見つめている男に気づいて、辰吉はその男を呼んだ。茶の間に置かれている長火鉢の横には茶筒と急須《きゆうす》ののった盆があり、猫板には来客用らしい湯呑《ゆの》み茶碗《ぢやわん》が置かれて、飲み残しの茶が中で茶色になっていた。

「万兵衛さんに客があったのかえ」

「いえ」

と、男はかぶりを振った。隣りに住んでいる足袋職人で、半年ほど前に浅草へ移ってきたという。

「万兵衛さんは今夜、ご同業の人達との寄り合いがあって、日暮れ前に出て行きなすったんで。煙草を刻むのは通いの職人で、日暮れには帰《けえ》っちまうし、うちには同じ年頃の娘がいるし、万兵衛さんが帰《けえ》んなさるまで、うちにきていたらどうだとおはなちゃんに言ったのですが、大丈夫だと言われちまって」

むりにでもうちへ連れて行けばよかったと、足袋職人は目をしばたたいた。同じ年頃の娘がいるというだけに、「こわかっただろう、痛かっただろう」と言いつづけている万兵衛の気持がわかるのだろう。

「娘が倒れていたのは？」

「わかりません」

と、足袋職人は低声《こごえ》で答えた。

「人間じゃないような万兵衛さんの叫び声が聞えて、飛んできた時には、万兵衛さんがもう、おはなちゃんを抱いていなすったんでさ。わたしもびっくりしましたが、万兵衛さんは、何を言っても大声でわめくばかりで。あれでも落着きましたんでさ」

辰吉は、あらためて部屋の中を見廻した。長火鉢の周囲に煙草が少しこぼれていて、灰の上には吸殻が落ちていた。が、どこを見ても煙草盆はない。足袋職人を見ると、頬をひきつらせてかぶりを振った。

「わたしじゃありませんよ。とんだ濡《ぬ》れ衣《ぎぬ》ってもんだ。そりゃ煙草は喫《の》みますし、万兵衛さんが留守だったことも知っちゃいますがね」

「お前《めえ》を疑っているわけじゃねえ」

と、辰吉は言った。

「万兵衛さんは、煙草を喫まねえようだな」

「煙草屋のくせにね。ここのうちじゃ、賃粉《ちんこ》切《き》りの職人も喫まないんでさ」

「おはなちゃんに、いい人ができたってわけか」

足袋職人は口をつぐんだ。

「何か気になることでもあるのかえ」

「いえ」

足袋職人は、辰吉から視線をそらせた。「こわかっただろう」という、万兵衛の繰り言が聞えてきた。

「だから、あれほど言ってたじゃないか。お父《とっ》つぁんのいない時は、誰がきても戸を開けるんじゃないって。近所の人がきても、女がきても、いないふりをしてろって、そう教えたじゃないか」

辰吉は、足袋職人を見た。足袋職人は、万兵衛のようすを見ながら口を開いた。

おはなも用心深い娘で、足袋職人は一度、天王町の煙草屋まで足をのばしたことがあるそうだ。急ぎの仕事を終え、一服しようと思った時に煙草がなく、隣りの家の大戸を叩いたが、万兵衛が外出していたかして、返事すらしてもらえなかった。それも、暮六つの鐘が鳴ってまもない頃だったという。

が、今夜のおはなは、くぐり戸を開けた。くぐり戸を開けて茶の間へ招じ入れ、茶まで入れた。

「あいつだ。あいつがやったんだ」

万兵衛の声だった。

「な、そうだろ、おはな。だから、お父つぁんはつきあうなと言ったのだ。なのに夢中になっちまって。こわかっただろう、ほんとに。でも、待っておいで。お父つぁんがきっと敵《かたき》をとってやるから」

店や土間にいた人達が、いつのまにか茶の間に入っていた。万兵衛がよけいなことまで喋《しゃべ》るのではないかと、心配になったのかもしれなかった。

「こわかっただろ、おはな。でも、ちょっとの間、我慢しておくれ。お父つぁんは必ず、佐三郎の……」

「万兵衛さん」

茶の間に入っていた人達が、万兵衛の肩を揺すった。が、万兵衛は、必ず佐三郎の命をとってやると言いつづけていた。

「しっかりおしよ、万兵衛さん。お前、迂闊《うかつ》にそんなことを言って、佐三郎さんに疑いがかかったらどうするんだよ」

辰吉は、万兵衛から足袋職人へ視線を移した。足袋職人は、苦笑して口を開いた。

「万兵衛さんが言っちまったんだから、どうしようもねえや。平右衛門町《へいえもんちょう》に、たむらという菓子屋があるでしょう？　あそこのどら息子に、おはなちゃんは夢中になっちまったんで。なまじ箱入りで育ったせいで、惚《ほ》れたとなりゃ加減を知らねえ。恋患《こいわずら》いこそしなかったが、気持はつのる一方だったようで、近頃じゃ、どら息子は、おはなちゃんをもてあましていたという話でさ」

ふうんと、辰吉は言った。可愛い顔をした娘に遊び好きな若い男が手を出して、もてあまして捨てる。よくある話だが、菓子屋は、味がわからなくなると言って煙草《たばこ》を喫まぬのではなかったか。いくら遊び好きのどら息子でも、家を継ぐ気なら、煙草は吸わないだろう。

「佐三郎ってのは煙草を喫むのかえ」

「知りませんや、そんなことまで」

足袋職人は横を向いた。これで勘弁してくれと言いたいのかもしれなかった。が、辰吉にすまなかったと言われると、もう一度辰吉を見た。言ってよいかどうかと迷っていることがありそうだった。

「どうしたえ」

「いえ」

何でもないと言いかけたのだろうが、その言葉は足袋職人の口の中で消えた。事件にはかかわりたくないのだが、胸の中のつかえは吐き出してしまいたいにちがいない。

「どうした。何があったのだえ」

「別に」

「何でもいいから教えてくんな。引き合いは抜いてやってもいいぜ」

「ほんとうですかえ」

引き合いを抜くという言葉は、いつも効き目がある。

下手人が逃走の途中で立ち寄るなど、自分では気づかぬうちに事件にかかわりができてしまう者もいるが、奉行所は、そういう者まで呼び出すことがある。これを引き合いに出されるといい、誰もが嫌う。家主などの立ち会いも必要で、いそがしい一日をつぶされる上、立ち会いの人達には酒肴《しゆこう》をふるまうなどの習慣があって、出費がかさむからだ。足袋職人も、難問が解決したような表情を浮かべて辰吉に近づいてきた。

「わたしは、半年前まで京橋の近くにいましたんで」

吉次の縄張りだと、辰吉はつい苦笑した。

「ええ、これは先程も言ったかもしれませんが」

足袋職人は、少しあわてた口調になった。辰吉の苦笑を勘違いしたらしい。

「いや、京橋ってのははじめて聞いたよ」

「さようでしたかね。ま、出入りのお店《たな》が浅草に出店《でみせ》をすることになって、わたしはこちらの方の仕事をするってえことで、浅草へきたのですが、この半年、京橋界隈《かいわい》の人に出会ったことはありません」

「そうだろうな」

「ところが今夜、知った顔に出会いました」

辰吉は口を閉じた。足袋職人は、早口のまま喋りつづけている。

「それも、三次ってえとんでもない野郎で」

「聞いたことのねえ名前だな」

「そうかもしれませんが、京橋界隈では皆、三次をよけて通りますよ。肩がぶつかったの押し倒されたのと、因縁《いんねん》をつけて金を巻き上げますから」

「そいつが瓦町を歩いていたのかえ」

「いつも肩を揺すって、六法《ろっぽう》を踏んで歩いているような奴《やつ》にしては、まともな早足でしたよ。だから、気になったのですが」

辰吉は、気のない返事をした。名うてのわるが、今夜にかぎって浅草をうろついていたのは確かに妙だった。が、用心深いおはながくぐり戸を開けるわけがなく、まして茶を入れてやる筈《はず》もない。長火鉢のまわりにこぼれている煙草は、おはなが差し出した商売物を煙草入れに詰めた時のものだろうが、よほど親しい間柄でなければ、そんなこともすまい。

「もう一つ」

と、足袋職人が言った。

「三次は、煙草喫みなんです。よく煙草を喫みながら道を歩いていましたが、吸殻を通りすがりの人の衿《えり》の中へ入れる悪戯《いたずら》をして大騒ぎになったこともあれば、煙草屋へ盗みに入ろうとしてつかまったこともあります」

それならば、歩いている途中で煙草が切れ、買い求めようとしたが用心深いおはなが返事をせず、留守と思って盗みに入ったということもありうる。盗みに入っておはなに顔を見られ、つい殺してしまったのか。

待てよと、辰吉は口の中で言った。

佐三郎が三次という男を知っていたとすれば、話はちがってくる。「うちへこい」

と言ってくれた足袋職人の親切にかぶりを振り、おはなは、来客用の湯呑み茶碗を出していたのである。同業者の寄り合いがあることは以前からわかっていた筈であり、おはなは、今夜きてくれるようにと佐三郎に言っていたのではないか。

「きっと、きっとですよ。きておくんなさらなかったら、わたし、佐三郎さんがひどい人だって浅草中に言いふらしてやるから」

とんでもないと、佐三郎は思ったにちがいない。たむらほどの菓子屋になれば、女房となる娘はもうきまっているだろう。仮に何かの理由でまだ許嫁《いいなずけ》がいないにせよ、足袋職人は、おはなをもてあましているようだと言っていた。佐三郎には、はじめからおはなと祝言《しゅうげん》をあげるつもりはなかったと考えていい。

なのにいつ女房にしてくれるのかと迫られて、参っているのさと、佐三郎が三次に打ち明けたとする。

「少し脅してやりましょうか」と、名うてのわるなら答えるにちがいない。佐三郎の使いだと言えば、世間知らずのおはなは、一も二もなくくぐり戸を開けてしまう。開けて、茶の間に招じ入れて、茶を入れてやる。煙草が喫みたいと言えば、極上の商売物も出してやるだろう。が、おはなを脅すつもりが、勢いあまって殺してしまう。足袋職人が見かけたのは、しくじった——と、あわてて帰る三次だったのではないか。

土間のあたりがざわめいた。町方の同心がきたようだった。「ご苦労だった」と番屋の当番へ言った声は晃之助のもので、辰吉は、急いで店へ出て行った。踵《きびす》を接するように、検死の役人も到着した。が、晃之助が茶の間へ入って行っても、検死の役人に肩をつかまれても、万兵衛はおはなの遺骸を離そうとしない。役人が子供をあやすように万兵衛へ話しかけるのを見て、辰吉は、「外へ出ませんか」と晃之助に言った。足袋職人から聞いたことを間違いなく伝えたあとで、自分の考えも話したかった。

だが、佐三郎と三次が顔見知りであるという証拠はなかなかつかめなかった。たむらの小僧に十手《じって》をちらつかせ、嘘《うそ》をつくと番屋へ連れて行くと脅してみたりもしたが、三次らしい男が佐三郎をたずねてきたことはなく、近所の子供が手紙を届けにきたこともないようだった。

三次については、弓町《ゆみちょう》の太兵衛《たへえ》がよく知っていた。足袋職人の話から辰吉が想像していた通りの小悪党、いや、小悪党の端《はし》にいると言った方がよいくらいの男で、煙草の吸殻を他人の衿首に落とす悪戯をしたのは事実だが、火傷《やけど》をさせた罪でお縄にすると太兵衛が言うと、震え上がって詫《わ》びたという。もっとも、そのあとで火傷させられたと太兵衛に訴えた男を脅しに行ったそうだが、これも、そんなこともあるだろうと用心していた太兵衛に見つかって、治療代がつくれない詫びにきたのだと、懸命に言訳をしたらしい。

四、五日、三次を見張っていたが、一緒に暮らしている女から二度も叩《たた》き出された。めずらしいことではないようで、三次は芝神明宮の矢場で半日をつぶしていたが、夕暮れ七つの鐘が鳴ると、腹がへったと平気な顔で戻って行った。佐三郎が三次を知っていたとしても、おはなを脅してくれと頼める相手ではなかった。

ただ、居酒屋や湯屋で話しているのは、威勢のよいことばかりだった。俺の女に手を出そうとした奴を叩きのめしてやった、いかさまをしたと賭場《とば》の男に知られてしまったが、どうする気かとすごんでみせると先方が詫びた等々、ばかばかしいくらいの話で、聞いている方もほとんど相手にしていなかった。相槌《あいづち》を打っているのは、あとで因縁をつけられるのが面倒であるからにちがいなく、三次につかまったのが災難と諦《あきら》めているようだった。

「吉次親分にも聞いてみたが」

と、太兵衛は、自分も霰蕎麦《あられそば》を注文して言った。三次が女と暮らしている家の斜向《はすむか》いにある蕎麦屋で、辰吉が空腹を満たしている時だった。

「三次は、たむらと何のかかわりもなさそうだぜ。吉次親分も、三次には目をつけていなかったようでね。ということは、吉次親分にとっちゃ、三次は金蔓《かねづる》にならねえってことさ。たむらとほんの少しでもかかわりがありゃ、三次なんてえ野郎との縁を切ってやると、たむらへ乗り込んで行くだろう」

三次は、昨日も家から外へ出なかった。下っ引が探ってきたところでは、賭場に借りをつくって返済をせまられているのだという。

「佐三郎と顔見知りなら、三次のこった、一両でも二両でも借りて賭場へ行って、ほんのちょっとと盆茣蓙《ぼんござ》の前に坐《すわ》って、また借金をふやしてくると思うがね」

そうかもしれないと、辰吉も思った。

八丁堀へ行くと、奉行所から帰ってきたばかりの晃之助も、「お手上げさ」と顔をしかめて見せた。晃之助へ入ってくるのも、三次と佐三郎が顔見知りであったとは思えないという報告ばかりであるという。

おはなが殺害された夜、三次が瓦町を通ったのは偶然だった、そう考えた方がよいのかもしれなかった。辰吉は、もう一度佐三郎の方から探ってみろという晃之助の指示をうけて、天王町へ帰った。

あの夜の佐三郎の行動は、すでに調べがついている。佐三郎は、同じ町内の三味線の師匠の家にいた。佐三郎の遊び仲間である、料理屋の倅《せがれ》と一緒だった。料理屋の倅が暮六つ頃にきて、連れ立って家を出た。来年の正月に、その料理屋で長唄《ながうた》の仲間が集まることになっているので、佐三郎の両親も、師匠の家へ行くという倅を黙って出してやったのだそうだ。

「手前《てめえ》一人で師匠の家へ行ったのなら、おはなが殺された時刻には三味線を弾いていたという証拠をつくりたかったと考えられるのだが。料理屋の倅が誘いにきたというのだからなあ」

おぶんが掃除をしていってくれた家は隅まで片付いているが、火の気がないのでひえきっている。辰吉は行燈《あんどん》に火をいれて、隣りへ火種《ひだね》をもらいに行った。氷のようにつめたい甕《かめ》の水を鉄瓶に入れ、火種が炭の上にのっているだけの長火鉢にかける。心張棒をかった表口の戸が叩かれたのは、炭がようやく赤くなってきた時だった。

土間へおりると、親分――という小さな声が聞えた。近くの湯屋で働いている、下っ引の弥五《やご》の声だった。辰吉は、いそいで心張棒をはずした。

つめたい風と一緒に弥五が飛び込んできた。素早く戸を閉めたが、夜の寒さは弥五の躯《からだ》にまとわりついているようだった。火にあたれと辰吉は言った。が、その声は、「見ましたよ」という興奮気味の弥五の声に消された。

「佐三郎が三次と会っていたのか」

だが、弥五はかぶりを振った。

「三次じゃありません。が、源五郎っていやな野郎に会いに行きやがった」

「源五郎？　あいつは江戸払いになった筈じゃねえか」

「ですからね、手甲脚絆《てつこうきやはん》をつけて草鞋《わらじ》ばきで市中を歩いてまさ。町方の旦那《だんな》に見つかった時は、親の墓参りだと言訳する気でしょう」

辰吉は舌打ちをした。

源五郎は、一昨年《おととし》の夏に起こった後家殺しの下手人《げしゆにん》ではないかと疑われていた男であった。が、証拠が見つからず、晃之助や辰吉が苛立《いらだ》っているうちに盗みの疑いで北町同心に捕えられ、あっさり罪を認めて江戸払いとなった。後家殺しの証拠が見つかる前に、江戸から逃げ出したと考えられなくもなかった。半年ほど前のことだった。

江戸周辺をうろついていたのだろうが、市中の賑《にぎわ》いが恋しくなったにちがいない。手甲脚絆に草鞋ばきで暮らしている者も親の墓参りは認められていて、彼等はしばしば、手甲脚

「行ってみよう」

と、辰吉は言った。

「源五郎はどこにいるんだえ。それから寒いところをすまねえが、お前《めえ》、もう一っ走り、晃之助旦那を呼びに行ってくんねえか」

「いいですとも」

寒さに鼻の先を赤くしている弥五は、そのあたりを手でこすりながら答えた。辰吉は弥五に小遣いをあたえ、台所へ火消壺《つぼ》を取りに行った。

「源五郎は、下谷《したや》の長屋です。あの辺へ行って、雀長屋《すずめながや》と聞けばすぐにわかります」

弥五は、そう言って飛び出して行った。


雀長屋に源五郎はいなかった。長屋の住人に話を聞くと、昼頃から出かけていたが、先刻いったん戻ってきて、また出かけたという。行先はわからなかった。

辰吉は、源五郎の帰りを待つことにした。江戸払いの身で、幾日も夜遊びをしていられるわけがない。夜が明ければ、必ず帰ってくる筈であった。

半刻《はんとき》ほど遅れて晃之助がきた。弥五の姿はなかった。家へ帰ったのかと思ったが、佐三郎を見張っていてくれと、晃之助が頼んだのだという。

「佐三郎から目を離してはいけない気がしてね」

と言いながら、晃之助は木陰の暗がりに蹲《うずくま》った。

同感だった。源五郎がいず、一晩をひえきった下谷の道端で明かす覚悟をきめた時から、ここにいてはいけないような、いやな予感がしていたのだった。

「弥五と一緒に、島中さんと太兵衛親分にも行ってもらったがね」

「有難うございます。こっちの方は無駄足になるかもしれません。申訳ねえ」

「なに、これもお役目さ」

風が少し強くなった。

裏通りに住まう人達も長屋の住人達も、燈油《とうゆ》を倹約するためにもう床へ入ったのだろう。戸の間から洩《も》れてくる明りもなくなって、月と星の明りだけになった。風除《かぜよ》けにしている立木の枝が風に揺れる。もう枯葉などあるまいと思っていたのに、衿首《えりくび》へ一枚、茶色に縮れたそれが落ちてきた。

そろそろ四つの鐘が鳴る頃だろうと思ったが、聞えてくるのは風の音ばかりだった。辰吉は、晃之助と顔を見合わせて苦笑した。晃之助も同じことを考えていたようだった。冬の見張りは、ただでさえ一刻が長く感じられる。その上、冬の夜の一刻は、夏よりも長いのだ。立木の陰に蹲ってから、まだ半刻とたっていないだろう。

ひえきって感触のなくなってきた軀を暖めようと、辰吉が膝《ひざ》の屈伸をはじめた時だった。息せききって駆けてくるらしい足音が聞えてきた。

「弥五じゃないか」と、晃之助が言う。辰吉は、足音のする方へ走った。月明りの四《よっ》辻《つじ》に立つと、背を丸めて駆けてくる弥五の姿が見えた。向い風が着物の衿首から背中へ入って、なお軀を丸めているように見えるのかもしれなかった。

「親分」

と、辰吉に気づいた弥五が叫んだ。

「大変だ。佐三郎が殺された」

「何だと」

うしろで声がした。晃之助の声だった。

「俺達が平右衛門町に着いた時は、大騒ぎになっていましたんで。第六天神《だいろくてんじん》の境内で、胸に庖丁《ほうちょう》を突き立てたまま、倒れていました」

「待ってくんな。お前《めえ》は、佐三郎が源五郎と会っているのを見て、俺んところへ素っ飛んできたんじゃねえのか」

「へえ」

「佐三郎と源五郎は、どこで会っていた」

「向柳原《むこうやなぎわら》で。人けのない武家屋敷ばかりがならぶ往来の真ん真ん中で立話をしていやがるものだから、近づけなくて苦労しました」

弥五は、肩で息をしながら掌《てのひら》で額の汗を拭《ぬぐ》った。向柳原から天王町へ、天王町から八丁堀へ行って、八丁堀から平右衛門町、下谷と駆けずりまわっていれば、この氷のような風の中で、汗をかくのもむりはなかった。

「お前《めえ》が俺んとこへきたのは、六つ半になるかならねえ頃だった」

と、辰吉は言った。

「往来の真ん真ん中で、いつまでも話をしているわけがねえ。お前《めえ》が俺んとこへ飛んでくる頃には、佐三郎も源五郎と別れていただろう」

辰吉は、晃之助をふりかえった。

「第六天神の近くには、何軒もの料理屋がありやす。宵の口の六つ半や五つ頃ならば、まだ人通りはある筈《はず》で。まして、あの辺は佐三郎の地元でさ。佐三郎が大声を上げて第六天神へ引っ張り込まれりゃ、大勢の人間が駆けつけそうなものじゃありやせんか」

「佐三郎は誰かに呼びとめられて、あたりを見廻しながら、そっと第六天神へ入って行ったんだろうよ」

と、晃之助が言った。呼びとめられた佐三郎が、あたりの目を気にしながらも会わねばならぬ人物は、一人しかいない。

「旦那、瓦町だ」

「わかってるさ」

肩をならべて走り出した晃之助は、手拭いを出して汗を拭っている弥五をふりかえって叫んだ。

「島中さんに、三次と源五郎をしょっ引いてもらえ。手が足りなければ、下谷から根岸は遠くない。うちの養父《おやじ》を引っ張り出してくんな」

下っ引にはめずらしく素直な弥五は、あわてて手拭いを懐《ふところ》へ押し込んだようだった。


「うちへきたらいいじゃないか」

と、晃之助が言った。

「火の気のないうちへ帰ることはないさ。うちなら、あったかいめしもありゃ酒もある。泊ってゆきゃあいい」

「有難うございます。遠慮なく、そうさせてもらいます」

火消壺へ入れてきた炭火が、なぜか目の前に浮かんだ。おぶんがいれば、あの炭火を消すことはなかった。いや、炭火を起こすことすらなかった。おぶんが、銅壺《どうこ》の湯を煮立たせて帰りを待っていてくれればと思ったが、おそらくそんな日のくることはないだろう。

万兵衛は、血に染まった着物のまま、茶の間の仏壇の前で気を失っていた。すぐに息を吹き返したが、異常なまでに興奮していて、「敵《かたき》をとってやった、ざまあみろ」と憎々しげに繰り返すだけだった。

やりきれなかった。目の中に入れても痛くないおはなの命を奪った人間を、殺してやりたい気持がわからぬではないだけに、なお、やりきれなかった。おはなは、佐三郎の知らぬ間に殺害されていたのである。

島中賢吾に引っ立てられてきた三次は、歯の根が合わぬほど震えながら、おはな殺しを白状した。一月《ひとつき》ほど前の夜、たむらと書かれた提燈《ちょうちん》を見たのがはじまりだったという。

それからまもなく、一緒に住んでいる女が面白い話を聞いてきたと言った。たむらの伜が瓦町の煙草屋《たばこや》の娘に手を出して、別れられずに困っているというのである。

「煙草屋の娘は、今時めずらしいおぼこだったんですとさ。どこかの誰かは、すれっからしですみませんでしたねえ、さあさん」

と、女は首をすくめて舌を出した。

ちょいと行ってみるかと、三次は思った。すれっからしの女は、お前さんにあげるおあしなんざないよと平気で言うようになっていたし、賭場《とば》ではまるで目が出なかった。たむらの伜に因縁《いんねん》がつけられるような種が見つかれば有難いと思ったのだった。

が、かつてつきあっていた女に出会い、軽口を叩《たた》いていたのが仇《あだ》になって、瓦町へ着いた時には暮六つの鐘が鳴っていた。煙草屋はすでに大戸をおろしていて、戸を叩いても返事がなかった。

引き返すつもりだったが、何気なく開けた煙草入れは空だった。すれっからしの女は小遣いをくれず、煙草が買えるあてはない。が、心張棒をはずすこつは心得ている。試みにくぐり戸を叩くと、思いがけず、若い女の声で返事があった。三次は、咄嗟《とっさ》に「たむらからの使いだ」と嘘《うそ》をついた。

くぐり戸が開けられて、中へ入ってくれと言われて、ままよと度胸を据えて、出されたお茶を飲みながら「あいにく今日は都合がわるくなったそうで」と、もう一つ嘘をついた。娘は、「わたしのどこがいけないの」と言って泣きくずれた。いい加減にあしらっていたが、次第に三次の話は辻褄《つじつま》が合わなくなってきたらしい。

「どなたなの？」と青ざめた娘を、「泥棒様さ」とからかって、煙草入れに煙草を詰めたまではよかった。声も出ぬほど驚いて、震えていた筈の娘が突然、「小父《おじ》さん――」と叫んだ。隣家の男を呼ぼうとしたのだった。

三次は、夢中で娘の口をおおった。大声を出させぬようにした、それだけのつもりだった。が、気がついてみると、娘は息絶えていた。

あとのことはよく覚えていない。気がつくとすれっからしの女の家にいて、女を抱いていた。翌日は、誰からも疑われぬように、つとめて陽気にふるまった。女から何とか小遣い銭を引き出して湯屋へも行ったし、縄暖簾《なわのれん》にも顔を出した。賭場へも行ったが、やはり勝負に集中できず、借金をつくってしまった。ここ数日は、それを口実にして、一歩も女の家から出ていない。

源五郎は、向柳原の武家屋敷の中間部屋《ちゆうげんべや》にいたそうだ。博奕《ばくち》の仲間に加わっていたのである。太兵衛を連れた慶次郎が、多分あの屋敷だと見当をつけたとか、賭場の歩きと呼ばれる使い走りの男に金を握らせて源五郎を呼び出すと、素直に大番屋までついてきたという。

佐三郎は、源五郎が呼び出した。草鞋《わらじ》ばきで江戸市中を歩きまわっている時に、おはな殺しの噂《うわさ》を耳にして、金を脅し取ろうとしたのだった。

「誰がおはなを殺したにせよ、種を蒔《ま》いたのはお前だろうが」

と、源五郎は佐三郎に言ったそうだ。

「手前《てめえ》の蒔いた種は、手前《てめえ》で刈り取れ」

妙な理屈だが、佐三郎はうなずいた。手持ちの金を一分《いちぶ》ほど渡してくれて、源五郎が強請《ゆす》り取ろうとした五両は、あとで渡すと約束してくれたという。

「なに、五両は、あの世にいる親の供養《くよう》のためでして」

そう言って、源五郎は両手で顔を撫《な》でた。

だが、武家屋敷にかこまれた道で、菓子屋の伜《せがれ》が手甲脚絆《てっこうきゃはん》に草鞋ばきの男と会っているのは、誰が見ても尋常ではない。まして、佐三郎を疑っている者が見たならば、草鞋ばきの男に人を殺させたと思ってしまうだろう。

万兵衛がそうだった。おはなの野辺の送りをすませて以来、佐三郎から目を離さなかった万兵衛は、源五郎に呼び出された佐三郎のあとを尾《つ》けて行き、佐三郎が源五郎に金を渡すのを見た。

「やっぱり、あいつだ」

と、万兵衛は思った。うちの娘をおもちゃにして、飽きてしまえば、ごみ屑《くず》のように捨てようとした男だ。必死ですがりついた娘も、あいつの目には、ごみが裾《すそ》にからみついてとれないとしか思えなかったにちがいない。

「殺してやる」

うちの娘が死んだのは、お前のせいだ。お前が手を下していなくても、お前が娘を殺したのだ。わたしの一人娘を、世の中で一番大事な娘を殺したのは、お前なのだ。

辰吉は、風の吹きすさぶ空を見た。第六天神の境内で、ひたすら佐三郎を待っていたのは自分であったような気がしてきた。源五郎に会っている佐三郎を見て、おはな殺しの下手人は佐三郎にちがいない、殺してやると思ったのも、自分ではなかったか。いや、佐三郎をおたか殺しの下手人と思ったのか。

おはなを抱いて、「こわかっただろう」と呟《つぶや》きつづけていた万兵衛の顔が脳裡《のうり》に浮かんだ。白髪混じりの髪が品のよい、小柄な男だった。佐三郎がおはなに手を出しさえしなければ、親戚《しんせき》か同業者かの世話で聟《むこ》をとり、楽隠居をしていただろう。そして、「人殺しは、こわい、わたしはごく当り前の人間なのですからね」と言っていたにちがいない。

当り前の人間か。——

「どこまで行くんだよ、辰つぁん」

という晃之助の声が聞えた。気がつくと、森口家の門の前を通り過ぎていた。

門の中へ入ると、玄関で明りが揺れた。晃之助の声を聞きつけた皐月《さつき》が、迎えに出てきたようだった。言葉にならない声は、八千代《やちよ》のものだろう。「早くおねんねなさい」と言われながら、八千代も父の帰りを待っていたのかもしれなかった。

逢魔《おうま》ヶ時《とき》

あと十五日で年が明ける。

元日の未明には、いつものように板前が焼方や洗い方の若い者達を連れ、湯島天神の境内へ初日の出を拝みに行く。今年はぜひ行きたいとおすみが言っていたので、女中達も板前のあとについて行くかもしれない。

彼等が賑《にぎ》やかに帰ってきたところで、若水《わかみず》を汲《く》み、屠蘇《とそ》を祝う。屠蘇がやがて酒になり、顔を赤くした板前や焼方が二階で眠ってしまうのも例年の通りだろう。

頭を痛めているのは、翌二日と三日の年始であった。商家の年始まわりは、二日からはじまる。町内で一、二を争う大店《おおだな》の主人は裃《かみしも》姿で、供にも小僧のほか、店の印を染め出した皮羽織を着せて出入りの鳶《とび》の者を連れて行く。それほど大仰な人数ではなくても、どこの商家も主人が羽織袴《はおりはかま》で小僧を連れ、多いところで二十軒くらいの家へ挨拶《あいさつ》に行くのである。

年始をうける方には主人のいないことが多く、店の正面には年始の挨拶がうけられるように毛氈《もうせん》が敷かれ、屛風《びょうぶ》がたてられて、その前に番頭や手代が坐《すわ》っている。年始客は、そこで新年の挨拶をし、用意された広蓋《ひろぶた》に年玉《としだま》の扇子を置いて帰ってくるのである。

お登世《とせ》も、頻繁に花ごろもを利用してくれる客の家へ挨拶に行く。店は二日に開けるので、ほとんどの客が、「わざわざきてくれなくとも、こちらが料理を食べに行くから」と言ってくれるのだが、なかには小正月も過ぎた頃に店をのぞき、「今年もきてくれなかったね」と薄笑いを浮かべる者もいた。

困るのは、薄笑いを浮かべる客の家へは、行かなくてもよいのではないかと思えることだった。「わざわざきてくれなくてもいい」と言う客は、少々むりをしても行かなければと思う人達なのだが、薄笑いの客はなぜか、たまにくる程度であったり、料理に妙な注文をつけたりする人達なのである。

が、その人達も、数多い料理屋の中から花ごろもを選んでくれた客であった。できることならば挨拶に行きたい。行きたいが、お登世の足では、一日に七、八軒をまわるのが精いっぱいだった。幾人かは「わざわざきてくれなくても」という好意に甘えさせてもらうとしても、薄笑いを浮かべた客の家すべてをまわることはむずかしい。年始まわりで松の内まで店を女中まかせにするわけにもゆかず、考えているうちにお登世は頭が痛くなってきた。

客の名を書きとめてある帳面から目を離して、盆の上に置いてある鉄瓶へ手をのばす。急須《きゅうす》の中の茶の葉は開ききっていたが、茶筒が見当らない。探すのが面倒で、でがらしとなった茶を一口すすり、帳面に目を戻すと、帳面の紙が薄闇《うすやみ》に染まっていた。思いのほかに時がたっていたようだった。

帳場へ入ってきた女中のおすみに時刻を尋ねると、そろそろ夕暮れ七つの鐘が鳴るのではないかと言う。お登世は、長火鉢の炭火からこよりに火をつけて、それを手燭《てしょく》に移した。表の掛行燈《かけあんどん》にも、火を入れようと思った。

今ではそんなことを言う人も少なくなったが、薄闇のおりる夕暮れ時は禍《わざわ》いの起こる時刻だといわれている。大禍時《おおまがとき》とか逢魔《おうま》ヶ時《とき》などの文字が当てられているそうだ。夕暮れの薄闇は、人の姿をぼんやりと見せることがあり、それが魔物に見えて禍いが起きると言うようになったのではないかという説を、お登世は耳にしたことがある。

外は風が強く、つめたかった。お登世は、袖《そで》で手燭をかこって掛行燈に近づいた。火を見ていたつもりだが、それでもその女の姿は、目の端に入ってきた。風のせいではなく、裾《すそ》を乱して走ってくるのである。気にはなったが、まさかその女が花ごろもの客であるとは思わなかった。が、掛行燈へ火を入れて、店へ戻ろうとしたお登世を押しのけて、女は暖簾《のれん》の中へ飛び込んで行った。

帳場から、おすみが顔を出した。

「あの、甚吉《じんきち》さんってお人がきていなさるでしょう？　急いで案内しておくんなさいな」

「甚吉さん――ですか？」

女のうしろから店へ入って行ったお登世を、おすみが救いを求めるように見た。

女がお登世をふりかえった。手燭の火が、風に揺れながら女を照らした。薄い闇の中の火は翳《かげ》を濃くするだけだったが、風にあおられた一瞬、女の顔をはっきりと見せてくれた。上気して髪がほつれていなければ、裾を乱して走ってきた人と同じ女であるとは思えなかった。品がよく、整った顔立ちをしているのである。

「神田の甚吉さんですよ、きていなさるでしょう？　早く案内して下さいましな」

早口だった。しかも気が昂《たかぶ》っているのか、声がうわずっている。

お登世は、出入口の板の間に上がった。今日の客は二組《ふたくみ》で、一組《ひとくみ》は池《いけ》ノ端《はた》の袋物問屋の主人とその贔屓《ひいき》客と職人らしい男、もう一組は蔵前の米問屋の主人と番頭、それに武家が二人で、こちらは武家の一人と米問屋が金の貸借のことで揉《も》め、その仲直りの席ということだった。どちらにも、甚吉という名の客はいない。

「そんな筈《はず》がないじゃありませんか」

女は、甲高い声で叫んだ。

「ここで八つ半に落ち合う約束だったのですから」

「そう仰言《おつしや》られましても」

昼時にも男一人の客はいなかった。いや、一人いたが、顔見知りの大工の棟梁《とうりよう》で、昼飯を食べながら仲間のくるのを待っていたのだった。

「そんなばかな」

「でも、ほんとうにお客様の仰言られるようなお人は、おみえになりませんでしたけれど」

「では、待たせていただけませんか」

女は、履物を脱《ぬ》いで板の間に上がった。

「わたしもうちから脱け出せなくて、この時刻になってしまいました。甚吉さんも、約束の時刻にこられなかったのかもしれません。半刻《はんとき》、いえ小半刻でもいい、あいているお座敷で待たせていただけませんかえ。それでも甚吉さんがこないようでしたら、お座敷代を払って帰りますから」

「いえ、お座敷代などは結構でございますけれども」

冬は、薄闇から濃い闇に変わるのが早い。女の顔は、板の間の手燭に照らされて、先程よりもはっきりと見えた。やはり、品のよい女だった。

「あの、甚吉様は、お客様を何とお呼びになってたずねてこられるでしょうか」

女が答えるまでに、少し間があった。

「俊《しゅん》――と申します」

「神田にお住まいの？」

「なぜ？」

「先刻、神田の甚吉様と仰言いましたので、お近くのお方かと」

「近くの者とはかぎらないでしょう？」

言い捨てて、女はおすみの案内も待たずに階段を上がって行こうとしたが、二階が急に賑やかになった。袋物問屋の主人達が、廊下へ出てきたのだった。酔ってろれつのまわらぬ舌で、職人の細工が気に入ったと幾度も繰り返している贔屓客の手を、女中のおあきがひいている。「お気に入りまして何より」と、主人も職人も上機嫌で、贔屓客の下手な冗談にも大声で笑っていた。

一行が下りてくるのを待って、おすみとお俊が二階へ上がって行った。

お登世は、袋物問屋の主人を見送って表通りへ出た。先刻は目立たなかった掛行燈の火が、今ははっきりと見える。

贔屓客は職人にささえられながら歩き出そうとしたが、やはり足許《あしもと》が覚束《おぼつか》ない。

「駕籠《かご》を呼んでもらった方がよいかな」と呟《つぶや》いた袋物問屋に、通りかかった男が足をとめて挨拶をした。印袢纏《しるしばんてん》を羽織り、雪踏《せった》を突っかけた四十がらみの男で、おそらく鳶の頭だろう。袋物問屋にも出入りしているらしい。

「おや、思いがけないところで会うね」

と、袋物問屋は言い、鳶の頭は苦笑して衿首《えりくび》を叩《たた》いた。

「こちとらは野暮用でござんして。そら、逢魔ヶ時の……」

「また出たのかえ」

「へえ」

「ご苦労だねえ。よろしく頼むよ」

お登世には意味の通じない話をして、鳶の頭は足早に袋物問屋から離れて行った。すぐ先の路地から陣端折《じんばしょ》りに印袢纏の若い者が飛び出してきて、奥を指さしながらかぶりを振っている。逢魔ヶ時に出たというものを、追いかけているようだった。

袋物問屋の頼みで、おあきが駕籠を呼びに行った。駕籠がくるまでの間、客の三人を外へ立たせておくわけにはゆかない。帳場の奥の座敷にでもと、行燈の火をともし、火鉢に炭火をいれていると、おすみが帳場へ入ってきた。

先刻の女客、お俊が帰ると言っているという。おすみは、お俊からむりに渡されたという懐紙の包を開いてみせた。二朱銀《にしゆぎん》が一枚、入っていた。

「とんでもない。お返ししておいで」

「だめなんです。女将《おかみ》さんにわたしが叱《しか》られるって言ったんですけど。ですから、女将さんから返していただこうと思って」

袋物問屋は、勝手に奥の座敷へ入って行ったようだった。お登世は、おすみの掌《てのひら》にのっていた金を懐紙ごと持って、二階へ駆け上がった。お俊は行燈に近づいて、懐中鏡に自分の顔を映していた。ほつれていた髪を撫《な》でつけていたらしい。

お登世は、お俊の前に懐紙と金を置いた。

「私どもは料理屋でございます。座敷をお貸ししただけで、お代金はいただけません」

「でも、お茶とお菓子を出していただきましたよ」

と、お俊は言った。店へ駆け込んできた時とはまるでちがう、おっとりとした口調だった。

女髪結いに結ってもらったに違いない丸髷《まるまげ》といい、決して安価ではないだろう着物といい、おそらくそれが本来の口調なのだろう。甚吉と約束があったという言葉を信じるなら、亭主がいる丸髷の女が花ごろもで男と密会しようとしたのであり、女にすれば、口止め料を含めた二朱の金など安いものなのかもしれなかった。が、お登世は、そんな金など受け取れない。

「そんな、窮屈なことをお言いなさらず」

と、お俊は笑った。

「どこぞの料理屋では、茶漬けと香のもののお代に、一両二分もとったというではございませんか。お茶とお菓子で二朱では恥ずかしいと思ったくらいですのに」

「私どもでは、井戸から汲み上げた水でお茶を差し上げております」

お俊の言った一両二分の茶漬けと香のものは、浅草山谷《さんや》にある八百善《やおぜん》という料理屋が出したもので、真偽のほどはわからないが、極上の茶で茶漬けをつくってくれと注文され、その茶にあう水がないからと、玉川まで汲みに行ったという。客は、半日も待たされたそうだ。

さぞ腹も空《す》いただろうし、うまい茶漬けであったにちがいないとは思うが、一両二分を請求された客は、これも一興と笑って払ったのだろうか。川魚料理の葛西太郎《かさいたろう》も鯉《こい》を洗う水まで吟味しているといわれ、かなりの代金を支払うことになるらしい。それでも、八百善や葛西太郎を含め、高額で名を売った料理屋が繁昌《はんじょう》しているのは、そこへ行く客が少なくないということなのだろう。

「とにかく、これはお返しいたします」

「いいえ」

お俊は鷹揚《おうよう》に笑って立ち上がった。

「これは、お茶代とお座敷を貸していただいたお礼と、またお世話になりますというお印。ですから、受け取って下さいまし」

そこまで言われては、受け取るほかはない。お登世はお俊を見送って、二階のその座敷へ戻った。火鉢の炭火に灰をかけながら、何気なくお俊の坐っていたあたりを見ると、鈍く光るものが落ちている。銀の簪《かんざし》だった。

お登世は階段を駆け降りた。お俊の歩いて行った方向へ下谷《したや》広小路《ひろこうじ》まで走って行ったが、その姿はない。駕籠屋を見つけ、駕籠に乗ってしまったのかもしれなかった。

簪には、まだ正札《しょうふだ》がついている。この簪を選んでいて、約束の時刻に遅れてしまったのだと考えられなくもない。お俊にとっては、失《な》くしたくない簪であるかもしれなかった。

　慶次郎は、苦笑いを浮かべながらお登世の話を聞いていた。真顔で頼んでいたのだが、しまいにはお登世も笑い出した。お俊という女を探してもらいたい、住まいはおそらく神田、名前はおしんかもしれず、まったくちがう名であるかもしれない。これでは慶次郎ならずとも、「いったい誰を探せばよいのだ」と言いたくなるだろう。自身番屋などでは、はじめから相手にしてくれぬにちがいない。

「住まいが神田というのは？」

　と、慶次郎が尋ねた。

「そんなことを、お俊という女が言ったのかえ」

　お登世はうなずいた。

　店へ駆け込んできた時、お俊は、『神田の甚吉さん』と言った。甚吉などという男はいず、そういう名で花ごろもで待っていることにしていたのだろうが、地名は自分の住んでいるところを言ってしまったのではないだろうか。あのおっとりとした女が地名まで偽物《にせもの》を用意していたとは思えない。

「それに、おっとりとしたお方でなければ、うちではなく、出合茶屋の方をお選びなさると思います」

「ふうん」

慶次郎は、感心したようにかぶりを振った。

「料理屋の女将にしておくには惜しい女でございましょう?」

「すぐその気になるのが、玉に瑕《きず》だ」

が、慶次郎は、お俊を探す気になってくれたようだった。

「お俊がおしんかもしれねえってのも、ほんとうの名からかけはなれた名前が思い浮かばなかったたってえことかえ」

「ええ」

「言いにくいお俊という名前が咄嗟《とつさ》に出てくるとは思えねえが、そんなことはねえともいいきれねえ。が、それよりも、密会ってのは、人に隠れてするものだぜ。いくらお俊さんと甚吉さんがおっとりとした世間知らずでも、髪振り乱して駆けてきて、出入口で神田の甚吉さんはすさまじい。密会の方が嘘《うそ》ってことにならねえかえ」

「あら、ほんとうに」

お登世は赤くなった頬に両手を当てたが、慶次郎は笑わなかった。

霊岸島の酒問屋、山口屋の寮だった。飯炊《めした》きの佐七は来年の福を願って弁財天めぐりをしているとかで、慶次郎が留守番をひきうけていた。家の中は物音一つなく、お登世が腰をおろした縁側には、淡いながらも冬の陽射《ひざ》しがあふれている。庭に楓《かえで》の落葉がこぼれているのは、将棋盤を持ち出した慶次郎が、その前から動こうとしなかったせいかもしれない。

「すらすらと二朱銀が出てきたところをみると、お俊さんは、金にゃ困っていねえのだろうな」

と言って、慶次郎は『女将《おかみ》さん』という他人行儀な言葉を使った。

「女将さんの言う通り、お俊さんは神田あたりの大店《おおだな》の内儀《ないぎ》かもしれねえ。が、女将さんは、甚吉という男はいねえし、お俊という名も嘘じゃねえかと思った。人を見る目は確かな料理屋の女将さんに、その女はそう思わせた」

「多分、人目をしのんで会いなさるお二人が、ほんとうの名前を私などに言いなさるわけはないと思っていたせいでしょうけれども」

「けれども？」

「なぜ、神田だけはほんとうだと思ったのでしょう。今になってみると、不思議でございます」

「それが勘ってものだろうよ。俺は、女将さんの勘を信じるね」

慶次郎は、将棋盤を持って立ち上がった。

「どちらへ」

「鎌倉河岸に与八ってえ心やすい岡っ引がいるのさ。お俊とか、おしんとかいう内儀のいる大店を探してもらおうと思ってね」

慶次郎は居間へ将棋盤を置き、台所へ入って行った。金具の触れあう音が聞えてきたのは、錠をおろしているのだろう。〝お俊〟を探してくれるとは思ったが、話を聞いたとたんに出かけるとは思っていなかった。が、お俊探しの依頼など、根岸へくる口実にすぎぬとは、お登世の口から言い出せはしない。

風呂場《ふろば》から慶次郎の声が聞えてきた。

「七つぁんの弁財天めぐりも、出かけて行ってはすぐに戻ってくるせいか、これで五日めだぜ。幾日かかるのか知らねえが、それが終ったら七つぁんに留守番を頼んでさ、女将さんとこで、ゆっくりとうまいものを食わせてもれえてえと思っているのだが、もう座敷はいっぱいかえ」

「とんでもない」

と、お登世は言った。座敷がいっぱいの日に慶次郎がきたとしても、帳場がある。帳場で酒をのむか、好きな羊羹《ようかん》でも食べていてもらって、客の帰ったあとで、いくらでもくつろいでもらえる。

俗に弁財天百社詣《まい》りというが、金がもの言う世の中であるせいか、江戸には百社をはるかに上まわる社があるという。お登世は、来年の佐七に福がくることを祈った。福がくることを祈って、そのかわりに百社詣りを三十社くらいで諦《あきら》めてくれるように願った。

鎌倉河岸の与八という岡っ引が花ごろもをたずねてきたのは、その五日後だった。佐七の弁財天めぐりはまだ終らないらしく、探索の結果をお登世に知らせてやってくれと、慶次郎から頼まれたという。

落胆が表情に出てしまったのか、与八という岡っ引はあわてて、大晦日《おおみそか》の前には必ず行くという慶次郎のことづけを伝えてくれた。晃之助や皐月《さつき》や、八千代《やちよ》に会ってきた帰りに花ごろもへ寄るつもりなのだろう。

帳場の隅ででも話をさせてくれればと遠慮をする与八を二階の小座敷へ上げて、お登世は、料理を少しはこばせた。三十二、三と見える岡っ引は、気の毒なほど恐縮して礼を言った。慶次郎とかかわりのある店へ岡っ引が出入りをして、迷惑をかけてはいけないと思ったようだった。

「で、お俊さんは、おしんさんでしたかえ」

「いえ」

膝《ひざ》を揃《そろ》えて坐《すわ》っている岡っ引は、大きくかぶりを振った。

「お尋ねの者かどうかわかりませんが、お俊という名の内儀が一人、おりやした。が、神田ではなく、日本橋室町《むろまち》の紅白粉問屋《べにおしろいどんや》の内儀だったんで。下っ引に調べさせやしたところ、実家が神田三河町だそうで、間違えねえとは思うんですが」

神田界隈《かいわい》に、お俊もおしんも何人かいた。が、年頃の合う女は職人の女房であったり、亭主を失くした女であったりして二朱銀を気前よく使うとは思えず、神田三河町の御菓子所の女房お俊は、四十を過ぎていた。それで隣接する日本橋界隈まで調べたのだが、品があって縹緻《きりよう》もよいという条件にあてはまるのは、紅白粉問屋、住吉屋《すみよしや》の女房しかいなかったという。

「顔は女将さんがご存じだというので、とりあえず、お知らせしようと思いやして。人違いだったら、もう一度調べ直しやす」

お登世にすすめられて、与八は料理に手をつけた。酒はあまり強くないというので、菓子と茶を出したが、早々に立ち上がった。与八を使っている定町廻《じようまちまわ》り同心は月番ではないようだったが、やはり師走《しわす》でのんびりとはしていられないのだろう。

下っ引への小遣いは旦那《だんな》からもらったと言う与八にいくらかの金を渡して、お登世は帳場へ戻った。大分《だいぶ》前に八つの鐘を聞いた覚えがあるが、まだ七つにはなっていない。年の瀬にいそがしくない日のあるわけがなく、明日になれば明日の用事がある。一日延ばしにするよりも、いっそ今から出かけてしまおうと思った。

板前と女中のおちよに簡単な指図をして、お登世は陽《ひ》の傾きはじめた町へ出た。駕《か》籠《ご》へは日が暮れてしまう帰り道に乗るつもりで、ひとりでに早足となった。

町を行く人も皆、せわしげな早足だった。昨日と今日は神田明神社の年の市で、注《し》連《め》飾《かざ》りやゆずり葉などがのぞく風呂敷包を下げた者もいる。親が買い忘れたのか、橙《だいだい》を持って走って行く男の子もいた。

毎年の風景ではあるのだが、お登世は、新しい年への期待がこめられたこの気忙《きぜわ》しさが嫌いではない。思わず足をとめて、煤払《すすはら》いの竹を持って路地へ入って行く男や、凧《たこ》をねだっているらしい子供を「そんなに幾つも買えないよ」と叱《しか》っている女を眺めた。

が、気がつけば、空は夕焼けの色に変わりはじめている。しかも、お登世は元黒門町の曲がり角、下谷広小路と呼ばれている一劃《いっかく》に入ったばかりだった。

あわてて歩き出そうとして、また足をとめた。目の前の角を曲がった女が、お俊によく似ていたのである。

もし——と声をかけたが、女は知らぬ顔で通り過ぎた。夕焼けに赤く染まった顔は、二朱の金を置いて立ち上がったお俊の鷹揚な笑顔とは、少しちがうようにも見える。他人の空似かとも思ったが、お登世は、案外な早足で人混みの中に消えてしまいそうな女を追いかけた。

「もし、お俊さん」

もう一度呼びとめたが、女は、ふりかえりもせずに池ノ端仲町の小間物屋へ入って行った。三橋屋《みはしや》という屋号だった。手代らしい若者に迎えられた女の顔は、二朱銀を置いて立ち上がったお俊と変わるところのない、大店の女房らしい鷹揚な笑みを浮かべていたのである。

花ごろもで落とした簪《かんざし》を、この店で落としたと勘違いしているのだろうかと思った。が、池ノ端仲町に小間物屋は何軒かある。正札に書かれていた屋号は、三橋屋ではなかった筈《はず》だった。

お登世は、服紗《ふくさ》に包んで懐《ふところ》へ入れた簪を出してみた。記憶に間違いはなかった。正札の屋号は、浜名屋だった。

失くしたと思って、また簪を買いにきたのかもしれないが、もし与八の調べに間違いがないならば、住まいのある室町周辺にも小間物屋は何軒もある。このいそがしいさなかに、なぜ池ノ端まで足をのばすのだろう。

池ノ端仲町に贔屓《ひいき》の店があるならば、同じ店に入る筈だ。数日前に浜名屋に入り、今日は三橋屋というのでは、小間物屋の看板があったから入ったとしか思えない。それになぜ、紅白粉問屋の内儀が女中も連れずに歩いているのだろう。第一、一年のうちで一番いそがしい時期に、大店の内儀が簪探しをしていてよいのだろうか。

やはり、人違いかもしれない。

そう思いながら店の中の女を見つめていたお登世は、息をのんだ。

店先に腰をおろし、軀《からだ》をよじるようにして簪を選んでいた女が、気に入ったものがあったかして正面を向いた。応対をしていた手代には、背を向けるようなかたちになった。懐から財布を取り出そうとしたのだが、不自然に握りしめている手から白いものが下がっていた。正札だった。女はそれのついているものを、素早く懐へ押し込んだのである。

まさかと思った。鼈甲《べっこう》や金足《きんあし》の簪など、贅沢《ぜいたく》を言えばきりがないが、花ごろもに置いていった二朱銀でも簪は買える。が、女は、ほかの簪を買っていた。金を受け取った手代の応対といい、帳場格子《ごうし》の中にいた番頭が飛び出してきて礼を言ったことといい、安物を買ったとは思えない。女がもしお俊であるとすれば、花ごろもへきた時と同じように、かなりの金を持っているのである。

女は、衿《えり》もとからわずかにのぞいていた正札と一緒に財布を懐へ押し込んだ。見てはいけないものを見てしまったと思った。花ごろもへ逃げて帰りたかったが、膝から力が抜けていた。

お登世は、病人のような顔でゆっくりと歩き出した。師走のせわしさゆえだろう、お登世に注意をはらう者のいないのが、かえって幸いだった。

そのお登世を、女が追い抜いて行った。夕焼けに染まっていた池ノ端の道には、夕暮れを知らせる白い闇《やみ》がおりていて、女のはっきりとした顔立ちも一瞬、かすんで見えた。

お登世は、袋物問屋の主人を見送って店の外へ出た時に、鳶《とび》の頭に出会ったことを思い出した。あの時、鳶の頭は「そら、逢魔《おうま》ヶ時《とき》の……」と言い、袋物問屋は「また出たのかえ」と顔をしかめたのではなかったか。

お俊が花ごろもへ駆け込んできたのは、お登世が掛行燈《かけあんどん》に火をいれようと外へ出て行った、まさに逢魔ヶ時だった。お俊は、店が大戸をおろす夕暮れ七つ前に客として小間物屋へ入り、簪を一つ買って、もう一つを盗んだにちがいない。

あやしいと思った浜名屋は、出入りの鳶を呼んだ。お俊は手代や小僧の素振りから、ようすがおかしいと気づき、支払いもそこそこに店を飛び出して、花ごろもへ駆け込んだ。幾日もたたぬうちに、同じ池ノ端仲町の小間物屋へ入る気になったのは、あやしまれたことが口惜《くや》しかったのか。

お登世は、浜名屋の正札がついた簪を握りしめた。

袋物問屋が「また出たのかえ」と言っていたところをみると、お俊は、そんな盗みを繰り返しているのだろう。なのに、あれほど鷹揚《おうよう》な笑みを浮かべることができるのである。お俊の正体に目をつむり、黙って簪を返すとしても、その時、お俊はどんな笑みを浮かべてお登世を見るのだろうか。

が、数日前は浜名屋の正札がついた簪を落とし、今は三橋屋の簪を盗んだお俊が、与八の調べてきた住吉屋のお俊と同一人であるか、つきとめられるのは自分しかいない。お登世は、力の抜けた膝へ懸命に力を入れて歩き出した。お俊を尾《つ》けて行くことにしたのだった。

目に見えて暗くなってゆく道を、お俊は、さほど急ぐでもなく歩いて行く。下谷御《お》成街道《なりかいどう》を通り、筋違橋《すじかいばし》を渡って真《ま》っ直《す》ぐに日本橋へ向うだろうと思っていたのだが、お俊は、筋違橋の手前で右へ曲がった。

曲がれば、神田旅籠町《はたごちょう》である。お俊は足をとめ、あたりを見廻してから横丁を曲がって行った。咄嗟《とっさ》に常夜燈《じょうやとう》の陰へ入ったお登世には、気づかなかったようだった。

横丁の角は、金物屋のようだった。通りに面した店では夕暮れから煤払いをすることが多く、金物屋の主人もそのつもりだったのだろう。お俊は、煤竹をかついであわれた主人に挨拶《あいさつ》をして、その隣りの家へ裏口から入って行った。住吉屋の内儀だろうという与八の調べは、間違っていたのかもしれなかった。

お登世は踵《きびす》を返した。お俊であろうとなかろうと、女が盗みを働くのを目撃し、その家までつきとめたのである。あとは鎌倉河岸の与八や辰吉《たつきち》や森口晃之助の仕事だった。

「お帰りですかえ」

という声がした。金物屋の亭主の声だろう。

「ええ、またしばらく留守にいたします」

そう答えたのは、聞き覚えのあるお俊の声だった。

「もうすぐ正月だものなあ。旦那やお子さんのいなさるおうちで、ゆっくりしておいでなさいましよ」

「ええ、有難うございます。このうちにいるのが、一番落着けるのですけれど」

金具の触れあう音が聞えた。お倹が、裏口に錠をおろしたのかもしれなかった。お登世は、金物屋の羽目板に軀を貼《は》りつけた。お倹が、すっかり暗くなった道に出てきたのだった。

「では、よいお年をどうぞ」

「お倹さんも」

お登世はかたく目を閉じた。閉じて、開いた時の目の前に慶次郎が立っていてくれることを祈った。家族のいる家へ行くらしいお倹のうしろから、「泥棒」と叫べばよいのか、さらに尾行をつづけてお倹の家をつきとめた方がよいのかわからなかった。第一、その両方ともがいやだった。早く花ごろもへ帰りたかった。

闇がお登世を隠してくれたのだろう。お倹の足音が背後を通り過ぎて行った。お倹の後姿を見送っていたらしい金物屋の亭主に怪しまれることもなかった。お登世は、深い息を吐いて目を開いた。

すぐに花ごろもへ帰るつもりだった。浜名屋の簪も三橋屋のそれも、どうでもよいような気がしていた。が、お登世は、自分でも思いがけないことをした。お倹の家の前へ行き、その名を呼んだのである。

「お留守ですよ、お倹さんは」

と、軒下の蜘蛛《くも》の巣をとっていた金物屋の亭主が言った。

「たった今までいなすったんだが」

「どちらへ行かれたのでございましょう」

と、お登世は尋ねた。

「お忘れものを届けに上がったのですが」

煤竹の動きがとまった。金物屋の主人は、藍色《あいいろ》の濃くなってきた闇が隠しているお登世の顔を、じっと見つめているにちがいなかった。

「お俊さんが、お前さんにこのうちを教えなすったのかね」

「はい。長年、ご贔屓をいただいておりますものですから」

「何という店だね」

「下谷の……」

真っ赤な嘘《うそ》は、つきなれていないと咄嗟《とっさ》には出てこないものだった。お登世は覚悟をきめた。

「仁王門前町の花ごろもでございます」

花ごろもか――と、金物屋の主人は言った。知っていたらしい。が、お俊の口からは聞いたことがないと言う。師走の風にさらされているというのに冷汗がにじんできたが、金物屋の主人は、「何もかもわたしが知っているというわけでもないからな」と、自分を納得させるように呟《つぶや》いた。

お登世は賭《か》けに出た。

「室町の住吉屋へお帰りになったのでしょうか。ご気分のわるい時だけ、こちらへきておいでだと伺っていたのですが」

その通りだと、金物屋はうなずいた。

「ご気分がわるいというより、気まぐれで、こちらへきなさるようだけどね」

ふたたび膝から力が抜けて、お登世は、その場に蹲《うずくま》りたくなった。が、そこまで尋ねてしまったからには、簪の始末をつけねばならなかった。

お登世は、駕籠屋はどこかと金物屋に尋ねた。駕籠に乗って室町へ行き、歩いて行ったお俊の先廻りをして、その帰りを待つつもりだった。

掛取りにでも出かけていたのだろうか、手代がくぐり戸から店の中へ入って行った。軒下に立っているお登世を、いぶかしげに見ていたので、妙な女がいるとでも報告したのかもしれない。すぐにくぐり戸が開いて、小僧が顔を出した。

よほどお俊は帰っているかと尋ねようかと思ったが、小僧は、お登世が口を開く前にくぐり戸を乱暴に閉めた。「まだいます」と言う声が、かすかに聞えてきた。

軒下に立ってから、小半刻《こはんとき》近くたっているだろう。歩いて帰ったお俊を、駕籠に乗ったお登世が追い抜いたことは間違いないのだが、それにしても遅かった。

数軒先の小間物問屋では、これから煤払いがはじまるらしく、出入りの鳶や職人らしい男達が、鉢巻姿で往《ゆ》き来している。つめたくなった風の中での仕事も、大人数になれば、寒いと感じるより楽しいのだろう。踏台がいる、雑巾《ぞうきん》が足りないなどと言う声に応じている女中達の声は、むしろはなやいでいた。

店の中で足音がした。が、くぐり戸が開けられる前に、お登世は軒下から離れた。大通りに、お俊の姿が見えたのだった。

日はすっかり暮れていたが、煤払いをしている家はほかにもあり、その明りで大通りは明るかった。お俊には、駆け寄ってくる女が誰であるか、すぐにわかったようだった。

「あのお金は、この次に行く時まで、おあずけすると言った筈ですけれど」

と、お俊は言った。お登世は、懐から簪を出した。

「お金はおあずかりしております。でも、こちらをお届けしたくって」

お俊の頬がひきつれた。が、簪に吸いつけられたような視線をむりにそらすと、激しくかぶりを振った。

「これは、私のものではございません」

口の中がかわくのだろう。それだけの言葉を言うのに、唇を舐《な》め、幾度も唾《つば》を飲み込んだ。

「でも、お客様がお使いになった座敷に落ちておりました」

「昼のうちに上がられた方のものかもしれません」

「あの日は、お客様のほか、どなたもご案内しておりません」

「では、前日に上がられたお方が……」

「お客様」

お登世は、お俊の言葉を遮って言った。

「私がここへまいりましたのを、おかしいとはお思いにならないのですかえ」

お俊がお登世を見据えた。

「確かに、お俊というお名前は伺いました。が、住吉屋さんのおかみさんとは存じませんでした。まして、神田旅籠町のお宅へ時々おいでになるなんて、まったく知りませんでした」

「なぜ、なぜそんなことまで」

「おかみさんを尾《つ》けたからです」

殴られる、そう思った。お登世は目をつむった。すぐ目の前までお俊の近づいた気配がした。

が、何事もなかった。お俊はうっすらと笑みを浮かべて、お登世が目を開くのを待っていた。

「ここは、日本橋の室町ですよ」

お俊の顔は、医者の家に生れて大店《おおだな》に嫁ぎ、不自由ということを知らない女のそれだった。

「住吉屋は七代もつづく紅白粉問屋《べにおしろいどんや》で、主人も舅《しゅうと》も信用の厚い男でございます。女将《おかみ》さんがここで泥棒を見つけたと騒ぎなすっても、誰も信じてはくれませんよ。いえ、わたしの話次第では、女将さんが泥棒にされてしまうかもしれません」

「どうぞ」

と、胸の動悸《どうき》は激しくなっていたが、お登世も微笑してみせた。

「私は、八丁堀に知り合いがおりますので」

お俊は口を閉じた。

煤払《すすはら》いをしていた店から、「奥へどうぞ」と言っている女中の声が聞えてきた。一年の埃《ほこり》をはらう掃除が終り、駆けつけてくれた職人や鳶《とび》に祝儀《しゅうぎ》の金や手拭《てぬぐ》いが配られて、酒が振舞われるのだろう。軒下に吊《つる》されていた提燈《ちょうちん》の火が消えた。

それからしばらくして、「そう――」と言うお俊の声が聞えてきた。

「女将さん、八丁堀にお知り合いがおいでなすったんですか――」

お登世は答えなかった。

もう一軒、煤払いをしていた家の提燈が消えた。お登世とお俊のいるあたりは、星と月の明りだけになった。

「いつかこういうことになると、わかっていたつもりなのですけれど。でも、女将さんに尾《つ》けられたと知って、少しの間でも動顚《どうてん》したのは、ほんとうにこういうことになるとは思っていなかったからでしょうね」

お登世が答えを見つけられずにいると察しているのかどうか、お俊は言葉をつづけた。

「そうですよね、きっと。わたしは多分、いつかこういうことになるって、草双紙の筋書でも書くような気持で考えていたんです。捕えられる覚悟をしてみたり、主人や三河町の父に迷惑をかける前に死ぬつもりになったりして、ほんとうにそうなったらどうしようとおびえながら、どこかで面白がっていたんです」

だって——と、呟くようにお俊は言った。

「小間物屋さんに入って簪《かんざし》や櫛《くし》を買うのも、それが欲しかったからじゃない。もう一つを盗むのが、背筋がぞくぞくするほど楽しかったのですもの」

これが気に入ったと、一本の簪を手代に渡し、もう一本を手の中に隠して背を向ける一瞬。見破られるかもしれない不安を感じながら背を向けて、簪を懐《ふところ》へ押し込むあの時のあの気持の昂《たかぶ》りは、ほかで味わったことがない。

実父は本道の町医者で、三河町の者は皆、一度は病を癒《いや》してもらっていると評判だった。無料で薬を飲ませてもらったという者も少なくなく、子供の頃のお俊は、玩具屋《おもちゃや》へ行けば主人が一つか二つのおまけをくれ、菓子屋へ行けば、代金はいらないと女房が手を振ってみせたものだった。縁談は、その頃から降るようにあった。父親が評判のよい医師で、当人は縹緻《きりよう》がよく、気立てもわるくないというのであれば当然だろう。

嫁ぎ先に住吉屋を選んだのは父親だった。お俊は父親の言うがままに嫁いできたのだが、不治と診断された病を父親に癒してもらったことのある舅は、舞いおりてきた天女のようにお俊を大事にしてくれた。その上、祝言まで顔を合わせることもなかった伜《せがれ》、お俊の亭主となった治兵衛も、真面目《まじめ》で度量の大きい男だった。つきあいで吉《よし》原《わら》へ行っても、遊女や芸者を遊ばせて帰ってきてしまうというし、役者に披露目の口上を言わせた白粉で大当りをとるなど、商売の腕も確かだった。

治兵衛との間には男の子二人と女の子一人が生れ、上の男の子はもう十五、治兵衛の叔父の家で商売を覚えさせているが、いい商人になりそうだと叔父も言っている。十三の娘には将来の亭主がもうきまったし、手許《てもと》に置いている末の子にも、養子にくれという話が幾つもある。

「羨《うらや》ましいとお思いになる？」

賑《にぎ》やかな酒宴となったのだろう。煤払いを終えた家から、笑い声が聞えてきた。お登世は、少し考えてからうなずいた。羨ましいとは思わなかったが、うなずいた方がお俊の話を聞くことができそうだった。

「でもね」

笑い声の消えるのを待って、お俊が口を開いた。

「わたしは何もしていないんですよ。子供の頃にお菓子がもらえたのも、父親が親切にご病人の世話をして差し上げたからだし、今、食べるものにも着るものにも不自由しないのは、亭主の治兵衛が商売上手だからです。女将さんのように、自分の才覚でしたことは、何にもないんです」

なのに――と、お俊は言う。

「つい先日、八百善のお茶漬けほどではありませんけれども、選りすぐりの餌《えさ》を食べさせた鶏の卵というのを食べさせてもらいました。ええ、やはり一両くらいとられたようでございます。わたしが浮かぬ顔をしているのは、どこか具合がわるいからではないかと、舅がわざわざ取り寄せてくれたのです」

いつのまにか、お登世の方が視線をそらせていた。

「ねえ、女将さん」

肩を揺さぶられて、お登世はあとじさりしながら顔を上げた。

「わたしは、何もしていないんです。なのに、一両もする卵焼を食べさせてもらって、おいしいかえ、それはよかったと気遣ってもらって、仕立ておろしの着物を着せてもらって、縹緻がよいからよく似合うと褒めてもらって――。わたしは、いったい何なのですか。泥棒だと仰言《おつしや》りたいのなら、そう仰言って下さい。ええ、わたしは泥棒です。簪を一本買っては一本盗む女です」

お登世は声も出なかった。お俊の顔は、逢魔《おうま》ヶ時《とき》に出会ったそれのようにすべてが白くかすみ、目も鼻も唇もない女のように見えた。

「でも、泥棒だって泥棒の顔がある。女将さんも、わたしには町医者の娘という顔や住吉屋の内儀《ないぎ》という顔があると言いなさるおつもりですかえ」

お俊は首をすくめた。

「そんなもの――、わたしがそこに生れて嫁いできたというだけのことじゃありませんか。泥棒はこのわたしが、このお俊がやったことです」

あとじさるお登世に、お俊の白い顔が迫ってきた。

「いつだったのかしら、背筋のぞくぞくするような楽しさが忘れられなくなってしまったのは。それが生き甲斐《がい》になってしまって、生き甲斐の簪を隠しておくために、気鬱《きうつ》の病いにかかったと亭主を騙《だま》し、旅籠町に家を借りてもらったんです。いけませんかえ。どうしようもない人間の屑《くず》と罵《ののし》られようと嘲《あざ》けられようと、旅籠町で一人で暮らしたい、そう思ってはいけませんかえ」

お登世の肩をつかんだまま、お俊は軀《からだ》をあずけてきた。泣きくずれたのだった。

煤払いをした家からは、酒宴も終りとなったのか、「よいお年を」と口々に言っているのが聞こえてきて、やがて出入口で提燈の明りが揺れはじめた。

が、お俊は泣きやみそうにない。お登世にも、泣きやめと言う気はなかった。しばらく泣かせておいてやりたいと思ったが、多少もてあましてもいた。

「いなすった」という声がした。鎌倉河岸の与八の声だった。旦那《だんな》――と呼んでいるのは、慶次郎も一緒にきているからにちがいない。いつまでも帰らぬお登世を心配して調理場の若い者が根岸へ走り、慶次郎は与八の家へ飛んで行ったのだろう。

いい年の暮になるかもしれなかった。泣いて胸のうちの煤を払ったお俊の扱いは、慶次郎にまかせればいい。お登世は、一足先に花ごろもへ帰って、慶次郎を待っていればいいのである。おそらく慶次郎は、明日の煤払いを手伝ってくれるにちがいなかった。

不老長寿

隣りにもあるだろうと思ったが、去年の大晦日《おおみそか》に網へ入れ、天井から吊《つる》しておいたかき餅《もち》を五、六枚持って家を出た。去年といっても、わずか五日前のことだった。

「遅くなったけど、おめでとうございます。おてつさん、風邪は癒《なお》ったかえ」

癒らなくって、いやになっちまうよと答えが返ってくる間に、のどをこすって出てくるような咳《せき》が聞えた。暮にひいてしまったという風邪に、まだ悩まされているようだった。

火事にあって焼け出されても、また同じところへ戻ってきて二十年以上もの隣りどうし、気心も、家の中のようすもよく知っている。ことによると、自分の心のうちよりもおてつの胸のうちの方がわかっていて、近頃はどこに何を置いたか忘れてしまう自分の家の中よりも、この家の中の方がよく知っているかもしれなかった。

おわかは、表口の格子戸《こうしど》を閉めて板の間へ上がり、茶の間へ入って障子を閉めた。おてつは行火《あんか》に入ったまま、明けて五十三歳になった軀《からだ》を不自由そうにひねって、長火鉢の鉄瓶へ手をのばしていた。

どちらが年上かわからないと、顔を合わせれば近所の人達は言う。はじめのうちは、五十一、二で腰の曲がってきたおてつに驚いているのだろうと思っていたが、今は、五十九になっても腰が曲がるどころか、髪が薄くなって少し禿《は》げ上がった額も、少しばかりしみのできた頬も、艶《つや》やかに光っているおわかの若さに、あの人は死ぬことを忘れていると呆《あき》れているのではないかと思う。

鉄瓶をとろうとしているおてつの腕は、真直《まっす》ぐに伸びていない。おわかは、おてつが去年の夏頃から風に当ると痛いと言って、汗まみれになりながら両腕に晒布《さらし》を巻いていたのを思い出した。おてつの長男で建具《たてぐ》職人の勝太は、二十五で女房に死なれてからやもめのままだが、人の女房になっている二人の娘が、おてつの具合がわるいと聞くと、交替で駆けつける。夜はさすがに亭主や子供の待つ家へ帰って行くが、勝太が仕事場から戻ってくる。子供達に甘え、腕を動かさずにいるうちに、曲がったままになってしまったのかもしれなかった。

「お茶が飲みたいのかえ」

と、おわかは言った。

「何だか、のどがいらいらしてさ」

おてつは咳込みながら答える。おわかは鉄瓶をとって、湯呑《ゆの》みを探した。湯呑みは、行火に入っているおてつのすぐ横に置かれた、盆の上にのっていた。

盆の上には、蒟蒻《こんにゃく》や人参《にんじん》、芋などの煮しめの入った小鉢と箸《はし》、茶碗《ちゃわん》がのっている。昨日は上の娘がきていたから、おせちを煮なおしていったのだろう。明日は妹もこられず、弟は仕事に出るのでよろしく頼むと、娘はおわかの家まで挨拶《あいさつ》にきた。しかも、盆のそばには茶筒や急須《きゅうす》が入っている茶籠《ちゃかご》もある。おわかになるべく迷惑をかけぬようにと、仕事場へ出かける前の勝太が揃《そろ》えて行ったにちがいなかった。

おわかは、湯吞みに白湯《さゆ》をつぎ、おてつに持たせてやった。煮立った湯ではないので飲めるだろうと思ったのだが、おてつは、「あち――」と言って横を向き、そのとたんに激しく咳込んだ。

痩《や》せた軀が咳に揺れ、持っている湯吞みの湯が、雫《しずく》となって行火の布団《ふとん》に飛んで行く。おわかは、湯吞みをもぎとって台所へ走った。

おてつを看病するのは、はじめてではない。湯に水を入れて茶の間へ戻り、おてつの背をさすって、ぬるい湯を飲ませてやった。

おてつは、だらしなく口許《くちもと》へたらしながら湯を飲んで、懐《ふところ》を指さした。手拭《てぬぐ》いをとってくれというのだった。出したついでに口許を拭《ふ》いてやると、おてつは行火の布団に頰をつけて目を閉じた。まだ咳込んではいたが、これでおさまる筈《はず》だった。

それでも、おわかは背をさすりつづけた。綿入れの袖《そで》無しを着ていても、おてつの背の感触は、骨と皮だけのようだった。三十そこそこの頃は、小柄だが肉づきがよく、亭主を亡《な》くしたあとに、幾人かの男が所帯をもとうと言ってきたという。

子供が三人いればそれでいい、亭主で苦労するのは沢山だと言って断ったそうだが、同感だった。が、おわかのたった一人の伜《せがれ》は三十八の若さで他界、そのかわりに亭主が二年前まで生きていた。死なれてからはその口やかましさまで恋しくなったものの、息をひきとる直前まで、おわかに文句を言っていたような男だった。

「いつもごめんよ」と言う声が聞えた。咳がとまって、おてつが顔を上げたのだった。

「去年からお世話になりっ放しでさ。年齢《とし》の順から言やあ、わたしがおわかさんをお世話しなけりゃいけないのに」

「なに、わたしゃこの通り元気だから」

「まったく羨《うらや》ましいよ」

おてつは大きな溜息《ためいき》をついて、また少し咳込んだ。

「この間、大家《おおや》さんが勝太に嫁の話を持ってきてくれただろう?」

この間ではない。おわかの記憶では、去年の秋のことだった。やもめとなったまま四年が過ぎた勝太に、嫁《ゆ》き遅れて二十三になった娘がいるのだがと大家が言ってきたことを、おてつは左隣りの正三にも向いのおかねにも、嬉しそうに、それも繰返し話していた筈だ。ただし、その後は祝言《しゅうげん》だ嫁取りだと騒ぐようすがなく、話はこわれたと睨《にら》んでいたのだが。

「勝太が明けて三十、向うは二十四で、年頃もわるくないと思っていたのだけど」

「ああ、わたしもいい話だと思っていたよ」

「それが、さ。近頃の娘は、はっきりしているねえ。わたしのことを大家さんが話すと、それじゃあ病人の世話をしにゆくようなものだって、そう言ったんだとさ」

「ふうん」

「そんな娘は、こっちも願い下げだって断ったんだけど。考えてみりゃ、わたしのせいで倅の嫁の話をふいにしたようなものだ。つくづくおわかさんが羨ましくなってさ。親ってのは、早く死んでやった方がいいのかと思ったりしてね」

　おわかは、口許だけで笑った。

「わたしだって苦労はあるんだよ」

「千吉《せんきち》さんが死になすったあと、甲吉《こうきち》さんのおかみさんが出て行っちまったことかえ。でも、孫はお祖母《ばあ》さん孝行じゃないか」

　それには返事をせず、おわかは、長火鉢の炭火を掘り起こした。

「お前、お昼ご飯はまだなんだろう？　お腹《なか》が空《す》いていたら、かき餅でも焼いてやろうと思って持ってきたんだけど、どうするえ」

「有難うよ」

おてつは、深々と頭を下げた。

「でも、じっとしているせいか、お腹が空かないんだよ」

では、しばらくの間、世間話でもしていなければならないかもしれないと思ったが、おてつは、眠くなったと言い出した。咳のせいで、昨夜もよく眠れなかったのだという。

「半刻《はんとき》くらい眠ってから、お昼ご飯にするくせがついちまって」

「いいよ、起きるまで待っていてやるよ。お前が眠ってから、ちょっとうちへ帰るかもしれないけど」

おてつは、その場で軀を横にして、行火の布団を胸もとまで引き上げた。気がつくと、枕《まくら》までおてつのそばに置かれていた。

おわかは、戸棚から掻巻《かいまき》を出しておてつにかけてやった。「すまないね」とおてつは繰返し言っていたが、すぐに軽い寝息をたてはじめた。

十二月二十五日は奉行所の御用納めで、それから大晦日まで、年忘れと称して飲み明かすことになる。

除夜の鐘はさすがに妻子と屋敷で聞くが、吟味与力《ぎんみよりき》などは、それから骨の折れる年中行事がある。ごく当り前の見方をすれば、ばか騒ぎがつづくのである。諸藩江戸屋敷の留守居役から商家の主人まで、元日の朝から次々と年始に訪れるので、その客の相手をして酔いつぶれたり、福引などの遊びをして十六日までを過ごすのだ。料理は、あってはならない筈の場所、深川の岡場所から届けられ、玄関番も深川の芸者と幇間《ほうかん》がつとめてくれる。

定町廻《じょうまちまわ》り同心の正月も、年始客の多いことではひけをとらないものの、遊んでばかりはいられない。訴訟は奉行所が受け付けるまで待っていてくれるが、盗人《ぬすっと》は、正月だからといって休みはしないのである。

その上、晃之助は、吟味与力の実父岡田伊織《いおり》が酒を飲まず、正月の騒ぎに背を向けていたせいか、お手伝いをいたしますと言って深川からくる芸者や幇間が苦手だった。年始客に酒は出すが、酔いつぶれるほど飲みはしないため、客の方もほどのよいところで引き上げてしまう。慶次郎や辰吉《たつきち》のような客ならば、自分で迎えに出てしまうので、玄関番は手持無沙汰《てもちぶさた》になる。

隣りの島中賢吾の屋敷からは、芸者が弾いているらしい三味線の音が聞えてくる。子供達が喜ぶわらべうたのようだった。が、八千代《やちよ》が昼寝をしているのに三味線でもないだろう。元日にきてくれた慶次郎などは、八千代を抱いて居間へこもったきりで、長いつきあいの古道具屋、翁屋《おきなや》与市郎《よいちろう》が養子の米蔵《よねぞう》を連れて年始にきた時以外、客間へ顔を出そうともしなかった。晃之助でさえ、愛想のわるい男だと思ったものだ。

例年のことだが、芸者と幇間は三日からこなくなった。三味線の音を楽しんでいた島中賢吾も、三日の昼には帰らせたという。三日も四日も酒を飲んでいては、軀も気持もなまってしまうというのである。

年始客が減って、飲む酒の量が減り、八千代の笑う声がよく響くようになった。年始客がくる前にと、あわただしく祝った雑煮の味はよく覚えていないが、先刻、皐月《さつき》が焼いて醤油《しょうゆ》をつけ、海苔《のり》を巻いてくれた餅は、正月の味がする。

好きな本でも読もうかと思ったところに、辰吉の声がした。

辰吉は毎年、年始客の数が減りはじめる三日にくる。今年もすでに一昨日《おととい》となった三日にきたが、その辰吉がまた年始にくるわけがなく、何事か起こったにちがいなかった。

「松も取れねえうちに申訳ありません」

と、庭へまわってきた辰吉は、自分が盗みでも働いたように肩をすぼめた。

「元鳥越町《もととりごえちょう》に住んでいる勝太という建具職の家から、五両の金が盗まれました。五両の盗みでお知らせするのはどうかとも思ったのですが、年寄り——勝太の母親が必死でためた金だそうで」

「五両ってのは大金だぜ、辰吉親分。日頃、百両盗まれたの二百両を奪われたのという出来事を扱っているから、少ない金のように思えるが」

辰吉の懐にも、五両くらいの金は入っている筈だった。が、それは、追いかけている悪党が江戸から逃げ出した時の路銀となるもので、勝手に遣える金ではない。それを掏《す》られた時のことを考えたのだろう、辰吉は、苦笑して頭をかいた。

「で、空巣かえ」

「いえ」

とかぶりを振りかけて、辰吉はまた苦笑した。

「空巣、と言っていいのかもしれやせんね。実は、五両の持主である婆《ばあ》さんが茶の間にいたんですが」

風邪をひいて激しい咳に悩まされ、夜の眠りがろくにとれぬため、昼寝をするくせがついていたのだという。しかも、おてつというその年寄りによれば、その日も激しく咳込んだが、それがおさまったあとは幾日も咳に悩まされた疲れが一度に出て、正午から八つ半まで、隣りのおわかに揺り起こされるまで眠ってしまったのだそうだ。ひさしぶりの深い眠りで、風邪も癒《なお》ったような気がしたのにと、おてつは涙をこぼしていたと辰吉は言った。

金は、茶箪笥《ちゃだんす》の茶筒に入れておいた。茶箪笥は、茶の間にある。勝太は仕事場へ出かけるので留守になるが、井戸端での洗濯は娘がひきうけてくれているし、世間話がしたいと思えば隣りのおわかが顔を出してくれるし、自分が茶の間を離れることはない。茶の間は一番盗難にあいにくい場所だった筈というのである。

「鍵《かぎ》は？」

「勝手口の方は、伜が錠をおろして行くそうですが」

表口の方は、裏通りとはいえ昼間は人の往来もある。しかも、親しくしている隣家のおわかが始終おてつのようすを見にくるし、その日は、向いのおかねも蜜柑《みかん》を二つ三つ持って行ったが、返事がないので勝手に上がり、おてつの寝顔を見たと言っている。心張棒をかう必要も暇もなかったようだと、辰吉は言った。

金がなくなっていることに気づいたのは、おわかに揺り起こされた直後のことだっ

たという のである。

た。八つ半を過ぎて昼飯でもあるまいと、おわかに菓子を買ってきてもらおうと思っ
たというのである。

世話になっているおわかにも上等の菓子を食べてもらうつもりで、おてつは茶簞笥の茶筒を出した。が、妙に軽い。一分金《いちぶ》が茶筒に触れて鳴る音もない。あわてて開けてみると、一文の金もなくなっていた。

「ま、茶筒に金の入っていることを知っている奴《やつ》のしわざということになりやすが、それは、近所の者なら誰でも知っていることだそうで」

金が三両を超えた頃から、おてつは黙っていられなくなったのだろう。おわかにもおかねにも左隣りの正三にも、はては燈油《とうゆ》はまだあるかと勝手口まできてくれる油売りにも、四両になった、四両二分になったと喋《しゃべ》っていたらしい。

「お喋りな油売りにまで言っちまったんじゃ、鳥越中の人間が知っていてもおかしくはねえんで」

と、辰吉は笑った。

決して裕福とはいえぬ暮らしをしてきた女が、成長した子供達からこんなに小遣いをもらったと吹聴《ふいちょう》したい気持は、晃之助にもわかる。出かけるつもりで居間へ入ると、衣桁《いこう》に仕立おろしの羽織がかかっていた。

帯を締め直し、その羽織の袖に手を通すと、近頃はそれが外出の姿だとわかってきたらしい八千代が、覚束《おぼつか》ない足取りで歩いてきて裾《すそ》をつかんだ。出かけてくれるなというのだった。

元鳥越町へ着く前に、夕焼けとなった。

さすがに凧《たこ》を上げている子供はいなかったが、時折、横丁から羽根つきの音が聞えてくる。薄暗い横丁では羽根が見えにくくなっているだろうに、かえってそれが面白いのかもしれない。「暗くなったというのに、早くうちへお帰り」と子供を呼ぶ母親の声は、一年を通じて変わることがなかった。

自身番屋へ顔を出すと、おてつの家に一同が顔を揃《そろ》えていると言った。おてつがまた咳込《せきこ》むようになったので、当番の差配以下、おわかもおかねも正三も、おてつの家へ行くことにしたらしい。

辰吉のあとについて海産物問屋の角を曲がり、裏通りへ入ると、晃之助と辰吉に気づいた夫婦らしい男女が、のぞいていた仕舞屋《しもたや》の前からあわてて離れた。逃げるように戻って行った家は豆腐屋で、半分ほど戸が閉まっている。戸を立てている最中に仕舞屋のいつもとちがうようすが気になって、のぞきに行ったのだろう。妙に静まりかえっているくせに、仕舞屋には大勢の人の気配がする。それが、おてつの家だった。

家の前に立つと、激しい咳《せき》が聞えてきた。これでは番屋に置いておけなかったにちがいない。

「ごめんよ」

と、辰吉が声をかけた。すぐに障子が開いて、三十がらみの男が板の間へ出てきた。建具職人の勝太らしい。勝太は、恐縮しきった顔つきで、狭苦しいが茶の間へ上がってくれと言った。

板の間へ上がったところで、晃之助は苦笑した。勝太が狭苦しいと言う筈《はず》だった。四畳半の茶の間に、自身番屋に詰めていた差配らしい男が二人いて、そのほかに勝太と近所に住んでいるらしい男が一人とおてつを含めて四人の女がいる。行火《あんか》は隅に寄せられていたが、晃之助と辰吉は、坐《すわ》るところに苦労しそうだった。

「どうぞ」

と、勝太は言って、自分は差配のうしろを通って台所へ出て行った。障子は開け放したままだった。竈《かまど》で湯を沸かしているらしく、台所が暖まっているので、障子を開け放しておいても、おてつが寒さを感じずにすむと考えたのだろう。

もう一人の男も、台所へ出て行った。それが鼈甲《べっこう》細工の職人の正三で、茶筒を持ってやはり台所へ行った三十過ぎと見える女がおてつの娘だった。

おてつは、「やっぱり、わたしなんざさっさと死んじまう方がいいんだ」と言っては泣き、泣いては咳込んでいる。その背を軽く叩《たた》き、お茶菓子は蠅帳《はいちょう》の中だよと言いながら娘のあとを追って行ったのが隣りのおわか、おわかにかわっておてつの背をさすりはじめた四十くらいの女が向いのおかねだと、辰吉が言う。おかねは所帯をもつのが遅かったようで、伜《せがれ》も幼く、袋物職人の亭主と亭主に弟子入りをしたという十三と十一の伜の四人暮らしだそうだ。

晃之助は、茶の間にいる者と、台所に坐っている者を見廻してから腰をおろした。

「お正月早々お手数をおかけいたしまして、申訳もございやせん」

と、勝太が言った。

「金は、おふくろがよけいなことを言っていたので、盗まれたような気がいたしやす。大金があるわけでもねえのに、持っているようなことを言うなと、おふくろを叱《しか》ってはいたんですが」

「そんなに恐縮することはないよ」

晃之助は笑って、元鳥越町までくる間に辰吉から聞いた話を、もう一度、集まっている者達から聞くことにした。

　辰吉が話してくれた以上のことは、一つもなかった。むしろ、聞かない方がよかったくらいだった。五両が消えた顚末《てんまつ》を自身番屋で話し、当番の差配に呼ばれて駆けつけた辰吉に話して、さらに同じことを晃之助に話すのである。辻褄《つじつま》が合わぬところに当人が気づき、その部分をむりに合わせてしまうのだ。が、勝太が思いがけないことを言い出した。

「正さん。あの一件もお話し申し上げちまった方がいいんじゃねえのか」

　よけいなことをと思ったのだろう。勝太の隣りに坐っていた正三は、いやな顔をして横を向いた。

「あの一件たあ何だえ」

　晃之助より先に、当番の差配が尋ねた。正三は苦笑いをして、たいしたことではないと口の中で言った。

「わたしらにも言えないことなのかえ」

「とんでもない」

　正三は大きくかぶりを振ったが、言葉は煮えきらない。

「実は、その……」

「正さんも金を盗まれたんで」

口ごもる正三にかわって、勝太が答えた。

「いつ」

「去年の九月の末、いや十月になっていたかもしれねえな。な？　正さん」

返事はない。

「いくら盗まれた」

晃之助が尋ねると、しばらく間をおいてから口を開いた。

「三両」

「三両？」

差配二人が同時に言った。

「お前もそんなにためていたのか」

「ちがう、ちがいやすって。俺あまだ、金をためられるほど稼げねえが、その時はたまたま急ぎの仕事が幾つも重なって、その手間賃をもらった翌《あく》る日のことだったんだ」

「翌る日だと？」

辰吉が目をむいた。

「それがどういうことか、お前はわかっているのか」

正三は俯《うつむ》いて答えない。

「九月に三両、正月に五両だぜ。しかも、片《かた》っ方《ぽう》がお店《たな》から手間賃をもらった翌る日なら、もう一方は娘さんが手伝いにこねえ日だ。おまけに、おてつの寝ている茶の間にある茶箪笥の、茶筒の中から金だけを持って行ったときやあがる。この界隈《かいわい》のことをよくよく知っていなけりゃ、できねえ芸当だ」

「わかってまさ」

「だったらなぜ、俺が番屋へ呼ばれて行った時に話さなかった」

「申訳ありません」

正三は辰吉に頭を下げたが、「面倒なことになりそうな話をするわけがねえだろうが」と顔に書いてあった。晃之助は、正三が顔を上げるのを待って口を開いた。

「お前《めえ》、空巣の顔を見たのじゃあるめえな」

「いえ」

正三は、目をしばたたきながらかぶりを振った。

「うちに入ったのは、空巣じゃねえんです」

「夜中に泥棒が入ったのかえ」

「いえ」

正三はまだ、目をしばたたいている。

「真っ昼間の押込強盗でした。それも、あっしの留守に」

おてつの咳までが静かになった。

「お店《たな》の小僧さんが、また急ぎの仕事があると呼びになすって、あっしがうちを出たすぐのことだったそうで。うちには女房と六つになる娘がいやしたが、女房の頭を薪《まき》かすりこぎのようなもので殴りつけ、娘の顔にゃ手拭《てぬぐ》いを巻きつけて、金を取って行きゃあがったんで」

「すると、お前《めえ》のおかみさんが強盗の顔を見ているのだな」

「見ちゃいねえと申し上げているでしょうが」

「だったらなぜ、薪かすりこぎのようなもので殴られたとわかったのだ」

正三は口を閉じた。言葉を選んでいるようだった。

「あっしが帰《けえ》った時、茶の間に薪が転がっていやしたから」

「それならばなぜ、おかみさんはすりこぎかもしれないと思ったのだ。薪が転がっていたのなら、薪で殴られたにきまっているじゃねえか」

返事はなかった。

「正さんといったっけな。わたしは正さんのおかみさんが、殴られる前に人の気配を感じてふりかえったのだと思うね。ふりかえったとたんに、薪かすりこぎが振りおろされた。正さんのおかみさんの頭の中には、自分を殴った奴の顔だけが焼きついたというわけさ」

「いえ、女房だって、強盗の顔は見ちゃいねえんで」

「そうかもしれねえな。いくら間抜けな強盗だって、手拭いか何かで顔ぐらい隠すだろう。が、顔見知りだったら、姿からでも見当がつく。着物の柄からも、誰かわかりそうなものじゃねえか」

「それが……」

「あんまり思いがけねえ人だったので、いまだに半信半疑ってわけかえ」

正三は、晃之助から視線をそらせてうなずいた。

「調べるのは、こっちの役目だ。その名前を言ってくんな。ここで言いにくけりゃ、番屋で教えてくれてもいい」

ここで言って下すって結構ですよと言う声が、台所から聞えてきた。おわかの声だった。

晃之助は、辰吉と顔を見合わせてうなずいた。ことによると――とは思っていたのだった。

昼寝をしていることがあるとはいえ、おてつは年寄りである。年寄りが枕許《まくらもと》の異様な物音に目を覚まさぬわけがない。茶簞笥《ちやだんす》の中の茶筒を開けられるのは、娘とおわか、それに、おかねくらいのものだろう。が、金に困っているようすのない娘が持ち出すわけは考えられず、伜達が亭主の弟子になってくれたと喜んでいるおかねのしわざとも考えにくい。残るはおわかだが、最も簡単に茶筒を開けられる人物ではあっても、五十九になるまで地道に生きてきた女が、ここで人のものに手を出すだろうかと首をかしげていたのだった。

「ええ、わたしですよ、ここのうちから五両盗んだのも、正さんのおかみさんを薪で殴って、おかみさんが目をまわしている隙《すき》に三両取って行ったのも」

「おわかさん、お前」

それまで咳をするのも忘れていたらしいおてつが、悲鳴のような声をあげたとたんに咳込んだ。

「お前って人はほんとに……。わたしゃ、お前を信じて、何でもかんでも打ち明けていたのにさ」

おかねが、おてつの背をさすった。が、茶の間へ出てきたおわかに気をとられているのか、背中というより肩のあたりを撫《な》でている。

それにしてもと、晃之助は思った。

来年、還暦を迎える筈のおわかの、何と若いことか。髪は薄くなっているが、ゆるく合わせた衿《えり》もとからのぞく胸ものどもつややかで、頬にも額にも皺《しわ》がない。鼠色《ねずみいろ》の地味な着物を着て、衿に手拭いをかけているのが似合わないくらいだった。

「やっぱり早く死んじまった方がいい。死んじまっていれば、こんな情けない思いを味わわなくってもすんだんだ」

おてつは、泣き出したようだった。

それにしても——という言葉が、声になった。

「それにしても、だ」

来年は還暦という女、それも、つい数年前まで腕のいい大工の女房だった女が、強盗まで働くとは。勝太はしばらくの間呆然《ぼうぜん》としていたし、正三も、「信じられねえ」とかすれた声で呟《つぶや》いていた。

そりゃ、おわかさんが元気なことはよく知っておりやした。でも、今年、五十九ですからね。

とは、勝太と正三が、自身番屋で口を揃《そろ》えて言ったことだった。

あそこの伜《せがれ》の女房は、おわかさんとずっと折り合いがわるうござんしてね。おわかさんのご亭主が亡《な》くなりなすったあと、実家《さと》へ帰っちまいましたが、二人の孫のうち、姉の方はもう所帯を持っていて、子供がいるんですよ。お祖母《ばあ》ちゃんっ子だったせいもあって、始終その子を連れて遊びにきやしてね。ええ、この正月も三日にきて、一晩泊まってゆきやした。おわかさんは、歩きはじめてまもない曽孫《ひまご》を追いかけて、腰が痛いの、抱き上げると腕が痛いのと、嬉《うれ》しそうに愚痴をこぼしていやしたが。そんな年寄りが、いったいどうして……。

勝太はそこで絶句して、正三は、「だから俺は信じられなかったんだ」と、幾度呟いたかわからない言葉をまた口にした。

晃之助の推測通り、正三の女房は、人の気配にふりかえって、薪かすりこぎのようなものを振り上げている人を見たという。

頭からかぶった手拭いの端を嚙《か》み、顔が見えないようにしていたが、薪かすりこぎを振り上げていたのは間違いなく女だった。手拭いからはみ出ていた白髪の毛巻《けまき》、鼠色の着物に半幅の帯などが、一瞬のうちに見えたのである。

その上、髪をただくるくると丸めた毛巻のかたちにも、着物の色にも、何年も締めているらしい帯にも見覚えがあった。が、「間違いねえか」と正三に言われると、女房は、「わからない」と答えた。「黒が鼠色に見えたのかもしれない」と、自分の目の方が信用できないようすだった。

事件があったことを届け出ず、近所の人達にも黙っていた正三が、一部始終を勝太に打ち明ける気になったのは、その後も平然と遊びにくるおわかを、女房が薄気味わるいと言い出したからだった。見間違いだとは思うけれども、どうしてもその姿が、頭を殴りつけて金を奪って行った女と重なってしまうと言うのである。

勝太は、「そんなばかな」と一笑に付した。

「おわかさんのご亭主にゃ、金まわりのいい客がついていたんだぜ。向島《むこうじま》にすこぶるつきの寮を建てたり、高輪《たかなわ》に初日の出を見る家を建てたり、そんなこんなで、一生食うにゃ困らねえだけの金を稼いだってえ話だ」

その上、万次郎というもう一人の孫も大工となった。姉ほど頻繁にたずねてはこないが、先日、はじめて自分が稼いだという金を持ってきたという。やっぱりお祖母さん孝行だと、近所でも評判になったばかりだった。

押込強盗の一件はおかみさんの見間違い、おわかさんにとっちゃとんだ迷惑だと勝太は言った。その通りかもしれないと正三も思い、勝太には何も聞かなかったことにしてくれと頼んで、女房や子供には、決して人に喋《しゃべ》るなと口どめをした。

「やっぱりおわかさんが、女房の頭を殴って、娘に新しい着物を買ってやろうと思っていた金を取って行きゃがったんですかねぇ」

そう言って、正三は溜息《ためいき》をついた。

それにしてもだ。

晃之助は、幾度めになるかわからない言葉を呟いた。

多少のたくわえはあると、おわかは言っていた。勝太と正三が口を揃えて言っていたことだが、亭主の千吉についていた客は幕府内で幅をきかせていた人物で、その人物の紹介で次々に贅沢《ぜいたく》な家を建てていたらしい。

「が、うちの亭主は、妙なところで頑固でしたからね」

と、おわかは苦笑いをした。

家を建てるのは自分の仕事、どんな贅沢も好き勝手な注文も黙ってひきうけるが、自分が贅沢をする気はないというのである。かなりの収入があっても裏通りの仕舞屋《しもたや》から移ろうとはしなかったし、手にした金も、ほとんどは手間取りの大工の賃金や世話になった棟梁《とうりょう》への礼金で消えた。

「だから、勝つぁんや正さんが思っていなさるほど、お金があったわけじゃないんです。その上、亭主が三年間も寝たきりの暮らしをしていましたしね」

ありあまる金があったわけではないが、それでも亭主の千吉が死んだ時はほっとした。金に不自由するようになるとは毛ほども思わず、嫁のおきくがこれで実家へ帰らせてくれと言った時も、千吉を介抱してくれた礼だと言って、いくらかの金を持たせてやったほどだった。三年間の看病で軀《からだ》は疲れきっていて、少しの間気楽な暮らしをしたならば、自分も千吉のあとを追って行くだろうと考えていたのである。

「ところが、元気になっちまったんですよ」

すっかり日の暮れた番屋には、四十がらみの差配が四人いた。書役も今年、四十の声を聞いたと言っていた。

誰も、元気になっちまったのだとおわかが泣き出しそうな声で言っても笑わなかった。笑わぬどころか、「わたしも、あと二十年は大丈夫だと医者に言われてしまった」とか、「去年まであった胃の腑《ふ》の痛みがなくなってしまった」などと、心配そうに言い出した。いい加減にしねえかと、これも四十を過ぎている辰吉が声を張り上げなかったなら、話は嫁が薄情なことや知人の他界したことなど、正月にはふさわしくない方へいってしまったにちがいない。

「亭主が三年間も寝ついていますとね、正直言って、やっと死んでくれた、ようやく旅立ってくれたという気になるんです。勝つぁんも正さんも、それから番屋の方々もご存じでしょうが、あの頃のわたしゃ、痩《や》せこけてました。目もくぼんでいたし、頬っぺただって手の甲だって、かさかさしてた。野辺の送りをしたあとは熱を出して、半月くらい寝込みましたよ」

覚えていると、勝太が言った。その頃はおてつの方が元気で、おわかの介抱に行ったそうだ。

「死にたくないと思いました。その時は。亭主に逝《ゆ》かれて悲しくないわけじゃなかったけれど、寝床の中で文句ばかり言っていたのが死んでくれたんです。少しのんびりしてから、あの世へ行きたかった。幸い、二年くらいなら、いえ、三年くらいなら贅沢をしなけりゃ暮らしてゆけるだけのものがある。六十くらいがちょうど寿命だろうと思って、わたしは苦い薬もいやがらずに飲んで、元気になったんです」

それが、元気になり過ぎた。もともと丈夫な方ではあったが、千吉に吸い取られていた元気を取り戻してからは、風邪さえひかなくなった。のどに痛みを感じ、おてつの風邪がうつったらしいと思っても、うがいをして晒布《さらし》にくるんだ葱《ねぎ》をのどに巻いて寝れば、翌日には癒《なお》っていた。

その上、肌の色艶《いろつや》もよくなった。背中を流してくれる湯屋の若い者は、幾つもあったしみが薄くなってきたと言うし、番台に坐《すわ》っている亭主も、顔がふっくらとして若くなったと呆《あき》れ顔で感心していた。

はじめのうちは、それが嬉しかった。しみが薄くなって、こけた頬に肉がつき、年齢より若く見えるようになったのであればと、嫁にゆずるつもりだった着物を出して着てみたりもした。が、一年がたち、それからまた半年がたつうちに、そんな着物の似合う自分が怖くなった。

「だって、いつお迎えがきてくれるのか、わからなくなっちまったんですから」

生きていれば金を遣う。どんなに倹約をしても、米や味噌《みそ》、醤油《しょうゆ》は買わなければならないし、店賃《たなちん》も払わねばならない。行李《こうり》の中に入っている金は、やがて底をつく。底をつくが、千吉がいやがったので、おわかは内職の経験がない。孝行をしてくれる筈《はず》の倅は、亭主より先に逝ってしまった。金は、補充のしようがないのである。

「怖かった」と言って、おわかは涙をこぼした。

一文なしになってもお迎えがこなかったらどうしよう、そう思うと背筋に悪寒《おかん》が走ったし、ふと目覚めた真夜中には、夜具の中にいても手足が氷のようにつめたくなった。

それなのに、近所の人達は、おわかを元気でいいと言う。腰も曲がらぬ若さを、羨《うらや》ましいと言う。

「冗談じゃありませんよ。こっちは、わか、年をとってもわかいなんて名前をつけてくれた親まで恨んでいたんですから」

でも、お前さんには、できのいい孫がいるじゃねえかと言ったのは、差配の一人だっただろうか。

おわかは、口許《くちもと》に笑みを浮かべた。できがいいと孫を褒められたのが、嬉しかったのかもしれない。が、すぐに笑みは消え、深い溜息が聞えてきた。

「孫がいるといったって、姉の方は人の女房だし、弟の方は母親の面倒をみなければならないし。万次郎に、おっ母《か》さんなんざ放っておいて、わたしの面倒をみておくれなどと言ったら、せっかく時折顔を見せてくれるのに、きてくれなくなっちまうじゃありませんか。どんな女でも母親は母親、万次郎はおきくの方がいいんですよ」

行きどころはない、金はなくなってくる、そして自分は死にそうもない。

「仲のいいおてつさんが、具合がわるいと言って寝込むことが多くなったのにと思うと、わたしゃもう、どうしていいかわからなくなっちまって」

急ぎの仕事を幾つもひきうけたお蔭《かげ》で、三両もの金が入ったと正三が言っているのを小耳にはさみ、勝太に割ってもらった薪《まき》を下げて、正三の家の裏口を開けた。つかまって死罪になれば生きていられなくなる、ちょうどいい、どこかにそんな気持があった。

　それが、案外にうまくいった。ならば、もう一度やってやれと思った。

「正さんのお蔭で表沙汰《おもてざた》にならなかったのだと知っていれば、そうですよ、正さんのお蔭だと教えてもらって、正さんやみんなの親切が身にしみていれば、わたしゃ、おてつさんのお金に手をつけなかった……かもしれない……」

　おわかはそこで口を閉じ、しばらくたってから、ふたたび口を開いた。

「いえ、やっぱり盗んでいたかもしれない。正さんとこの三両とおてつさんの五両で八両、もう二両盗めば十両で、お上《かみ》があの世へ送ってくれなさいますから」

　一人で老いるとは、それほど恐しいことなのか。

　多分そうなのだろうとは思っても、晃之助には実感がない。勝太も正三も、盗みはなかったことにしてくれと手をついて頼むので、おわかは番屋から帰したが、それでよかったのかどうか。二十年以上も住んでいるという元鳥越町にはいづらくなって、なおさら一人で生きてゆくことになりはしないか。

　晃之助は足をとめた。特徴のある冠木門《かぶきもん》の前を通り過ぎるところだった。正月二日に顔を合わせたばかりだが、ふっと慶次郎と佐七に会いたくなって、辰吉と別れたあと、根岸へ足を向けたのだった。

閉め忘れたのかもしれない門を入り、出入口の戸を開けて案内を乞《こ》うたが返事がない。

その筈で、三味線に合わせて唄《うた》っている人を、大声で囃《はや》し立てているのだった。三味線を弾いているのはおそらく花ごろものお登世《とせ》、調子はずれな唄は佐七、大声が慶次郎にちがいなかった。

が、もう一人、男の声がする。すぐには誰かわからなかったが、しばらく聞いていて、やっとわかった。山口屋の番頭、文五郎だった。新年の挨拶《あいさつ》にきたのをむりやり酒宴の仲間に入れられたのだろうが、日頃の落着きぶりからは想像もできぬ大声に、晃之助は笑い出した。

「まったく、うちの年寄りどもは――」

「待ってました」「名調子」の掛け声が、お邪魔いたしますと叫んだ晃之助の声を消した。佐七の唄は、佳境に入ったようだった。

殺したい奴《やつ》

その男達二人は、縄暖簾《なわのれん》をくぐった時から目についた。一人は袢纏《はんてん》を羽織った職人風、蟹《かに》のように角張った顔をしていて、もう一人は、袖《そで》を肩までまくりあげて日焼けした二の腕まで見せている行商人風、こちらは出来のわるいお雛様《ひなさま》のような、ちんまりとまとまった顔をしていた。

その二人が、妙に頰を寄せ合って話しているのである。堀江六軒町《ほりえろつけんちよう》の、俗に芳町《よしちよう》と呼ばれる一劃《いつかく》に多い、白粉《おしろい》を塗ってしなをつくる男達とはちがうのだが、それでも、額や頰が触れ合うほどに近寄って、自分達だけの話に夢中となっている。見知らぬどうしが猪口《ちよこ》のやりとりをする居酒屋の中で、その姿は異様に浮き上がって見えた。

森口慶次郎は、店の中を見廻した。散歩がてら、浅草寺まで出かけた帰り道、ひさしぶりに辰吉《たつきち》と飲むつもりで、夕飯はすませてくると佐七に言ってきた。が、どこへ行ったのか、辰吉は留守だった。どうしても飲みたいわけではなかったが、いないとわかったとたんに縄の暖簾がちらついた。

やむをえず、慶次郎は元鳥越町《もととりごえちよう》へ行った。定町廻《じようまちまわ》りだった頃、幾度か顔を出した縄暖簾があり、値段の割にうまい酒とうまいめしを食べさせてくれるところがあったのを思い出したのだった。

「ちょうど時分《じぶん》どきでねえ」

店の中へ入った慶次郎に、女将《おかみ》は申訳なさそうな顔をして、「あそこでいかがですか」と言った。指さしたのは例の二人と向い合わせになる、腰掛の席だった。

「俺はいいが」

相手がいやな顔をするだろうと思ったのだが、ほかに空席はない。二人の男もしぶい顔をしたものの、この混みようではと、諦《あきら》めたようだった。

慶次郎は、空樽《あきだる》へ浅く腰をおろした。やはり、居心地がわるかった。二人の男も、向い側にいる慶次郎が気になるらしい。ちらと慶次郎を見ては、両手でおおった口許《くちもと》を相手の耳許へ近づけるようなこともする。

落着かぬ酒になりそうだったが、ぼらの焼きもの、貝柱と独活《うど》の酢のものが酒と一緒にはこばれてくると、向いのひそひそ話も気にならなくなった。

「それじゃ、約束がちがうじゃねえか」

思わず張り上げたらしい大声が聞えたのは、ぼらの焼きものを、ほとんどたいらげた時だった。

声の主は、向いの二人のどちらかだった。慶次郎は、相手の脇腹《わきばら》を突ついているお雛様の方ではなく、まばたきもせず慶次郎を見つめている蟹の方だと思った。自分の大声に驚いて、男は思わず慶次郎を見つめてしまったのだろう。お雛様顔の男は、知らぬふりをしていろと注意をしていたにちがいない。

角張った顔が横を向いた。慶次郎も女将を呼んで、めしを頼んだ。根岸へ帰り、もう寝床へ入っているかもしれない佐七を起こして、飲みなおした方がよさそうだった。かためのめしに、汁と漬物がはこばれてきた。根深汁《ねぶかじる》で、短く切られた白い葱《ねぎ》が、湯気のたつ味噌汁《みそしる》に浮いている。

「……したんだ、もう」

先刻と同じ声だった。そのあとの声が急に低くなったのは、またお雛様顔に脇腹を突かれたからかもしれなかった。

二人の視線が、味噌汁の椀《わん》で隠している筈《はず》の慶次郎の顔に突き刺さった。慶次郎は、何も聞えなかったふりをして漬物へ箸《はし》をのばした。

語尾に〝……した〟とつく言葉は、幾つかある。押した、足した、越した、ほかに放した、暮らした、濡《ぬ》らしたなどというのもある。

が、その前に、男は「それじゃ約束がちがう」と声を張り上げている。「……したんだ」の前には、「こっちは約束通り」という言葉があったと考えた方がよい。

「こっちは約束通り金を出したんだ、もう」

「約束通り三両貸したんだ、もう」

「約束通り奴《やつ》を探したんだ、もう」

幾つかの言葉が頭に浮かんだ。浮かんだが、どれもちがうと思った。

慶次郎は、もう一度根深汁の椀をとり、椀と手の隙間《すきま》から二人を見た。

二人とも三十四、五歳か、どう見ても悪党とは思えない。仕事に精を出して生きてきたという顔をしている。それでも慶次郎は、「……したんだ、もう」の前に、「こっちは約束通り殺……」という物騒な言葉が入っていたような気がしてならなかった。

「それじゃ、約束がちがうじゃねえか」と角張った顔が声を張り上げ、お雛様顔がくどくどと言訳をして、「こっちは約束通り殺したんだ、もう」と角張った顔がすごんだとすれば、辻褄《つじつま》は合うのである。

二人が立ち上がって銭を置いた。

慶次郎は、まったく二人を見ずにめしを口の中へ放り込み、二人が縄暖簾の外へ出たところで箸を置いた。

めしを残した詫《わ》びに余分な金を置くと、「とんでもない」と言って女将が走ってきた。

が、暖簾へ目をやってみせると、今の二人を尾《つ》けて行くと察したようだった。「いつもすみません」と女将は低声《こごえ》で言って、深々と頭を下げた。

慶次郎は、そっと縄暖簾をかきわけた。案の定、二人は右と左にわかれていた。ちょっと迷ったが、お雛様顔を尾《つ》けることにした。

男はすぐに右へ曲がり、三味線堀《しゃみせんぼり》の水が大川へ向う堀割の橋を渡った。廻米会所《かいまいかいしょ》横の淋《さみ》しい道を通り、今度は左へ曲がって天王町《てんのうちょう》へ出る。

男が、ふいにふりかえった。尾《つ》けられているような気がしたのかもしれなかった。

慶次郎は、傘のかたちをした看板の陰に隠れた。三月の上旬で、月は細く、しかもかすんでいる。男には看板の陰の人影が見えなかったらしい。が、それでも、二、三歩歩いたところで足をとめ、ふたたびふりかえった。普段は気づかぬ筈の人の気配を感じてしまうほど、緊張しているのだろう。

慶次郎は、たった今、二人と同じ席でめしを食べた。相手も慶次郎の顔を覚えているだろう。尾《つ》けるのは自分ではない方がよいと思ったが、辰吉の家からはまだ、明りが洩《も》れていない。

男は、浅草御門へ向う道を真《ま》っ直《す》ぐに歩いて行き、神田川に突き当って、また左に曲がった。平右衛門町《へいえもんちょう》あたりの住人なのかと思ったが、いったん足をとめ、用心深くあたりを見廻してから柳橋を渡った。

下柳原同朋町《どうぼうちょう》、吉川町《よしかわちょう》の家並の向うは、両国広小路である。見世物の小屋はもう片付けられていて、矢場で遊んでいたらしい酔った男の大声が、生暖かくて白くかすんでいる闇《やみ》の中に寒々しくひろがっている空地に響いていた。

男の足はとまらない。

米沢町と横山町にはさまれた道へ入って行き、橘町《たちばなちょう》を抜けて汐見橋《しおみばし》を渡り、さらに左へ曲がって、富沢町《とみざわちょう》でようやく立ち止まった。細い路地の前であたりのようすを窺《うかが》ったところをみると、路地の右手の仕舞屋《しもたや》が男の住まいなのだろう。

今日はここまでか。

そう思った時に、隣家の二階の窓が開いた。

「たもしっ、い、い、つぁんかえ?」

女の声だった。顔はよく見えないが、声音《こわね》から察するに、四十がらみの女だろう。

「暮六つを過ぎた頃に、おみよさんがきなすったよ。たもしっつぁんが帰ってきなすったら、明日くると伝えてくれって、そう言ってなすった」

「すみません、いつもご厄介をかけて」

「なに、それはいいけどさ。今日も、お得意先に呼び出されたのかえ。小間物売りっ

て え商売も大変だねえ」

「こっちがへまをしたんで、呼び出されてもしょうがねえんだけど」

「ま、わるいことつづきだけど、気を落とすんじゃないよ。わたしにできることなら、何でも相談しておくれ」

「かたじけねえ。そう言ってもらえると、ほっとするよ」

「じゃ、お休み」

男が頭を下げている間に隣家の窓は閉まり、男も、仕舞屋の裏口へまわって行った。慶次郎も、腰を叩《たた》きながら立ち上がった。仕舞屋から三軒手前で大きな葉を茂らせていた八手《やつで》の鉢の陰に、蹲《うずくま》っていたのだった。

隣りの女のお蔭《かげ》で、思いのほかにいろいろなことがわかったと思った。男の名は『たもしち』という。おそらく太茂七とか多茂七とかいう字を書くのだろう。商売は小間物売りで、おみよという、身内か思い合っている女がいる。隣家の女があれだけ親切なのは、『たもしち』が少なくとも表向きはまじめだからだ。

が、彼は嘘《うそ》をついていた。今夜の『たもしち』は、得意先に呼びつけられ、失敗を詫びに行っていたのではない。神田川の向うの元鳥越町まで行って、蟹のように角張った顔の男に会っていた。

そして、角張った顔の男に、「それじゃ、約束がちがうじゃねえか」と責められた。角張った顔の男がもう「……した」にもかかわらず、『たもしち』が、約束をはたしていなかったからだ。

八丁堀へ行こうかと思ったが、辰吉が留守であったことを思い出した。辰吉がおぶんを連れて出かけるわけがない。役目の上での用事がなければ、家にこもっている筈だ。とすれば辰吉は、むずかしい事件が起こって家へ帰ってこられぬのにちがいなく、晃之助もまだ屋敷へ戻っていないだろう。第一、八千代《やちよ》はもう眠っている。

当分、俺が見張ることにするか。

少し億劫《おっくう》だと思ったが、手に唾《つば》つけて走り出したいような気持にもなった。結構なこった、旦那《だんな》はおいそがしくってという、佐七の声が聞えたような気がした。

明日からの見張りにそなえ、早寝をするつもりで早足になった。が、淡く細い月に照らされた根岸へ着き、開け放しのくぐり戸を押すと、佐七と一緒に二人の男が出入口に立っていた。晃之助と辰吉だった。下手人《げしゅにん》かもしれぬ男を追いかけて、根岸まできたのだという。

「が、ここへ寄ったところをみると、無駄足だったな」

「仰《おお》せの通り」

晃之助は、辰吉と顔を見合わせて苦笑いをした。

「実は、堀越《ほりこし》という糸物問屋の伜《せがれ》が殺されまして」

聞いたよと、慶次郎は言った。三日前の三月二日、雛の節句には一日早かったが、桃の花や栄螺《さざえ》を持って八丁堀を訪れた時、皐月《さつき》がその話に触れたのだ。

通油町にある堀越は、盆暮にはかかさず島中賢吾の屋敷へ挨拶《あいさつ》にきていたという。そのほかにも、賢吾の妻の実家で働いていた娘が、堀越出入りの職人と所帯をもったなどの縁があり、賢吾の妻は、堀越の内儀《ないぎ》をなぐさめに行った。なぜ下手人の目星がつかぬのかと、堀越の内儀からは無論のこと、主人からも番頭からも責めたてられて、賢吾の妻はほうほうの態《てい》で帰ってきたそうだ。

「たった一人の伜さんで、婚礼の日取りがきまったところだったそうですから、親御さんのお気持も、わからないではありませんけれども」

と、皐月は、賢吾の妻に同情していたのだった。

「知らなかったな、それは」

と、晃之助は言った。賢吾は何も言わなかったという。妻が賢吾に話さなかったのかもしれないし、仮に妻が愚痴をこぼしたとしても、それを晃之助に言うような賢吾ではないだろう。皐月も先輩に当る人のことは、夫に話しにくかったにちがいない。

事件は、先月二月の末に起こった。堀越の一人息子、助三郎が隅田川に浮かんでいるのが見つかったのである。が、その日、助三郎がどこへ出かけたのか、誰と会うつもりだったのか、両親も店の者も、遊び仲間も知らなかった。

「簡単に目星はつかぬと、はなからわかっていたのですが」

「詳しく聞かせてもらってもいいかえ」

「そら、はじまった」

佐七だった。

「何にでも首を突っ込みたがるのは、旦那のわるい癖だよ」

と、顔をしかめているが、当人も、もう布団《ふとん》が敷いてあるにちがいない台所脇の部屋へ行こうとはしない。晃之助と辰吉を送って外へ出てきた時は、眠そうにしばたたいていた筈の目も、深い皺《しわ》の間で輝きはじめたようだった。

慶次郎の居間へ戻り、苦笑いをしている晃之助にかわって辰吉が話しはじめた。

あやまって川へ落ちたということも考えられぬではないが、遺骸《いがい》から酒のにおいはしなかった。助三郎が、たちくらみのような症状を訴えたこともないという。辰吉は、助三郎の周辺を調べはじめた。

「するとまあ、出てくるわ出てくるわ。こいつなら、二、三度殺されても仕方がねえと思いやしたね」

助三郎は今年二十七、大店《おおだな》の一人息子にしては婚礼が遅かった。許婚《いいなずけ》に二度も死なれたのだという。一人は風邪をこじらせて他界、一人は労咳《ろうがい》だったようで、助三郎に罪はないのだが、縁起のわるい男という噂《うわさ》がたった。

「しばらくの間、女房のなりてがなかったようで。それで焦《あせ》ったのか自棄《やけ》になったのか、噂を知らねえ娘に手を出すようになりやがった。ええ、下谷新黒門町《したやしんくろもんちょう》の蕎麦《そば》屋の娘とか、築地船松町《つきじふなまつちょう》の船頭の娘とか、かぞえあげたらきりがねえくらいでさ」

その中で晃之助と辰吉が目をつけたのは、縄暖簾《なわのれん》で働いていた娘と針売りの娘、それに錺職人《かざりしょくにん》の娘だった。

縄暖簾で働いていたおまつには所帯をもつ筈の男がいた。が、助三郎に口説《くど》かれて、つい気持を動かしたのだろう。みごもった子供をおろせと言われ、あやしげな医者の家へ連れて行かれたようで軀《からだ》をこわし、あげく、捨てられて病死した。針売りの娘、おかよも所帯を持つ筈の男がいたのだが、こちらは助三郎に遊ばれたあげく、その相手に売女《ばいた》と罵《ののし》られて自害した。残された父親は、堀越の倅だけは殺してやりたいと、口癖のように言っていたそうだ。

「残る一人が錺職人の娘なのですが、実は、この父親が急に家移《やうつ》りをしたんでさ。さてはと追いかけてきたところ、何のこたあねえ、父親のおふくろが、今は日本橋の大店の主人となっている男の乳母《うば》だったとか。その女の具合がわるくなったので、大店の主人が根岸にある手前《てめえ》んとこの寮に住まわせてやって、伜の錺職人も根岸に近えところへ引っ越したってえわけで」

「あとの二人は」

「ずいぶん探りやしたが」

と、辰吉は言った。

助三郎が遺骸となって見つかった日、おまつの男は、隅田川とは正反対の芝にいた。幾人もの人に会っているので、隅田川付近へ行っている暇はない。針売りは、二月なかばに足首の骨を折り、まだ繃帯《ほうたい》もとれぬという。

「針売りの怪我《けが》は、嘘じゃあるめえな」

「玄庵《げんあん》先生んとこへ、杖《つえ》をついて通ってまさ。どんな病いでも、玄庵先生のところへくるそうで」

「おまつの男が芝にいたのも、間違えねえのかえ」

「ええ、多茂七は小間物売りですから……」

「待て。今、何と言った」

辰吉は、多茂七と言ったのだった。『たもしち』は、滅多にある名前ではない。まして小間物売りの多茂七が、江戸に何人もいるとは思えなかった。

「多茂七の身内に、おみよってえ女はいるかえ」

「います。妹の名が、おみよです」

所帯をもつ筈の女がもてあそばれ、赤子をおろしたことが原因で世を去った。多茂七が角張った顔の男に、「助三郎を殺してやりたい」と言ったとしても不思議はない。多茂七が猪口《ちよこ》を握りしめ、唇を震わせて「殺してやりたい」と言った相手にも、殺したい奴《やつ》がいればどうなるか。

「ただ、角張った顔の方の名前がわからねえ」

「いえ、何かわかるかもしれません」

と、晃之助が言った。

「具合のわるくなったおまつを医者へはこんできたのは、角張った顔の男だったそうです。道端に蹲っていたのをはこんできただけだと言うし、おまつも、富沢町の多茂七を呼んでくれと頼むので、医者はその男をすぐに帰してしまったと言っていました

しかった。

が」

辰吉が立ち上がった。おまつがはこび込まれたという医者へ、飛んで行くつもりら

おみよは、約束通り、暮六つ過ぎにきた。江戸へ出てきてから一年、言葉にはまだ野州訛《やしゅうなま》りが残っているが、水が合ったのか色まで白くなった。

もともと縹緻《きりょう》はよい方なので、隣家の女房が世話をしてくれた奉公先、紺屋《こうや》の職人の中には、所帯をもちたいと言ってくれた者がいるようだ。三十五になる多茂七にとって、今年十九になった末の妹のおみよは、娘にひとしい。まじめで腕のよい職人ならば、早く所帯をもってくれた方がよいのだが、おみよは、「兄さんが所帯をもってから」と、首を振りつづけている。

「そんなことよりも」

と、おみよは、その必要もないのに商売物の荷を開けて数をかぞえている多茂七の膝《ひざ》を揺すった。

「昨日、豊吉《とよきち》さんに会ったんでしょう?」

「ちがうよ」

と、多茂七は言った。

「大事なお得意様に、出来のわるい簪《かんざし》をお渡ししちまってね。そのお詫《わ》びに行ったんだ」

「嘘」

おみよは、揺さぶっていた多茂七の膝を叩いた。

「どうしてそんな嘘をつくの。豊吉さんは、兄さんが会ってくれないからって、一昨日《おととい》、わたしのところへきたんだもの」

多茂七は、おみよを見た。おみよは唇を尖《とが》らせて、目に大粒の涙を浮かべていた。

可愛《かわい》かった。江戸で小間物売りをしている多茂七を頼って、次々と弟や妹が故郷《くに》から出てきたが、この末の妹は、多茂七が抱いて貰《もら》い乳をして歩いたこともあって、特別に可愛かった。おまつが他界したあとは、この妹を実の娘と思って生きてゆこうと思っているくらいだった。

だが、妹は、いつも「だめ」とかぶりを振る。兄さんは、きれいなおかみさんをもらって、可愛い赤ちゃんを生んでもらいなさい、そう強情を張る。

「だって、兄さんは、江戸へ出てきてから自分のために何をしたの？　わたしが一番迷惑をかけておきながら、こんなことの言えた義理ではないけれど、一番上の兄さんのほかは、次から次へと江戸へ出てきて、みんな兄さんに面倒をみてもらってるじゃないの」

「いいんだよ」

「いいえ、よくない。徳蔵《とくぞう》兄ちゃんだって磯松《いそまつ》兄ちゃんだって、おせん姉ちゃんだって、おそめ姉ちゃんだって、みんな、兄さんに所帯をもたせてもらったようなものですよ」

「そんなことないさ」

「兄さんの面倒みが、よすぎるんですよ」

十日ほど前にきた時も、おみよは多茂七の人のよさをなじっていった。

すぐ下の弟の徳蔵は、多茂七がまだ小網町《こあみちょう》の長屋にいる頃に頼ってきた。お定まりの塩売りから、小間物売りに商売替えをしたばかりで、多茂七一人でも楽ではなかったが、泥まみれ、垢《あか》まみれの姿で江戸へ出てきた弟に、ともかく行水《ぎょうずい》を使わせて髪結床《かみゆいどこ》へやり、近所の人に出会っても恥ずかしくない恰好《かっこう》にしてやった。

怠け癖のある弟で、簡単な塩売りの商売さえ長つづきしなかった。しばらく一緒に暮らしていたが、突然、多茂七が爪《つめ》に火をともすようにしてためた金を持っていなくなった。矢場の女と深い仲になり、所帯をもつために金を持ち出したのだった。川崎あたりに腰を落着けたようで、金は必ず返すという、誰かに書いてもらったらしい手紙がきたが、その後の音沙汰《おとさた》はない。

次にきたのが、おせんだった。多茂七が魚売りの娘と一緒になるつもりで、今の富沢町の家を借りた時だった。

娘と一緒に住む筈の家におせんが転がり込んだので祝言《しゅうげん》は少し延期となり、さらにおそめも出てきたので、祝言は延期の上に延期となった。今はおせんが青物売りの、おそめが桶《おけ》職人の女房となっていて、それぞれが二人の子持ち、おせんは亀戸村《かめいどむら》、おそめは下谷で暮らしている。

が、おせんが嫁いでくれる前に、魚売りの娘が父親と同業の男と所帯を持った。当時、おせんは近くの縄暖簾で、おそめは蕎麦屋で働いていたのだが、「兄さんの世話にはならない」と啖呵《たんか》をきっては飛び出して行き、すぐに舞い戻るといったことを繰返していたのである。しかも、戻ってくれば自分が借りている家であるかのように振舞って、「出て行け」と多茂七が怒っても、気にとめる風もない。呆《あき》れ返った魚売りが、娘はやれぬと言い出したのだった。

そのあとが、磯松だった。

磯松は病弱だった。病弱ゆえに野良仕事《のら》に耐えられず、江戸へ行けば楽ができると思い、楽をしたい一心で旅をつづけてきたと、磯松自身が言っていた。が、旅が磯松の体力を奪った。多茂七の家へ倒れるように到着すると、その後一年間、寝たり起きたりの暮らしをつづけたのである。

それでも磯松は、軀《からだ》が恢復《かいふく》すると近所の豆腐屋へ手伝いに行くようになった。豆腐づくりのこつも割合に早く覚えたようだ。その物覚えのよさを見込まれたのだろう。まもなく田所町に店を出すまでになった。

ただ、一年間も患《わずら》って、その後も豆腐屋の手伝いをしていただけの磯松に、貯《たくわ》えのあるわけがない。また、いくらその豆腐屋の娘を女房にするからといって、豆腐屋があれこれ心配してくれるのを、兄の多茂七が黙って見ていられるわけもなかった。いつか所帯をもつ時のためにとためていたわずかな金は、その時に消えた。

徳蔵も磯松も、おせんもおそめも、自分勝手で薄情だとおみよは怒る。自分勝手だと思わないこともないが、多茂七は、所帯をもった彼等に不平を言ったことはない。自分を頼ってきた弟や妹に道をはずさせなかっただけでもよかったと思っている。魚売りの娘と所帯をもてなかったのは残念だが、そのかわりおまつに出会い、たとえ少しの間でも楽しい時を過ごすことができたのだ。

だが、おみよが故郷《くに》から出てきたのも、おまつと所帯をもとうとした時だった。おみよは、故郷《くに》へ帰るとさえ言ってくれたが、幸い、隣りの女房の世話で、紺屋町《こんやちよう》二丁目の紺屋《こうや》に女中として住み込めるようになった。おみよが富沢町のこの家にいたのは、わずか一月《ひとつき》だった。

その上、祝言といったところで、多茂七やおまつのような男女があげるそれは、小間物問屋の主人夫婦と隣りの夫婦をはじめ、親しくつきあっている人達を招いて盃事《さかずきごと》の真似《まね》をして、隣りの女房がたいてくれる赤飯を食べるだけのことである。おまつは、「お前さん、いる?」などと言いながら始終遊びにきていて、おみよにも髪の結い方を教えたりしていた。同居人がおみよであれば、いつでも祝言はあげられたし、祝言をあげずに一緒に暮らしはじめても差し障《さわ》りはなかったのだった。

「でも、わたしのせいなの。わたしが故郷から出てきたのが、いけなかったの」

と、今でもおみよは涙をこぼす。

「そりゃ、わたしが紺屋に奉公することは、おまつさんも知ってなすったかもしれない。でも、兄さんがどれほど弟思い、妹思いかも知ってなすった。だって、お隣りの小母《おば》さんが、ほんとに兄さんは感心な人だって、おまつさんがきなさるたびに言ってなすったんだもの」

隣りの小母さんには感心な人であっても、おまつさんには困った人だったのかもしれないとおみよは言うのである。

甥《おい》や姪《めい》は、時折、小遣いをねだりにくる。無駄遣いをするなと叱《しか》りながら、多茂七はむしろ嬉《うれ》しそうな顔で銭を渡してやる。磯松もいまだに『相談』にくるし、おせんには、夫婦別れの話さえ持ち上がったことがある。別れれば、二人の子供を連れて多茂七を頼ってくるだろう。多茂七は、手前《てめえ》の不始末は手前《てめえ》できれいにしろと言いながら、結局、面倒をみてしまう。

たまらない。――

おまつは、そう思ったにちがいない。おせんは亭主に頭を下げる気になったが、いつまた別れると言い出すか知れぬし、野州から出てきたばかりの妹もいるのだ。

「おまつさんが助三郎なんて男の言うことをつい聞いてしまったのは、兄さんがわるいんじゃない。みんな、わたし達弟妹《きょうだい》がわるいの。兄さんがいい加減にしてくれといくら言っても、知らん顔で兄さんにぶらさがっていたわたし達がいけないんですよ」

助三郎が、おまつの働いていた縄暖簾《なわのれん》に入ってきたのは、おみよが江戸へ出てきた頃だった。遊び人風の取り巻きもいたらしく、おまつは顔をしかめたらしい。が、助三郎はおまつを呼んで酌《しやく》をさせ、二朱《にしゆ》もの金を握らせていった。

「ばかな客」

おまつは、そう言って笑っていた。もらった二朱も、おみよに古着を買ってやってくれと、気前よく置いていった。

それから一月《ひとつき》もたっていなかった。四、五日遊びにこなかったおまつが、助三郎から女房になってくれと言われたと、憔悴《しょうすい》しきった顔で打ち明けたのである。明日からおみよは紺屋に住み込むという夜のことだった。

弟や妹の面倒をみるのにいそがしい小間物売りと、名の知れた糸物問屋の伜《せがれ》である。「兄さんのようないい人はいない、今更どうして迷うの？」とおみよは言ったが、おまつが迷うのは当然かもしれなかった。

おまつは、縄暖簾から姿を消した。多茂七は、おまつが糸物問屋の内儀《ないぎ》となって、幸せに暮らしているものと思っていた。おみよは、助三郎に文句の一つも言ってやれ、おまつには土下座をさせろといきまいたが、多茂七はかぶりを振りつづけた。

多茂七は、客から祝儀をもらうと、その銭で揃《そろ》いの茶碗《ちゃわん》や新しい擂鉢《すりばち》を買い、一つ一つ所帯道具を揃えてゆくおまつが好きだった。どの茶碗がよいかと迷うおまつも、どちらにするかきめて――と甘えるおまつも好きだった。おまつが「多茂さん、いる？」と格子戸《こうしど》を開けてくれるだけで、どれほど和んだ気持になれたことか。

そのおまつが、多茂七より助三郎を選んでしまったのである。嫌いな女なら邪魔をしてやるが、好きな女なら幸せになってもらいたいではないか。おみよの言うことに、うなずけるわけがなかった。

第一、おまつがいなくなっても、おみよがいた。生まれて半年で母親を失って、朝から晩まで情けない声で泣いていた赤ん坊が、助三郎に文句の一つも言ってやれなど、生意気なことを言っている。それだけでも幸せだった。

だが、おまつは、とんでもない姿で多茂七の前にあらわれた。子堕《こお》ろしに失敗し、ほとんど寝たきりの暮らしを三月《みつき》もつづけたあと、米を買いに行く途中で気を失って、通りかかった男に医者へはこばれたのである。

医者は何も言わなかったが、おまつは、もうじき死ぬと思ったそうだ。

「多茂七さんに会いたい」

かすれてしまう声をふりしぼって言って、医者の弟子に富沢町へ走ってもらったという。得意先をまわっていた多茂七は、隣家の女房からことづけを聞き、金六町《きんろくちょう》にあるその医者の家へ走った。

夜具の上に寝かされていた女は、かつてのおまつとは別人だった。痩《や》せて、顔色も青黒くなっていて、年寄りのように髪が抜け落ちていた。

「ごめんね。それだけが言いたくって」

と、おまつは、両手で多茂七の手に触れながら言った。何も聞かないでもよいと思ったが、おまつは、譫言《うわごと》のように喋《しゃべ》りつづけた。

意識が遠のくのか、多茂七が自分の頭で整理しなければわからぬことが多かったが、おまつは、行儀見習いの名目で、助三郎が借りた家で暮らしていたそうだ。が、行儀見習いというのに、作法のやかましい家へ奉公に行くわけでもなく、活花《いけばな》の師匠がたずねてくるわけでもない。くるのは取り巻きを連れた助三郎ばかりで、おまつの仕事は、酒の支度と相手だけだった。

騙《だま》された――と思った時には、お腹《なか》に子供がやどっていた。迷ったが、おまつはそのことを助三郎に打ち明けた。堀越の内儀におさまろうとは思わない、日陰の身でよいから、この子を生ませてくれ、そう言った。

助三郎はかぶりを振って、中条流《ちゆうじようりゆう》へ行けと言った。子供を堕ろせというのである。

ふと、うなずく気になったのは、子供がお腹からいなくなれば多茂七のもとへ戻れると、そんな考えが頭をよぎったせいだろうか。

「勘弁して。ほんとうに、ごめんなさい」

と、おまつは繰返した。

「お前さんにあやまるまでは、死ねなかった。あやまることのできたわたしは幸せだけれど、お前さんのところへ帰りたいっていうわたしの都合で、この世に生れてくる筈《はず》の命を奪われた子供は、たまったものじゃないよねえ。わたしゃ、ほんとうにわるい女だった」

どこがわるい女だ。

多茂七は、そう言った。そもそも多茂七は、おまつを恨んだことなどなかったのだ。

「つくづく、ばかだったよ、わたしは」

弟や妹にやさしい人が、女房にやさしくないわけがないじゃないか。それも、世間の亭主より、ずっとやさしいにちがいないじゃないか。なのに、やさしくするのは、わたし一人にしてもらいたいなんて、勝手なことを思っちまってさ。

「ごめんね、お前さん」

おまつは、多茂七の手に触れたまま息をひきとった。多茂七は、生まれてはじめて、人を殺してやりたいと思った。

豊吉に出会ったのは、偶然だった。世話になった医者へ、あらためて礼を言いに言った時に、豊吉がその前を通ったのである。

「あの男だよ」

と、医者は言った。が、名前も住まいも聞いていないという。多茂七は、あとを追って行った。

どんな会話があってそうなったのかは覚えていない。誘われるまま多茂七は豊吉の家に上がり、自分が買って行った酒を飲んだ。話は当然おまつのことになり、多茂七は「助三郎だけは殺してやりたい」と言った。

しばらく、黙って飲んでいた記憶がある。多茂七は、持っていた湯呑《ゆの》みを揺すって、酒に小さな波を起こしていた。そこへ、「殺してやろうか」という言葉が降ってきた。

「俺が殺してやりたい奴《やつ》を殺してくれれば」

手間取りの大工である豊吉にも、許せぬ男が一人いた。弟分となる大工の弥市だった。棟梁《とうりよう》からもらえる筈だった仕事を、二度も弥市に横取りされたのである。

「庇《ひさし》の繕いなんぞで細々と食っちゃいるが、こんな調子であいつに仕事をかっさらわれていたら、二度とまともな仕事はきやしねえ。許しておけねえのよ」

わかった——と、ほんとうに多茂七は言ったのだろうか。酔ってはいないつもりだったが、立ち上がろうとした時に、足は軀を支えてくれなかった。一刻《いっとき》ほど休ませてもらい、つめたい水を飲んでから帰ってきたのを覚えている。

それが、去年の暮のことだった。が、年が明け、正月が過ぎても助三郎は取り巻きを連れて歩いていたし、豊吉も、よしにしようと言う多茂七に、曖昧《あいまい》ながらもうなずいていたのだった。

なのに、助三郎は死んだ。豊吉は、得意先まわりをしている多茂七を尾《つ》けてきて、「約束は守ってくれ」と囁《ささや》いて行った。聞えなかったふりをしていると、得意先の子供が「元鳥越の縄暖簾にいる」ということづけを受け取って、多茂七を待っていた。

やむをえずに会った。会ったが、豊吉の話は約束を守れの繰返しで、しまいには「約束が守れぬなら、五十両よこせ」と怖《こわ》い顔をした。

「わたしも、同じことを言われた」

と、おみよが言った。

「俺にあぶない仕事をやらせて、お前達は口をぬぐっているつもりかって、そう言うの。こっちの頼みがきけないのなら、五十両つくって持ってこい、吉原《よしわら》へ行けば、お前でも百両にはなるって……」

「何だと」

顔色が変わった。瞼《まぶた》の下も痙攣《けいれん》した。豊吉め、俺の妹にまでそんなことを言いに行きゃがって。

だが、知らぬ顔をつづけたら、豊吉は番屋へ投げ文をしかねない。投げ文には、助三郎殺しは多茂七のしわざだと書かれていて、知らせをうけた岡っ引は、目を鋭く光らせて、すぐにこの家へくるだろう。幸せになりたいと願って江戸へ出てきたのだろうに、おみよも巻き添えをくってしまう。

「ねえ、兄さん。豊吉さんに、五十両渡してしまいましょうよ。わたし、それを言いにきたの」

「ばかを言え。五十両なんて、どこにある」

「わたしがつくります」

「ばかやろう」

おみよの頰が鳴った。多茂七は、自分の手がおみよの頰を叩《たた》いたことが信じられず、赤く腫《は》れ上がったおみよの頰を見つめた。

「ばかは兄さんよ」

おみよがわめいた。

「人の面倒ばっかりみて、自分のことは何もできやしない。おまつさんには逃げられて、おまつさんをひどい目にあわせた人まで他人に殺してもらうんだから。助三郎をぶん殴ってやるくらいの気になってご覧なさいよ。そんなばかな兄さんは、妹のわたしが面倒をみてやるより、しょうがないじゃないの」

おみよが家を飛び出して行こうとした。多茂七は、その袖《そで》をつかんで家の中へ引き戻した。おみよの言う通り、それが多茂七にできる精いっぱいのことだった。

今度ばかりは見込ちがいだったかもしれませんと、晃之助が首をかしげながら山口屋の寮へあらわれたのは、その翌日、五つの鐘が鳴ったばかりの宵の口だった。

「蟹《かに》のように角張った顔の男は、すぐにわかりましたが」

助三郎が殺害された日、その男は朝から酒を飲み、友人達と深川の櫓下《やぐらした》へ出かけていたのだという。

「櫓下? 岡場所じゃねえか」

「教えていただかなくとも存じております。行ったことはありませんが」

「隠さなくってもいいぜ」

「養父上《ちちうえ》とはちがいますから」

晃之助はすました顔で言って、角張った顔の男の話に戻った。

「本八丁堀に住んでいる大工でした。名前は豊吉です」

晃之助の声を聞きつけたのだろう。寝床に入っていた佐七が起きてきた。夜着がわりの襦袢《じゅばん》の上に、掻巻《かいまき》を羽織っている。夜になれば冷えるとはいえ、隣家の桜は、一つ二つほころびはじめていた。見ているうちに、汗がにじんできそうな姿だった。

「実はこの豊吉、あまり腕がよくないようでして、弟子の弥市という男に仕事をとられているのです。近頃は、庇の繕《ぬ》いや濡れ縁《えん》の破れの修理すらまわってこなくなったとか。あんまりじゃないかと同情した大工仲間が、その日、布団《ふとん》を頭からかぶって寝ていた豊吉を叩き起こして酒屋へ行き、櫓下へ足をのばして、翌《あく》る朝までつきあったそうです」

「ふうん」

「豊吉が助三郎を殺し、多茂七に弥市を殺してくれと頼んでいれば、話の筋は通るのですが」

慶次郎は腕を組んだ。

「多茂七には、辰つぁんがはりついているのかえ」

「はい。富沢町へ寄ってまいりましたが、妹のおみよがきているようでした。昼の多茂七は、いつもの通り、得意先をまわっていたようですが」

豊吉と多茂七は、額や頰が触れてしまいそうなほど近寄って、低声《こごえ》で話し合っていた。「それじゃ、約束がちがうじゃねえか」「……したんだ、もう」という、二つの言葉も耳にした。

「どうも気になる」

「が、今のところ、二人とも何もしていないのです」

「かまわねえ、二人とも引っ立ててしまえ。ただし、大番屋ではなく、この寮へだ」

さあ、大変だと、佐七が言った。搔巻の裾《すそ》につまずきながら、台所脇《わき》の小部屋へ駆け込んで行く。普段着に着替え、夜食のにぎりめしでもつくっておく気なのかもしれなかった。


おみよを紺屋町まで送って行った帰り、多茂七は、大伝馬町《おおでんまちょう》から富沢町へ向いたくなる足を、むりに江戸橋へ向けた。

弥市の住まいは、本材木町《ほんざいもくちょう》七丁目にある。江戸橋を渡れば本材木町一丁目で、真《ま》っ直《す》ぐに歩いて行けば、いやでも七丁目になる。豊吉に地図を渡されて、多茂七は、幾度となく弥市の家を見に行った。

弥市の姿を見かけたこともある。まだ二十四、五か、案外に小柄な男だった。一緒に暮らしている女が、「お帰りなさい、兄さん」と言うのを聞いた時は驚いた。多茂七は、その女を弥市の女房だと思っていたのだった。

弥市は、手拭《てぬぐ》いを渡してくれる妹に憎まれ口を叩《たた》いて湯屋へ行った。妹も、兄の後姿へあかんべえをしてみせるような娘だった。弥市は、このおてんば娘を早く嫁がせねばならぬと思っているにちがいなかった。

おみよは、一緒になりたいと言ってくれた紺屋《こうや》の職人のことを、どう思っているのだろう。もう少し手許《てもと》においておきたくて、よく考えてから返事をしろなどと言ってしまったが、こういうことになるとわかっていれば、早く嫁にゆけ、俺のような兄とは縁を切ってしまえと答えたのに。

今、懐《ふところ》には庖丁《ほうちょう》が入っている。弥市の命を奪うなど、したくもないし、自分にできるわけもない。そう思うのだが、そんなことを言ってはいられなくなった。豊吉はおみよに身を売れと言い、おみよも吉原へ行くつもりになっているのである。

いったい、どこでこうなってしまったのか。助三郎を殺してやりたいとは思ったが、必ず殺してやると出刃庖丁を研いでいたわけではなかったのだ。

「殺してやりたい」

確かに多茂七はそう思った。そう思っていて、豊吉にそう言った。豊吉はその言葉を「殺してやる」と解釈し、多茂七にかわって助三郎を隅田川へ突き落としたという。

今更そんなことを言っても言訳になるが、大工だという豊吉が、ほんとうに助三郎の命を狙《ねら》うとは思っていなかった。売れ残りの簪《かんざし》をおみよに持って行ってやったのを豊吉に見られたことも知らなかったし、豊吉がおみよをたずねて行って、一部始終を話してしまうなど、考えたこともなかった。

それにしても、本材木町はもっと遠い筈ではなかったか。目の前の海産物問屋は七丁目の角にある店で、その角を曲がって裏通りに入ってしまえば、三軒目に弥市の家があるのだ。

弥市の家の前に立って、自分は何をするつもりなのだろう。朝早く仕事場へ向う弥市は、もう寝床へ入っているにきまっている。心張棒のおりている戸を叩き、「誰だよう」と不満そうな声で言いながら三和土《たたき》へ降りてくる弥市を、懐の庖丁で刺してしまおうとでも思っているのだろうか。

冗談じゃない。戸を叩けば、近所中が目を覚ましてしまう。自分にできるのは、軒下の闇《やみ》の中に蹲《うずくま》り、夜が明けると同時に外へ出てくるにちがいない弥市を待つことだけだ。

が、弥市の家からは明りがこぼれていた。しかも、賑《にぎ》やかな笑い声が聞えてきて、格子戸《こうしど》が軽い音を立てて開いたのである。

朧夜《おぼろよ》の中へ真っ先に出てきたのは、若い男だった。そのあとを弥市の妹が追ってきて、それから、少し酔っているらしい弥市があらわれた。

「気をつけて帰りなよ」

「なに、すぐそこですから」

「それではまた」と言った若い男の顔は、妹の方を向いている。妹と言い交わした男が、弥市へ挨拶《あいさつ》にきたのかもしれなかった。

殺せるわけがないじゃないか。

弥市は、たった一人しかいないのかもしれぬ妹を嫁がせる。よかったと思う一方で、兄には見せたことのない、とろけそうな笑顔をあの若い男へ向けるのを見て、あんなのに持って行かれるのかと口惜《くや》しくなったこともある。

挨拶にきた男と酒を飲んで、案外に話せる奴だと少しほっとして、だが、いそいそと後片付けをしている妹を見て、このおてんばが近いうちにいなくなっちまうのかとまた淋《さみ》しくなって、――そんな男の命を、どうして奪えるのだ。

踵《きびす》を返すと、紺屋へ帰った筈のおみよがそこにいた。

「兄さん、こんなところで何をしてるんですよ」

「お前《めえ》こそ、何でこんなところにいるんだ」

「送ってきてくれた兄さんの顔色ったらなかったもの。何を考えているのか、すぐわかりましたよ。だから、あとを尾《つ》けてきたの」

「ばか。よけいな心配をするんじゃねえ」

叱《しか》りつけながら、多茂七はおみよを抱き寄せた。

「兄さん、今度だけは、ほんとに何もしないで。お願い」

「すまねえ。俺あ、どうしても弥市を殺せない。こっちの都合で人を殺すなんて、俺にゃどうしてもできねえんだよ」

「当り前じゃないの」

小柄なおみよの声が、懐の中から聞えてきた。

「おまつさんを追いかけて行くこともできなかった兄さんに、人を殺せるわけがない。そうよ、今になって人を殺そうと思うくらいなら、なぜ助三郎をぶん殴って、おまつさんを取り戻してこなかったの？　おまつさんは大好き、だからおまつさんのしたいようにさせてやりたいだなんて、笑わせるんじゃない。そんなの、兄さんが一人でそう思って、一人で満足しているだけよ。兄さんを、神様みたようにいい人だって言う人がいるかもしれないけど、嘘《うそ》よ、兄さんは神様でもいい人でもありゃしない。面倒をみてくれって言う、だらしない人間の頼みを断れないばかな人よ。神様じゃないから、弟や妹の面倒をみると、おまつさんの面倒をみられなくなっちまうの。しっかりして、ほんとに。神様でも、ばかな人でもない普通の人になって、好きな女を追いかけて行って」

おみよのこぶしが、多茂七の胸を叩いた。

「でも、わたしは、そういう兄さんが好きだけど」

おみよが、多茂七を見上げた。多茂七の腕の中で、母の乳房を恋しがっているように小さな唇を動かしていた赤ん坊の顔が、白粉気《おしろいけ》のない十九の顔に重なった。

「今度は、わたしが兄さんの面倒をみてあげる。いえ、面倒をみさせて。わたしが吉原へ行った方が、兄さんを人殺しにするより、どれほどいいかわかりゃしない」

よしなよ。

多茂七の声ではなかった。多茂七はおみよを自分のうしろへ隠し、おみよは、大柄な兄のうしろから懸命に顔を出そうとした。

朧夜の薄闇が揺れて、横丁から二人の男があらわれた。一人は尻端折《しりはしよ》りをした見知らぬ男だったが、もう一人は、元鳥越町の縄暖簾《なわのれん》で向い側に坐《すわ》っていた武士だった。

「助三郎を殺した、五十両よこせたあ立派な強請《ゆす》りだぜ。わかってるのか、おい」

慶次郎は、握っていた火箸《ひばし》で長火鉢の縁を叩いた。

「あいすみません」

膝《ひざ》を揃《そろ》えて坐っている豊吉が、額の汗を拭いながら言う。

「でも、人を殺すなんてえことは、簡単にできやせんので。一度、堀越の前まで行きやしたが、怖《こわ》くなって帰ってきちまったんで」

「当り前だ。簡単に人を殺されてたまるかってんだ」

寮の居間には、豊吉と多茂七、おみよ、晃之助と辰吉のほかに佐七もいる。晃之助が豊吉を連れてきた時の佐七は、尻端折りに鉢巻、たすきまでかけていたそうだ。

「二月になってからこっち、ほとんど仕事がなくなっちまったものですから」

豊吉は、畳へ両手をついて頭を下げ、その両手で噴き出した汗を拭っては、また頭を下げ直している。助三郎を殺してやるとは酒に酔った勢いで言ったまで、怪我《けが》をした仲間の血を見ただけでいやな夢を見るほど臆病《おくびょう》なのだが、助三郎が変死したという噂《うわさ》には飛びついた。米を買う金にも困り、一時しのぎに借りた金が雪だるまのようにふくらんで、多茂七から脅し取らなければ身動きもできぬ状態になっていたのである。

「ばかやろう」

「すみません」

「お前《めえ》のせいで、多茂七《たもしつ》つぁんの方は、おみよちゃんが身を売るの何のという騒ぎになっていたんだぞ」

「すみません。ほんとうに申訳ないことをしやした」

まもなく深夜の九つになる。が、辰吉のうしろにいる佐七の目は、いつになく光っている。身勝手な豊吉を、ねめつけているようだった。

門を叩くような音がした。風の音だろうと、佐七が言った。が、かすかだが、慶次郎を呼ぶ声も聞えてきた。

「今頃、誰だろう」

そう言いながら、辰吉が立って行った。ご苦労様、上がってお前から話してくれなどという辰吉の声が聞えてきて、二つの足音が出入口へ入ってきた。辰吉のうしろから顔を出したのは、弓町《ゆみちよう》の太兵衛《たへえ》だった。

「実はついさっき、畳町《たたみちよう》の煙草屋《たばこや》の娘が、助三郎が川へ落ちたのを見たと、自身番屋へ自訴してきやした。あっしも島中の旦那《だんな》にくっついて行ったんですが、旦那が晃之助旦那にも知らせてくれと言いなすって」

八丁堀へ引き返したが、皐月に根岸へ行ったと教えられたのだという。

「こちらも何かあったんですかえ、皆さんお揃いで」

「いや、何もないよ」

晃之助が、多茂七とおみよに目配せをして立ち上がった。ついでに家まで送ってやるつもりなのだろう。

「そっちこそ、川へ落ちたのを見て自訴とはどういうわけだ」

えへへと、太兵衛は妙な笑い方をした。

「娘が親につきそわれて番屋へきた時に、たまたま居合わせたのが吉次親分だそうですからね。書役の話は、ちいっとばかりちがうんでさ」

以前から助三郎に言い寄られていた娘は、その日、大川端で待っているということづけを受け取って出かけたのだという。が、十六の娘にとって、助三郎の行動は強引に過ぎた。「いや、助けて」と突き飛ばすと、助三郎は大きくよろめいて川へ落ちた。助けを呼ぶ声すら出なくなった娘は、どう歩いたのかもわからぬまま家に帰り、そのまま寝込んでしまったのだそうだ。

「ね？」

と、太兵衛は、居間にいる人達を見廻して笑った。

「この話を、吉次親分が聞いちまったんですぜ」

　当番の者の知らせで、島中賢吾と太兵衛が駆けつけた時は、番屋に吉次の姿はなかった。そのかわりに、煙草屋の娘の調べをはじめようとすると、堀越の主人夫婦が息をはずませて飛び込んできた。助三郎は、ここ半年くらい前からめまいがすると訴えていた、供を連れて行けと言っていたのに一人で出かけ、大川へ落ちてしまったのではないかというのである。吉次は、煙草屋の娘の話を聞くと、すぐに堀越へ行き、伜《せがれ》が娘に襲いかかったことは、世間に知れぬ方がよいのではないかと忠告したにちがいなかった。

「ま、その方が娘も助かるからと、島中の旦那は吉次を突つかないおつもりのようですが」

「島中さんにまかせるよ」

　行こうかと晃之助が言って、豊吉も立ち上がった。豊吉は、辰吉が近くの自身番屋へ連れて行くようだった。あとで、晃之助からも島中賢吾からも、たっぷり油をしぼられることだろう。

「おかしなところで、お終《しま》いになっちまったね」

　と、佐七が言った。

「そうでもないさ」

おみよと紺屋《こうや》の職人の話はまだまとまっていないようだし、人がよすぎる多茂七の女房となる女は、そう簡単に見つからぬにちがいない。それに、豊吉の仕事も見つかっていないのだ。これからが、はじまりかもしれないのである。

鍵《かぎ》をかけてないくぐり戸が鳴った。少し風が出てきたようだった。

雨の寺

四月になっているとは、とても思えぬ雨だった。空で凍りかけていたのだが、四月になっていたのだと気がついて、あわてて降り出したような雨であった。

御材木蔵の壁がつづく横十間川沿《よこじつけんがわ》いの道は、通る人もない。

五郎太も、つめたい雨の中を傘も持たずに歩きたくはなかった。住家《すみか》としている深《ふか》川猿江町《がわさるえちよう》の廃寺は、雨漏りはするし隙間風《すきまかぜ》は吹き込むし、決して居心地のよいところではないのだが、それでもそこで寝転んでいる方がどれほどよいか。

第一、歩くなどという面倒なことはしたくない。もっと言えば、この世で暮らすなどという面倒なことをしたくない。だが、三十四歳になる今年まで、五郎太は生きているのである。

原因はわかっていた。空腹になると、食べてしまうからだった。

食べなければ、確実に死ぬ。死んだ方が面倒くさくなくてよいと思ってはいるのだが、空腹を我慢するのは、大変な意志の力を必要とした。死にいたるまでじっと空腹に耐えているほど面倒なことは、とうてい五郎太にできそうもなかった。

無論、二度や三度は死を覚悟したこともある。空《す》き腹をかかえて隅田川のほとりを歩いていた時は、このまま川へ飛び込んだ方が楽ではないかと思うほど苦しかったし、夕暮れの築地界隈《かいわい》を歩いている時に、いきなり三、四人の若者に殴りつけられた時も、ここで俺は死ぬと目をつむったものだった。

が、不思議なことに、救いの手がのびてくる。せっかくの手を断るのも面倒で、ついすがりついてしまうのだが、どうせ差しのべてくれるなら、長期間すがりつかせてくれればよいのにと思う。その場しのぎの救いの手では、のちにかえって苦労することもある。

今も腹の虫が鳴いていた。雨の日は起き上がるのも億劫《おっくう》で、一日中、廃寺の本堂に寝転がっていようと思っていた。寝転がっていれば、壁に寄りかかって坐《すわ》っているよりも腹が空かぬだろうと考えたのだが、あさはかだった。三十四年、いや、働かなくなって二十年の経験に照らしてみても、腹の空かぬ日はなかった。

五郎太の腹は、朝の六つ半頃と正午と暮六つ頃の三度、必ずからっぽになって、腹に巣くっているらしい虫が鳴く。食べさせてやると、翌朝の四つ頃に、これも必ず糞《ふん》を外へ出してくれと腹の虫が訴える。そしてまた腹が空く。そういえば、ろくに面倒をみてくれなかった両親の口癖は、「丈夫な軀《からだ》に生んでやったのだから、有難く思え」

だった。

腹の虫を鳴きやませるために、五郎太は寺を出ることになる。横十間沿いの道を歩き、橋を渡って大島村《おおしまむら》か亀戸村《かめいどむら》の百姓地へ行くのである。点在している農家はどこものんびりとしていて、開け放しのまま、夫婦も子供達も野良《のら》へ出ていることが多いのだ。

しかも、お櫃《ひつ》の中にめしが入っている。片手ですくいとって用意の丼《どんぶり》に入れて逃げ出すのは簡単で、二、三軒で翌日の分までもらったこともある。漬物の樽《たる》も、素人《しろうと》の泥棒にもすぐわかるところに置いてあった。しのび込んだが留守番の年寄りがいて、廃寺から亀戸まで歩いてきた苦労がふいになったと、泣きたいような気持で歩いていた時には、江戸市中へ作物を売りに行ってきたらしい農夫が、「きゅうりを食べないかえ」と声をかけてくれた。

これほどよい村はないが、一つだけ欠点があった。大島村も亀戸村も、住家の真ん前ではないことだった。それゆえ、雨の日でも歩いて行かねばならない。歩いて行かねばならぬのだが、他人の家からめしを盗んでこなければ空腹を満たすことができぬ男に、傘を買う金のあるわけがない。稀《まれ》に、いや時折——というよりしばしば、「ごめんよ」と声をかけても返事のない店の引出から小銭を無断でもらってくることがあるが、それは湯銭《ゆせん》や、鼻紙や藁草履《わらぞうり》を買うために消えている。

躯にまで雨がしみ込んだような気がしたところで、大島村に着いた。が、そこで気がついた。

雨の日に野良へ出ている者などいないじゃないか。

「誰もいないのかえ」と大声を張り上げなければ、店番の老婆《ろうば》が出てこない煙草屋《たばこや》にも、今日は伜《せがれ》らしい男が坐っていた。晴天ならば、彼も女房と野良へ出ていただろう。

何のために起き上がって、ずぶ濡《ぬ》れになったのだろうと思った。

だいたい大島村や亀戸村のような、のんきで親切な住人のいるところを教えておきながら、そこに廃寺の一つも用意してないとは、救いの手も中途半端《はんぱ》ではないか。助けておいて苦労させると思うのは、こんな時だった。

五郎太は、泣きべそをかいたような顔になって踵《きびす》を返した。ことによると――と思ったのは、その時だった。

つめたい雨に濡れ、躯はひえきっている。おまけに空腹で目がまわりそうだった。このまま廃寺の本堂に倒れ込んだなら、明日の朝には息をひきとっているのではあるまいか。

今度こそ辛抱しろよ。腹の虫がどれほど大声で鳴こうと、山本町《やまもとちょう》あたりの居酒屋へ行って、めしを食わせてくれなどと土下座するなよ。

そう言い聞かせながら、五郎太は廃寺へ戻った。本堂へ入ったが、妙に落着かない。あたりを見廻して気がついた。阿弥陀如来像《あみだにょらいぞう》の位置がずれているのだった。

「が、待てよ」

寝返りをうった足で蹴飛《けと》ばしたことはないが、床の根太《ねだ》が腐りかけているので、寝返りの振動ですこしずつずれてしまうことはあるかもしれない。

「申訳ありませんねえ、阿弥陀様」

如来像をもとの位置へ戻そうとして、五郎太は目を見張った。如来像の下に、小判と小粒がきれいにならべられていたのである。

「俺に、俺に下さるんですか」

五郎太は、抱きかかえている如来像を見つめた。無論、返事はない。小判と小粒は、かぞえてみると五両と二分あった。

「金があったら、俺、めしを食いに行っちまいますよ。せっかく、息のとまるまで空きっ腹を辛抱しようと思ったのに」

が、金が目の前にあるのだった。これだけあれば、刺身を食って焼魚を食って、それから多分、鯛《たい》のうしおってえものも食える。

辛抱などできるわけがなかった。五郎太は金を床へ払い落とし、如来像をもとの位置へ戻して、ふたたび雨の中へ飛び出した。

日暮れになって、雨足が激しくなった。風も、破《や》れ笠《がさ》を吹き飛ばしそうなほどの勢いになっている。

濡れるのは覚悟の上の身なりだったが、これほどの雨風になるとは想像もしなかった。猿江町を歩いていた慶次郎は、とうに住職がいなくなっているらしい寺を見つけ、その境内へ飛び込んだ。

本堂にもぐり込んでしばしの雨宿りと思ったのだが、雨も風もいっこうにおさまりそうにない。尾《つ》けてきた男を見張りながら、昼前にもり蕎麦《そば》を一枚入れただけの腹から、情けない音が聞えてきた。先刻見かけた蕎麦屋に飛び込めばよかったと、今更ながら後悔した。

尾行していた男は知り合いらしい農家をたずね、青物をわけてもらって家に戻った。それを隣りの女房にくれてやり、かわりにめしをもらっていたから、今頃は菜っ葉とめざしくらいで夕飯を食べているだろう。太市の言う通り、その男、嘉次郎《かじろう》は、性根《しょうね》の曲がった男ではないのかもしれなかった。

俺の負けだ。

慶次郎は、店を持ちたい一心で金をためていた太市とのやりとりを思い出した。大事な金を盗まれたと、太市は、青くなって慶次郎をたずねてきた。自分が金をためているとつい話してしまったのは幼馴染《おさななじ》みの嘉次郎だけ、金がなくなったと気づいたのも、嘉次郎が帰ったあとのことだと、ためらいながらも打ち明けたのは、彼にも嘉次郎を疑う気持があったからではないか。

が、慶次郎が嘉次郎をあやしむと、決してそんなことをする男ではないと言い張った。嘉次郎の名を出してしまったことを、後悔しているようでもあった。

「嘉次の奴《やつ》も、働いていた料理屋が店を閉めちまった上、奴がまだ板前になっていねえ半端な男だから、働き先を見つけられなくって苦労していやすが、決して、決して人のものに手を出すような男じゃねえ。それは、旦那《だんな》より手前《てめえ》がよく知っていやすんで」

「だが、金をためていると知っているのは嘉次の奴だけだと、たった今、お前《めえ》が言ったのだぜ」

「ですからさ。言っても安心していられる奴だから、そう言ったんで。俺と嘉次は、同じ町内で同じ年に生れて、寺子屋へ通うのも一緒なら、十二で料理屋へ奉公に行ったのも一緒だったんだ。気心が知れているなんてものじゃねえ」

「でも、奉公した料理屋は別々だったんだろ？」

「へえ」

「向うは、べらぼうに高え料理を出す店だったが、お前《めえ》の方は、縄暖簾《なわのれん》がない居酒屋のような、安直な店に奉公したんだろ」

「へえ」

「それで、向うは得意になっていたかもしれねえ。得意になっていたのが店仕舞いで仕事がなくなって、安直な店ながら地道にやっているお前《めえ》が羨《うらや》ましくなったかもしれねえじゃねえか」

「庖丁《ほうちょう》を持っていてこその料理人でさ。たとえ安直な店でも働いていられる俺が、羨ましくなるのは当り前でしょう。が、だからといって、俺の金を盗むような奴じゃねえ」

「明日の米にも困っていりゃわからねえぜ」

「そんな奴じゃありませんって。奴は深川の裏長屋へ越して行ったが、長屋の人達はみんないい人達で、嘉次も好かれていやした。隣りのおかみさんなんざ、腹を空かしていないかと、嘉次のようすを見にきてくれるんですぜ」

念のため尾《つ》けてみると言った慶次郎に、太市は、不満そうな顔を向けて帰って行った。嘉次郎への疑いを晴らしてくれない慶次郎に腹が立ったというより、少しの間でも嘉次郎を疑ってしまった自分が腹立たしかったのかもしれなかった。

太市の気持を察すれば、聞かなかったことにするのが最良の策だった。が、気になった。慶次郎には、嘉次郎がそれほど善良な男であるとは思えなかったのである。

幸いと言ってよいのだろう、慶次郎の見込ははずれたらしい。太市には一部始終を話して詫《わ》び、いい友達を持ったと言うつもりだった。太市も、煤《すす》のように胸の隅にこびりついている筈《はず》の疑いを晴らせて、ほっとするにちがいなかった。

雨はやまない。風も、空中で鳴る音が大きくなる一方だった。

慶次郎は、本堂の戸を開けた。いきなり、雨と風が吹き込んできた。厚い雲のせいで夜のようだが、それでも暗さに隙間《すきま》がある。夕暮れの明るさがどこかに残っていて、町のたたずまいが見える。

「今のうちに帰るか」

意を決して飛び出そうとしたが、その前に境内へ駆け込んできた者がいる。買ったばかりらしい油紙のにおいがしそうな傘をさし、これも買ったばかりと見える風呂敷《ふろしき》の包を下げている。風呂敷の陰で揺れているのは、貧乏徳利のようだった。迷いのない足取りで駆けてくるのは、その男が本堂に住みついているからだろう。

慶次郎は、本堂を振りかえった。

隅に大きな木箱があり、黒と白の幔幕《まんまく》や仏像の敷物が入っている。中へ戻ってその下を探ってみると、薄汚れた掻巻《かいまき》が入っていた。幔幕はかなり長く、折りたためば充分に夜具の役目をはたしてくれるにちがいない。

が、こんなところに住みついている男が、どこで傘や風呂敷や酒を買う金を得たのだろうか。

男が本堂へ飛び込んできた。当然のことながら、怪訝《けげん》な顔をした。

「すまぬ。雨宿りだ」

「すごい降りになったからね」

男のぞんざいな口振りで思い出した。慶次郎は、佐七が捨てると言った袷《あわせ》を着て寮を出てきたのだった。男は慶次郎を、尾羽《おは》うち枯らした浪人と思ったのだろう。

「傘をお貸し申したいが、俺も、買ったばかりのこれしか持っていないんで」

「その気持だけで充分さ。ただ、願わくば、もう少し雨宿りをさせてもらいてえな」

男は、無遠慮に慶次郎を見た。襲いかかってくるのではないかという心配をしたようだった。

慶次郎は苦笑した。定町廻《じょうまちまわ》り同心時代は多少人に知られた存在だったし、寮番となった現在も、こざっぱりとしたものを身につけている。馬子《まご》にも衣裳《いしょう》という言葉があるが、人から疑われたのは、これがはじめてだった。

「いいよ」

と、男は言った。悪党ではないと判断してくれたようだった。

腹の虫が鳴いた。つづけて似たような音が、男の腹からも聞えてきた。男が慶次郎を見て笑い出した。

「お前さんも腹ぺこかえ」

「ああ。お恥ずかしい次第だが」

「恥ずかしいこたあねえさ。誰だって金がなければ食えない。食えなければ腹が空《す》く」

男は、そう言いながら風呂敷包を開いた。稲荷鮨《いなりずし》やら卵焼やら、大福やら、目についたものを買い集めたとしか思えないものが、竹の皮にくるまれて入っていた。慶次郎の腹の虫がまた鳴いて、男が愉快そうに笑った。

「食っていいよ。俺は縄暖簾で一杯ひっかけていたんだが、この降りになっちまっただろう？　この降りで夜になっちまったら、提燈《ちょうちん》なしでは歩けない。風呂敷と傘は、ま、出かける時に役に立つが、提燈なんざない方がいいからね。明日の食いものを買って、あわてて帰ってきたんだ」

「ふうん」

「飲んでも食ってもいいよ。そのかわり、俺がここにいることは内緒だぜ」

天神下まで金を盗みに行くような男とは、とても思えなかった。が、傘や食べものを買う金は持っている。慶次郎は、腰を落着けることにした。


妙な男だと思った。目の前に坐《すわ》っている、森田清次郎となのった男のことだ。卵焼と佃煮《つくだに》で酒を飲み、稲荷鮨をつまんだあと、嬉《うれ》しそうな顔で大福まで胃の腑《ふ》へ送り込んで、明日の朝飯が目当てなのかどうか、腰を落着けるつもりらしいのである。

知らねえぞと、五郎太は思った。

この廃寺に住みついて半年あまりたつが、五郎太は、湯を沸かす薬罐《やかん》はおろか、箸《はし》、湯呑《ゆの》みの類《たぐい》まで置いていない。買ってきた酒も徳利から飲んで、明日、酒屋の軒下にでも置いてくるつもりだった。ここを住家にした男がいると、人に知られたくないのである。

人に知られれば、ここは寺院で、宿なしの住むところではないと言われるにちがいない。出て行けの何のという面倒が起こる。それを避けるためには、人の気配を残してはいけない。冬の夜の寒さにたまりかね、寺の僧が捨てて行ったらしい掻巻を庫裏《くり》から拾ってきたが、それも木箱の下に入れ、幔幕で隠しておいた。一度、門を出て行くところを境内へ遊びにきた子供に見られ、その子供が母親に注進をしたのだろう、高箒《たかぼうき》を握りしめた女が「いやだねえ、どんな男だえ？」と言いながら本堂を調べにきたが、紙屑《かみくず》一つ落としてなかったので、安心して帰って行った。

それほど用心しているのである。言い換えれば、本堂には何もない。今日の寒さでは、幔幕にくるまって掻巻をかけねば眠れぬだろうが、どちらも一枚しかなかった。が、今のところ、両方とも貸してやる気は五郎太にない。

それに――と、五郎太は顔をしかめた。

森田清次郎は、五郎太でも着たくないぼろを身にまとっているくせに、懐《ふところ》には懐紙を入れていた。その懐紙で、佃煮や稲荷鮨をつまんだ指を拭《ふ》くのである。

稲荷鮨も佃煮も、確かに指を汚す。汚すが、どちらも食べものではないか。佃煮の汁がついている指で、なぜ稲荷鮨をつまんではいけないのだ。いちいち懐紙で指を拭くなど、ぼろを着た浪人のすることかと思った。

食べものの汚れは、舐《な》めればとれる。亀戸村まで出かけても頂戴《ちょうだい》ものの少なかった時などは、沢庵《たくあん》をつまんだ指を、その味がなくなるまでしゃぶって飢えをごまかしたものだ。そしてそのあとで、床をこすった。沢庵は最後まで味わったし、懐紙も使わなかった。

別に、それが正しい作法というわけではないが、五郎太が飲んだあとの徳利に平気で口をつけていながら、懐紙で指を拭いている浪人を見ると、なぜか腹が立つ。酒を飲む湯呑みがいらぬのなら、指も舐めろと言いたくなる。明日の朝飯をあてにして腰を据えたのなら、食べものを最後まで味わえ、懐紙を使うなどという無駄なことはするなと言いたくなるのである。

「ところで」

と、清次郎が言った。

「明りはねえのかえ」

まもなく暮六つの鐘が鳴るだろう。雨雲のつくっていた暗さは夜の暗さに変わり、竹の皮の上の食べものも、薄闇《うすやみ》の中に沈みかけている。が、向い合って坐っている男の動きは、まだ見える。五郎太は、佃煮をつまんだ指を舐めてみせた。

「使いねえな」

清次郎が懐紙を差し出した。

「いらない。それから、明りもない」

それだけ言えば充分だと思った。よけいなことは言わない方がいい。浪人の使った懐紙は、明日の朝、徳利と一緒に捨ててくればいい。浪人が懐紙を何十枚使おうと、五郎太の知ったことではない。放っておけばいいのだ。

が、ひとりでに唇が動いた。縄暖簾で向い合わせに坐った男と世間話をした余韻が、まだ残っているのかもしれなかった。もっとも、世間で何が起こっているのかまるで知らない五郎太は、相槌《あいづち》を打つだけだったが。

指を舐めろと言うと、清次郎は目を見張った。

「なるほどね。確かに懐紙の無駄遣いだ」

素直に舐めた指を床にこすりつけたが、痛――と顔をしかめた。棘《とげ》がささったようだった。

「無礼を承知で聞くが、お前《めえ》は、まったく働いていねえのかえ」

嘘《うそ》をつくなど面倒だった。これから暮六つの鐘が鳴るところで、泊まってゆくつもりの清次郎は、いろいろなことを尋ねるだろう。嘘をつくと、次から次へと辻褄《つじつま》を合わせねばならなくなる。

「働いていねえのに、よくこの食いものを買う金があったねえ」

「如来様《にょらい》がくれなすったのさ」

「如来様？」

「お前さんのうしろの方にいなさるんだよ」

だが、阿弥陀《あみだ》如来像はすでに闇に隠れている。

「俺あ、親にも可愛《かわい》がられなくってねえ」

なぜそんなことを言い出したのか、自分にもわからなかった。

「五郎太ってえ名前からもわかるだろ？　俺あ五番めの男の子で、長屋暮らしの親にとっちゃ、家が狭くなるだけの子だったんだよ」

「そんなことはねえさ」

「そうだったんだよ。だから、歩き出すとすぐ養子に出された。兄貴から聞いた話だけれど」

暮六つの鐘が鳴りはじめた。本堂の中が、先刻よりもまた暗くなったのかもしれない。清次郎の顔にまで闇がかかりはじめ、そのかわりに雨の音が高くなった。

三歳になった時に養い親から実の親の許《もと》へ返されて、すぐに子供のいない老夫婦に引き取られたが、五年後にその夫婦があいついで他界、また生家へ戻ることになった。

生みの親と思っていた夫婦が養い親だったと知らされたのは、その時だった。

「道理でつめたかったと思ったね。兄貴の話じゃ、俺の実の親から、もらってくれと頼まれて、しぶしぶ引き取ったんだそうだ。実の親がいらないと言ったのだもの、養い親がやさしいわけなんざ、ある筈がない」

清次郎は黙っていた。

「三つの時にもらってくれた爺《じい》さんと婆《ばあ》さんはやさしかったけど、死んじまってはね。おまけに金も家財道具も残してくれなかったから、八つの俺は、また厄介者さ。実の親父《おやじ》も死んでいたし、兄貴もどうしようもなかったんだろう。また、家を出されたよ」

引き取ったのは、路上に筵《むしろ》を敷き、古道具や古着を売っていた夫婦だった。彼等にとって、五郎太は子供ではなく、商売を手伝ってもらう男だった。老夫婦が寺子屋へ通わせてくれたお蔭《かげ》で、五郎太は平仮名の読み書きができたし、算盤《そろばん》も足し算と引き算なら年上の子に負けなかった。商売に出かける亭主は引き算が苦手で釣銭《つりせん》の勘定が遅く、五郎太は願ってもない手伝いだったのである。

「八つだぜ、俺は」

と、五郎太は言った。

「よほどのことがなけりゃ寺子屋へ行って、手習いを終えて帰ってきたら、独楽《こま》をまわして遊んでいる年頃だぜ。ま、俺はよほどのことがあった方に入っちまってたわけだけれども、朝早くから家のまわりの掃除をして、商売に出かけて行って、帰ってきたらまた拭き掃除じゃ、いい加減いやになって当り前だろう。雨の日は雨の日で、使いだ、肩叩《かたたた》きだとこき使われてさ。その頃から、たった一つの望みは、働かないで暮らすことだった」

「俺も」と、清次郎が独り言のように言った。

「俺も若い頃に、背にあかぎれがきれるようにならなければ一人前じゃねえと言われて、そんなに働けるかと思ったことがある」

「へええ」

と、五郎太は言った。

「仕官《しかん》していたことがあるのかえ」

「え?」

清次郎は、我に返ったような顔をして苦笑した。

「主家の名は言えぬってえところかな。おきまりのせりふだが」

「聞きたかあないよ、そんなもの」

五郎太は笑った。清次郎がどこの誰に仕えていようと、五郎太の知ったことではない。

「人のことなんざ、どうでもいいんだよ。どうせ誰も、五郎太さんにだけはお話ししたいなんてえことは言っちゃくれないんだから」

「そんなこたあねえさ」

「あるさ。生れた時から、あっちへやられたりこっちへやられたり、誰一人、五郎太をそばへ置いておきたいと思っちゃくれなかった。やさしかった爺さん婆さんだってさ、別に五郎太じゃなくってもよかったんだよ。可愛い顔をした男の子ならば」

清次郎が口を閉じて、また雨の音が聞えてきた。

「やまないねえ」

と、五郎太は言った。もっとひどい降りの時もあったのに、なぜか今夜の雨の音は耳障《みみざわ》りだった。

「だからさ。俺は、いつ死んでもいいと思ってるんだ」

「嘘をつけ」

「ほんとうだよ。生きていたいとか、死にたくないとか、そんなこたあ一度も思ったことがない。いっそ死んじまおうと思ったことは幾度かあるが」

清次郎が、また口を閉じた。

「ところがさ。どういうわけか、救いの手が差しのべられちまうんだよ」

もう、清次郎の顔も見えないほど堂内は暗くなっている。五郎太は、懐に押し込んである小判を一枚手さぐりで取り出して、わざと床へ落として見せた。小判は、心地よい音を立てて五郎太の膝許《ひざもと》へ跳ね返ってきた。

「昔、隅田川へ飛び込もうと思った時は、地獄に助けられてね。森田さんだって、お堅い一方ではないんだろ？」

「まあ、な。地獄くらいは知っている。市中で身を売る女だ」

若い女だった。おそらく、ほかの地獄の縄張りとなっているところで客を引いたことがあるのだろう、仕返しをされそうなのだと、はじめはその女の方から救いを求めてきたのだった。

死のうとしていた時である。知ったことかと幾度か横を向いたのだが、女は離れない。もうじき所帯を持つ約束をした、先日もここで待っていてくれと俺が頼んだ、そう言ってくれと手を合わせるのである。

あまり邪険にして、冥途《めいど》への旅が気まずいものになってしまっても困ると思い、五郎太は頼みにうなずいて女の肩を抱いた。皺《しわ》を濃化粧《こいげしよう》で隠した女達が、裾《すそ》を端折《はしよ》って駆け寄ってきたのはその時だった。

五郎太は、女に頼まれた通りのことを言った。ついでだと思って、ほつれ髪を指でかき上げたりもしてやった。濃化粧の女達は疑わしそうな顔をしていたが、どうせ死ぬのだ、恥も外聞もあるものかと思った五郎太の、人目もかまわぬ愛撫《あいぶ》やくちづけを見て、呆《あき》れ顔で帰って行った。

「女が喜んだの何の」

五郎太は、小判を床へ落とした。幾度聞いてもよい音だった。その上、明りなどない筈《はず》なのに、一瞬、美しく光ったような気がした。

「俺を手前《てめえ》のうちへ引っ張って行ってね。うん、川へ飛び込む暇なんざなかった」

途中で蕎麦《そば》を二杯おごってもらい、女の家で安酒を飲んでそのまま眠ってしまい、目が覚めた時には隅田川のほとりへ行くのも、その水の中へ飛び込むのも億劫《おっくう》になっていた。

用心棒がわりにいてくれという女の頼みにうなずいて、昼も夜も寝転がったままの暮らしを半年もつづけただろうか。さすがに女が「留守番の役にもたたない」と言い出して、極楽のような暮らしはそこで終った。

「めしの心配はしないでいいし、出て行けとわめくまで女もうるさいことは言わなかったが、それでも、生きていてよかったとは思わなかったな」

五郎太は、床へ小判を落とした。小判は、また一瞬きらめいて、澄んだ音を立てて落ちた。

が、落ちたあたりを探ったが、何も指に触れない。

そんなばかな。

五郎太は必死で探した。明日の朝飯には充分な稲荷鮨や卵焼、それに佃煮《つくだに》の竹の皮が指に触れたが小判らしいかたいものはない。五郎太は稲荷鮨を隅へはじき飛ばし、卵焼の竹の皮を投げ捨てて探しまわった。

「ない」

泣きたくなった。阿弥陀如来《あみだにょらい》が下さった金だった。いや、飢えを満たしてくれた上に、傘や風呂敷《ふろしき》まで買うことのできた金だった。五郎太が欲しいと思えば、あの小判は、下駄だろうがこざっぱりとした着物だろうが、すべて手に入れさせてくれるのである。

「ない。ないんだよ、このあたりへ落ちた筈なのに」

「これかえ」と言う声が、闇《やみ》の中から聞えてきた。清次郎の声だった。

五郎太は、その手のあたりへ飛びついた。小判の光が見えたような気がしたのだった。

きたか。

そう思った。阿弥陀如来から頂戴《ちょうだい》した金だという五郎太の話は、嘘ではなかったようだった。慶次郎は、五郎太がしぶしぶ貸してくれた幔幕《まんまく》を動きやすいように軀《からだ》から剝《は》がし、息をひそめた。

夜更《ふ》け過ぎに雨は上がり、雲も風が吹き飛ばしたのだろう。細い月の光が、板壁の節穴から射《さ》している。闇に慣れた目には、その光だけでも手燭《てしょく》くらいの役目をしてくれた。

本堂への階段をのぼってきた足音は、扉の前でとまった。中のようすを窺《うかが》っているらしい。幸い、五郎太は壁際《かべぎわ》で掻巻《かいまき》にくるまっていた。先刻までの鼾《いびき》も、今は静かな寝息に変わっている。そばにいる慶次郎には聞えるものの、男の耳にまでは届くまい。男に聞えているのは、いっこうにおさまらぬ風の音だけである筈だった。

扉がきしんで開いた。五郎太の寝息が、こころなしか高くなったような気がした。が、男は誰もいないと安心しきっているのかもしれない。根太の腐った床を踏む足音は、小走りと言ってもよいほど早かった。盗みを商売にしている者ならば用心に用心を重ねる筈で、足音を立てたりはしない。おそらくはそういう仕事の経験が浅く、一刻も早く廃寺から逃げ出したいのだろう。

須弥壇《しゅみだん》の前に立った男が、阿弥陀如来像を押しのけた。もったいないことに、如来像は音を立てて床へ落ちた。

「罰《ばち》が当ったのさ」

「ない」

慶次郎は、幔幕を跳ねのけて立ち上がった。

節穴からの月明りに照らされた男は、吉原《よしわら》つなぎの手拭《てぬぐ》いを頭からかぶっているが、これは顔を隠すというより、刺すような風に頰がつめたくなってのものだろう。年の頃は二十四、五歳か、料理人が好む身幅《みはば》のせまい着物を身にまとっている。

男は、しばらくの間、息をすることもできなかったようだった。両手をだらしなく下げたまま立ち尽くしていたが、ようやく我に返ったようだった。

「泥棒」

かすれた声でわめいて、外へ飛び出そうとした。

その前に、慶次郎は扉の前に立っていた。逃げ出そうとした男は、待ちかまえていた慶次郎の腕の中へ、自分から飛び込んでくるようなかたちになった。いや、なる筈だった。

が、計算外の男がいた。五郎太だった。男の「泥棒」という声に目を覚ました五郎太は、何を勘違いしたのか、「俺の金だ」と言って慶次郎の足へ組みついてきたのである。

慶次郎の腕から逃れようと、男が必死でもがいていた時でもあった。慶次郎は、音を立てて床に倒れた。押えつけていた男が、その上へのしかかった。

「くそ。俺の金を返せ」

月の光で、落ちている仏像が見えたのだろう。拾い上げた五郎太が、それを慶次郎の額の真上で振り上げた。


「ばかやろう」

同じ言葉を、五、六度繰返しているかもしれない。が、繰返さずにはいられなかった。

「ばかやろう。あの仏像を振りおろしていたら、今頃は大番屋だぞ」

「すみません」

五郎太も同じ言葉を幾度繰返したことか。

間に合わない——と、あの時は思った。男は投げ飛ばしたが、空いた両手で頭をかかえるより、仏像が振りおろされる方が早いにちがいない。額から血を流して気を失う姿が、見えたような気がした。

が、五郎太は、仏像を放り出して仰向《あおむ》けに倒れた。入り口から飛んできた十手《じって》が、五郎太の肩をしたたかに打ったのだった。

「まだ痛むかえ」

「お蔭様《かげさま》で」

五郎太は横を向いた。お蔭様で癒《なお》ったというのではなく、井戸水でひやしているだけでは癒るわけがないと言いたいのだろう。そのくせ、医者へ連れて行ってやると言っても、首を横に振る。

十手を投げたのは、晃之助だった。浅草東仲町《ひがしなかちょう》の料理屋から、十両近い金を盗まれたという届出があり、紛失する直前にその料理屋をたずねてきて、帳場へ上がり込んだ嘉次郎という男に疑いがかかったのだという。辰吉と嘉次郎を見張っていたところ、夜更けになって動き出したので、そのあとを尾《つ》けてきたのだそうだ。

「なぜまた養父上《ちちうえ》がこんなところに」

と、晃之助は目を見張った。

「それも、粋《いき》をはるかに通り越したお姿で」

「年寄りの冷水だよ」

慶次郎は先まわりして言ったが、晃之助にその言葉を取り消してくれる気はないようだった。辰吉ですら、火打袋を取り出したくせに、提燈《ちょうちん》の蠟燭《ろうそく》へ火をつける気があるのかないのか、火打石を打つ音だけを響かせて黙っていた。

「お前《めえ》も知っているだろう、三十間堀《さんじっけんぼり》の太市をさ」

「はい。あの店は弓町《ゆみちょう》の太兵衛《たへえ》親分がご贔屓《ひいき》で、今でも時折行っているようです」

「その太市が、五両盗まれたのよ」

「それをなぜ、養父上が」

ご存じなのかと尋ねたいのだろう。晃之助は、友人を疑うまいとしながら慶次郎をたずねてきた太市を知らない。何のために自身番屋があるのだと思ったかもしれなかった。

嘉次郎は、あっさりと盗みを認めた。ほかにもやっているだろうと辰吉が脅すと、「もとの女房のうちで」と、吐き捨てるような口調で答えた。

働いていた料理屋が店仕舞いをしたあと、女房は大事な一人息子を連れ、次の勤め口が見つかるまでという約束で実家へ帰って行った。が、つい半月ほど前、女房の親が、働くあてがないのならと言ってきた。きれいに別れてやってくれというのである。

女房の家は、八百屋だった。嘉次郎は、あわてて実家のある神田へ飛んで行った。もう少し待ってくれと頼んだのだが、女房も別れる気になっていた。癪《しゃく》に障《さわ》って、女房が席を立った隙《すき》に、金が入っていると知っている木箱から五両ほどの金を盗んできた。それがはじまりだった。

太市からざっと五両、浅草の料理屋から十両盗んで合計二十両、三十両になったら上方へもう一度修業に行き、女房を見返してやるつもりだったという。が、料理屋が自身番屋へ訴えたと聞いて、明朝、出発する気になったのだそうだ。

「なあ、五郎太さん」

慶次郎は、横を向いたままの五郎太に向って、また幾度めかの言葉を口にした。

「返《けえ》す気にならねえかえ、その五両を、さ。お前《めえ》が酒やら稲荷鮨やらを買っちまったことはわかっている。俺だって、ご馳走《ちそう》になっちまったものな。残りを太市に返してやってくんなよ」

「いやだ」

同じ答えが返ってきた。そのあとにつづく言葉は、もうわかっていた。「如来様《にょらい》の下にあったのが、太市ってえ男の金とはかぎらないじゃありませんか」というのだった。

晃之助と辰吉は、嘉次郎を引っ立てて行った。が、神田の八百屋から、金を盗まれたという訴えは出ていないという。娘の亭主だった男に、盗人《ぬすっと》の名をかぶせることになるのを嫌ったにちがいない。

太市もおそらく、何事もなかったことにしてくれと言うだろう。八百屋での盗みはなかった、太市の金も盗まれなかったとなれば、浅草の料理屋も、盗まれたのは九両だったと訴えを変えるにちがいない。十両盗めば首が飛ぶ、自分のせいで死罪になっては寝覚めがわるい、誰もがそう思っているのである。

「八百屋と太市の五両は、盗まれなかったことになっているんでしょう？　だったら、この五両は如来様のものだ。旦那《だんな》は太市に返してやれと言いなさるが、さっきの男は、あちこちに五両ずつ隠したと言っていたじゃありませんか。こっちの五両は、八百屋の分かもしれない」

「が、浅草の料理屋のものかもしれねえよ。料理屋の金を盗んだ嘉次郎は、おそらく遠島になる。その上前をはねたお前《めえ》も、ただじゃすまなくなるんだぜ」

「森田さんだって……いや、旦那だって稲荷鮨を食ったじゃありませんか」

「だからよ」

話は一周りした。

「酒やら稲荷鮨やらで、お前《めえ》が遣っちまった分は俺が出す。お前《めえ》は懐《ふところ》に入れているものを吐き出して、お互《たげ》え、さっぱりした気分になろうじゃねえか」

「いやだ」

五郎太は、こぶしで床を叩《たた》いた。須弥壇の仏像が揺れて、諸行無常を知らせるような音をたてた。

「旦那は俺に、早く死んじまえと言いなさるのかえ」

「そんなことを言ってやしねえさ」

「いいや、言ってなさる。俺あ、五両なんて金を、はじめて懐へ入れた。その金を遣いきらないうちに死にたくはない。ええ、金を懐に入れて、旦那に盗まれるんじゃねえかと心配するなんざ、生れてはじめてのことなんでさ。こうなったら、もう少し生きてみたいじゃありませんか。傘がありゃあ濡《ぬ》れずにすむ。風呂敷《ふろしき》があれば、ものをはこぶのに便利だ。だったら、もう少し金を遣ってみたい。いや、死ぬなら五両の金を遣いきってからにしたい。だから、この金を寄越せってのは、今すぐ死ねってえことなんだ」

「わかった」

鶏が鳴いて、本堂の中も相手がうっすらと見えるほどには明るくなった。慶次郎は、五郎太を見据えた。

「それならば、五両はお前《めえ》にやろう」

「ほんとうかえ、旦那」

「嘘《うそ》はつかねえ」

だが——と、慶次郎は言った。不安そうな五郎太の目が慶次郎を見た。

「その五両を遣いはたしたあと、お前《めえ》がまた、どこかからめしをかっぱらって暮らすようだったら、ただじゃおかねえぞ。生きていたかねえが、腹の虫が鳴くから食うんだなんぞと吐《ぬ》かしていやがったら、腹の虫と一緒にすぐあの世へ送ってやる。もう少し生きていたいなら、それくらいの覚悟をしておけ」

「五両は今すぐ返すと言ったら？」

「その年齢《とし》まで生きのびてきたのだ、盗みは、大島村や亀戸村のめしだけじゃねえだろう。それに目をつむって、今日のめしをおごってやる」

五郎太は、慶次郎から目をそらせて横を向き、さらに下を向いた。

鶏が鳴いた。同時に五郎太も何か言った。「いやだ」と言ったのかもしれなかった。

「どっちもいやだ」

五郎太は、腹這《はらば》いになって懐から金を振り落とした。本堂に、小判の触れあう音が響いた。しばらくその上に寝ていたが、五郎太は心を決めたように起き上がって、本堂の隅へ歩いて行った。掻巻《かいまき》をまるめているようだった。

慶次郎は、五郎太が掻巻をかかえて寺を出て行く決心をしたのだと思った。が、金を拾い集めようとすると、その手を五郎太の手が押えた。

「俺が拾うよ、旦那。これはやっぱり、俺の金だ」

五郎太は、本堂の隅にあった風呂敷を引き寄せて、その上に金をならべた。

「たった五両で、これまでの考えがころっと変わって生きたいと思うなんざ、俺も情けない男だと思うけどね」

「五両を派手に遣ってみる気になったのかえ」

「さあてね」

と、五郎太は言った。

「金は遣ってみたいが、全部遣っちまったら、あとがこわい。旦那に叩っ斬《き》られるのもこわいが、その前に、寝転んで暮らせなくなるかもしれねえ。金を遣う味を知っちまいましたからね」

五郎太は首をすくめた。

「たった一晩金を抱かせてくれるなんざ、如来《にょらい》様も罪なことをなさるじゃありませんか。癪に障るから、もう少し懐へ入れておきまさ。あとのことは朝飯を食いながら考えると言いたいが、それも面倒になってきたな」

この男の怠け癖は、一朝一夕にはなおりそうもない。

解説

藤田宜永

「姐《あね》さん、めっぽう粋《いき》な黒眼鏡をかけてるじゃござんせんか。浜崎あゆみに似てますよ」

「からかうのもいい加減におし」

「本当のこと申し上げているんですよ。姐さんは小顔だから、当世風の黒眼鏡が実によく似合う。それはやはり、渡来の品ですかね」

「やめておくれ。それ以上からかうと張っ倒すよ」

「姐さんをからかうなんて滅相もない。巷《ちまた》じゃ、小顔に憧《あこが》れ、美容整形外科なるものに通っているおなごが大勢いるって聞いてます。姐さんは、若いおなごの憧れている顔立ちをなさってる」

「あんたは口から生まれてきたみたいな男だね。うちの近所にいる、無駄吠《むだぼ》えばかりしている犬にそっくり。あんたも物書きのはしくれ、沈思黙考する振りぐらいしたらどうだい」

「へえ」

僕は或《あ》るパーティーの席上で、本当に北原さんの小顔とサングラスを褒めた。決してお世辞ではなかった。

北原さんは、流行《はや》りのサングラスがよく似合うだけではない。新橋生まれの生粋の江戸っ子ということもあってか、実に粋な女性である。しかも、すこぶる気さく。後輩の僕が軽口を叩《たた》けるのも、北原さんのそんな性格に甘えているからである。『慶次郎縁側日記』を読んでいると、どうしても北原さんの人柄が脳裏に浮かんでしまう。

北原さんは、いくつもの大きな賞を受賞している大作家だけれど、勲章をひけらかすような態度は決して取らない。どちらかというと控え目である。だが、何とも言えない存在感があるのだ。とはいっても、隠然とした感じとは違う。すっと頬を撫《な》でていく風のような存在感。知らない間に北風が南風に変わっている。それに気づき目を上げると、そこに北原さんの笑顔がある。妙なたとえだけれど、そんな雰囲気をかもしだしている方である。

その点が、人生の縁側にいるにもかかわらず、強い印象を読者にあたえる慶次郎と相通じるところがあるように思える。

それにしても不思議な主人公である。慶次郎のように物語の中心にいない人間が主人公という小説は実に珍しい。

飄々《ひょうひょう》と風のように現れ、風のように去っていく感のある慶次郎。それだけなら印象に薄い主人公ということになってしまうが、決してそうではない。シリーズ第一弾からお読みのファンには蛇足だろうが、彼は娘の非業《ひごう》の死に直面した経験のある男である。辛《つら》い体験が、どこまでも続く蒼空のような心を呼び寄せたのかもしれない。それとも、胸の底の底に〝絶望の過去〟を封じこめてしまったのか。そのあたりは判然としないのだが、〝仏の慶次郎〟は単に優しいだけの人間ではないようだ。

本書は、その人気シリーズの第五弾で、十二篇の短編が収められている。江戸の人情話を描いた作品集ではあるけれど、現代人の琴線に触れる物語がいくつも入っている。

たとえば「権三《ごんざ》回想記」。この作品は、女を悦ばせることを飯の種にしている優男の話である。

優男のお袋は男と逃げた。親父《おやじ》がお袋を見つけて家に戻そうとするとお袋は以下のようなことを口走る。

何が帰ってこいだよ。帰ってこいと頼むなら、わたしが帰りたくなるようにしてから迎えにおいで。放っとくだけ放っといて、帰ってこいとは笑っちまうよ。今の亭主は、お前さんよりちっと稼ぎはわるいけれど、わたしを毎晩極楽へ送ってくれる。

〝極楽へ行かせてくれる男のためなら死罪になってもいい〟と考えているお袋の姿を見て、息子は〝極楽に行かせる〟ことで金を稼ごうと思いつく。しかし、上手には上手がいるもので、この優男、思いもよらぬしっぺ返しを女から食らう。

極楽に行かせる、というのは情交のことを言っているのだけれど〝放っとくだけ放っといて、帰ってこいとは笑っちまうよ〟という女房の台詞《せりふ》は、熟年離婚の多い現代にも当て嵌《は》まるものである。

世の亭主は女房をないがしろにしている。釣った魚にはエサをやらない、なんて偉そうなことを言って、二十年三十年、セックスはおろか、話しかけもしない亭主が、老境が見えてきた頃に、女房に三行半《みくだりはん》を突きつけられ、「俺、一体、何をしたんだ。お前に離婚なんて言われる覚えはない」とうろたえる。

女房はこう言うだろう。「私のこと、かまってくれなかったでしょう。何をしたんだ？　なんて間抜けなこと言ってるんじゃないよ。何もしなかったから、こうなったのよ」そうなのだ。女を放っておいてはいけない。いつでもかまっていないと、後年、とんだしっぺ返しを食らう。一回の浮気よりも、長年かまわなかった方が罪。そういうことが「権三回想記」には巧みに描かれている。その上、調子に乗った優男も結局は女に翻弄《ほんろう》されるのだから、女はこわい、というのがテーマになった作品である。最後に慶次郎の登場するシーンがあるが、この箇所が実に素晴らしい。

「それにしても、女はこわい」

「いいのかえ、そんなことを言っても」

慶次郎の膝《ひざ》の上にいる八千代《やちよ》は女の子、熱い茶をいれてきてくれた皐月《さつき》も女だった。慶次郎は、二つめの菓子に手をのばした。膝の上では、ずっしりと重くなってきた八千代が、上機嫌で手をふりまわしている。

女のこわさが、もっともっと感じ取れるラストではないか。ふと妙なことを思った。

森口慶次郎は女である、とまでは言わないが、やはり、作者が女性であるためか、女の視線が慶次郎に宿っているのではないか。

男は誰しも、程度の差こそあれ女がこわいものだ。しかし、女の本当のこわさを知っているのは、男ではなく女自身ではなかろうか。さらりと、このようなラストで締めくくることができるのは、こわい女の性を持つ作家の手によるものだから、という気がしないでもない。

本書は、じんと胸に迫る切ない話があり、ページを早く繰りたくなるミステリタッチのものがあり、人生の峠を越えた人間の悲哀を描いた作品があり、と実にバラエティにとんでいる。おまけに、お馴染《なじ》みの脇役《わきやく》たちも、随所に登場しているからファンにはたまらない作品集だろう。

それに、後輩がこういうことを言うのは生意気かもしれないが、軽妙でかつ、その裏に深さが潜んでいる文章がとても魅力的である。情景描写に触れるだけでも、小説を読んでるなあ、という気持ちの良さを感じる。

北原さんは井伏鱒二《いぶせますじ》さんの作品が大好きだと聞いたことがある。軽妙で深みのある独特の文章は、敬愛する井伏さんの作品に傾倒した結果、生み出されたものかもしれない。

北原さんは昭和四十四年にデビューしている。すでに三十五年の筆歴をお持ちなわけだ。その間に有名な同人誌に参加されたりして〝文学修業〟をなさったようである。「私だってね、けっこう苦労したのよ」とおっしゃったことがあった。

表題作のタイトル、蜩《ひぐらし》の鳴き声のように涼しげで、淡々とした口調にも粋さが感じられた。

偶然、喫茶店でお会いしたときのことだ。北原さんは編集者と資料を見て打ち合わせをしていた。邪魔をする気はなかったけれど、「こっちにいらっしゃいよ」と誘われたので、図々しくも同席させてもらうことにした。

僕は、無駄吠えしないように、サンドイッチを食べていた。その間、北原さんは江戸の地図などを拡《ひろ》げて、編集者と話をしていた。新潮社の担当の方だったから、このシリーズのための資料だったのかもしれない。

本書を読んでいたとき、その時の光景が目に浮かんだ。あれだけ綿密に調べているにもかかわらず、資料に頼った感じがまるでしない。さりげなく江戸の様子、風俗が描かれている。時代考証が骨だとしたら、血は作者のテーマだろう。そして、肉が物語。骨と血だけでは作品が貧しくなる。かと言って肉にだけ頼っていてはコクがなくなってしまう。

北原さんの作品は、骨と血と肉のバランスが実にいいのだ。

そんな確かな腕に支えられている『慶次郎縁側日記』は第五弾のみならず、今後も快調路線を突っ走ることは間違いない。

話は変わるけれど、今度、北原さんにお会いしたら、ローライズのジーパンなんぞを勧めてみたい気がしている。

「またからかう気？　あんた、本当の女のこわさをまだ知らないね」なんて言われるかもしれない。

だけど、きっと僕はまた軽口を叩いてしまいそうである。

僕にとって、北原さんは、本気で親しみを感じることのできる〝姐さん〟なのである。

平成十六年八月

（ふじた　よしなが／作家）

＊新潮文庫版に掲載されたものを再録しています。

蜩《ひぐらし》
慶次郎縁側日記《けいじろうえんがわにっき》

朝日文庫

2023年 7 月30日　第 1 刷発行

著　者　北原亞以子《きたはらあいこ》

発行者　宇都宮健太朗
発行所　朝日新聞出版
〒104-8011　東京都中央区築地5-3-2
電話　03-5541-8832（編集）
03-5540-7793（販売）
印刷製本　大日本印刷株式会社

Published in Japan by Asahi Shimbun Publications Inc.
定価はカバーに表示してあります

ISBN978-4-02-265107-5
落丁・乱丁の場合は弊社業務部（電話 03-5540-7800）へご連絡ください。
送料弊社負担にてお取り替えいたします。

朝日文庫

細谷正充・編／宇江佐真理／北原亞以子／杉本苑子／半村良／平岩弓枝／山本一力／山本周五郎・著
情に泣く
朝日文庫時代小説アンソロジー　人情・市井編

失踪した若君を探すため物乞いに堕ちた老藩士、家族に虐げられ娼家で金を毟られる旗本の四男坊など、名手による珠玉の物語。《解説・細谷正充》

細谷正充・編／池波正太郎／梶よう子／杉本苑子／竹田真砂子／畠中　恵／山本一力／山本周五郎・著
おやこ
朝日文庫時代小説アンソロジー

養生所に入った浪人と息子の嘘「二輪草」、歌舞伎の名優を育てた養母の葛藤「仲蔵とその母」など、時代小説の名手が描く感涙の傑作短編集。

細谷正充・編／青山文平／宇江佐真理／西條奈加／澤田瞳子／中島　要／野口　卓／山本一力・著
なみだ
朝日文庫時代小説アンソロジー

貧しい娘たちの幸せを願うご隠居「松葉緑」、親子三代で営む大繁盛の菓子屋「カスドース」など、ほろりと泣けて心が温まる傑作七編。

細谷正充・編／朝井まかて／折口真喜子／木内　昇／北原亞以子／西條奈加／志川節子・著
わかれ
朝日文庫時代小説アンソロジー

武士の身分を捨て、吉野桜を造った職人の悲話「染井の桜」、下手人に仕立てられた男と老猫の友情「十市と赤」など、傑作六編を収録。

細谷正充・編／朝井まかて／宇江佐真理／梶よう子／小松エメル／西條奈加／平岩弓枝・著
いのり
朝日文庫時代小説アンソロジー

隠居侍に残された亡き妻からの手紙「草々不一」、紙屑買いの無垢なる願い「宝の山」、娘を想う父の決意「隻腕の鬼」など珠玉の六編を収録。

中島要／坂井希久子／志川節子／田牧大和／藤原緋沙子／和田はつ子［著］
家族
朝日文庫時代小説アンソロジー

姑との確執から離縁、別れた息子を思い続けるおつやの情愛が沁みる「雪よふれ」など六人の女性作家が描くそれぞれの家族。全作品初の書籍化。

朝日文庫

北原　亞以子
傷
慶次郎縁側日記

空き巣稼業の伊太八は、自らの信条に反する仕事をさせられた揚げ句、あらぬ罪まで着せられてお尋ね者になる。《解説・北上次郎、菊池仁》

北原　亞以子
再会
慶次郎縁側日記

岡っ引の辰吉は昔の女と再会し、奇妙な事件に巻き込まれる。元腕利き同心の森口慶次郎が活躍する人気時代小説シリーズ。《解説・寺田　農》

北原　亞以子
雪の夜のあと
慶次郎縁側日記

元同心のご隠居・森口慶次郎の前に、かつて愛娘を暴行し自害に追い込んだ憎き男が再び現れる。幻の名作長編、初の文庫化！《解説・大矢博子》

北原　亞以子
おひで
慶次郎縁側日記

元同心のご隠居・森口慶次郎は、自らを出刃庖丁で傷つけた娘を引き取る。飯炊きの佐七の優しさに心を開くようになるが。短編一二編を収載。

北原　亞以子
峠
慶次郎縁側日記

山深い碓氷峠であやまって人を殺した薬売りの若者は、過去を知る者たちに狙われる。人生の悲哀を描いた「峠」など八編。《解説・村松友視》

宇江佐　真理
おはぐろとんぼ
江戸人情堀物語

別れた女房への未練、養い親への恩義、きょうだいの愛憎。江戸下町の堀を舞台に、家族愛を鮮やかに描いた短編集。《解説・遠藤展子、大矢博子》